作家小说
典藏

陈建功小说

陈建功 著

作家出版社

图书在版编目（CIP）数据

陈建功小说/陈建功著.--北京：作家出版社，2024.3
（作家小说典藏）
ISBN 978-7-5212-2588-4

Ⅰ.①陈… Ⅱ.①陈… Ⅲ.①中篇小说-小说集-中国-当代 Ⅳ.①I247.5

中国国家版本馆CIP数据核字（2023）第213180号

陈建功小说

丛书策划	路英勇　张亚丽
出版统筹	启　天　省登宇
作　　者	陈建功
责任编辑	史佳丽
封面设计	周思陶
出版发行	作家出版社有限公司
社　　址	北京农展馆南里10号　邮　编：100125
电话传真	86-10-65067186（发行中心及邮购部）
	86-10-65004079（总编室）

E-mail: zuojia@zuojia.net.cn
http://www.zuojiachubanshe.com

印　　刷	北京盛通印刷股份有限公司
成品尺寸	142×210
字　　数	198千
印　　张	8.375
版　　次	2024年3月第1版
印　　次	2024年3月第1次印刷
ISBN 978-7-5212-2588-4
定　　价	39.00元

作家版图书，版权所有，侵权必究。
作家版图书，印装错误可随时退换。

目 录

鬈	毛	1
找	乐	91
耍	叉	134
前	科	204

鬈 毛

一

　　这个小妞儿骑着一辆橘红色的小轱辘自行车,飞快地从我的右边超过去,连个手势也不打,猛地向左一拐,后轱辘一下子横在我的车前。我可没料到这一手,慌忙把车把往左一闪,"咣——"前轱辘狠狠地撞在马路当中的隔离墩儿上。这一下撞得够狠,我都觉出后轱辘掀了一下,大概跟他娘的马失前蹄的感觉差不多。幸亏我还算利索,稳稳站到了地上。不过,车子还是歪倒在两腿中间了。放在车把前杂物筐里的那个微型放音机,被甩到了几米以外。

　　我拎起了车子,立体声耳机的引线和插头在下巴底下甩打着。那小妞儿回头看了一眼,停车下来了。她挺漂亮,说不定是演电影的,身材也倍儿棒。穿着一条地道的牛仔裤,奶白色的西服敞着扣儿,里面是印着洋文的蓝色套头衫。她尴尬地微笑着,一手扶着车把,另一只手扬起来,道歉似的挥了挥,推着车走过来。

　　我他娘的当时也不知怎么了,大概在这么一副脸蛋儿面前想显一显老爷们儿的大方,什么事儿也没发生似的,向她摆摆手,让她走了。

别以为往下该我走什么桃花运了。是不是我又在哪个舞会上碰到了她,要不就在什么夜大学里与她重逢。我才没心思扯这个淡呢。直到今天我也没再见她一面。之所以要从这儿说起,是因为这一下子太坑人啦,她倒好,脸一红,眼一闪,扬扬手,龇龇牙,骑上车,走了。说不定一路上还为有那么个小痞子向她献了殷勤而扬扬得意。我呢,往下你就知道了,活得那叫窝囊,全他娘的从这儿开始的。

我没想到那个放音机会被摔得那么惨。尽管被甩得挺远,可它好像是顺着地面出溜过去的,我戴的耳机的引线还拽了它一下。它落地的声音也不大,外面还套着皮套。等我把它捡回来打开一看,我傻眼了,机器失灵了还不算,外壳上还裂开了好几个大口子。看来,即便送去修理,也很难恢复原状了。

这玩意儿是我从都都那儿借来的。

"你真土得掉渣儿了!就会听邓丽君、苏小明。听过格什温吗?"这兔崽子考上大学才仨月,居然也要在我面前充高等华人了。

我说,为了领教被他吹得天花乱坠的格什温,也为了领教同样让他得意扬扬的微型放音机,我得把它们一块儿借走。

"这是我爸爸刚刚送我的。"他显然为自己得意忘形招来的麻烦而后悔。

"放心!弄坏了,赔你!"我在他可怜巴巴的目光下戴上了耳机,又故意把他的宝贝放音机搁在自行车前的杂物筐里。格什温响起来了。"咣咣……咣咣……"破自行车在胡同小路上颠着,铁丝筐哆哆嗦嗦。回头看看这小子忍着心疼,还在装出一副满不在乎的样子,真他妈开心。

现在倒好,离我折腾他的时间也不过十几分钟,格什温的"美国人"还没在巴黎定下神儿来哪。别他妈开心啦，想办法，弄八十块钱，赔吧！

我推起车子，这才发现前轱辘的瓦圈被撞拧了，转起来七扭八歪的像个醉汉。我把它靠在隔离墩儿上，身子站到远一点儿的地方，平伸过一只手去攥着车把，屁股一拧，踹了它一脚。大概这姿势太像芭蕾演员扶着把杆儿练功了，在停车线后面等绿灯的人都笑起来。我看也没看他们，把前轱辘扭过来，打量了一眼，"哐"，又是一脚。这回总算可以推着走了。不过，要想骑上它，还是没门儿。好在离家不远了，就让它这么醉醺醺地在大马路上逛荡逛荡得嘞，这也算他娘的一个乐子呢。

瘸腿老马一样的自行车，在人行道上一扭一扭。西斜的阳光，把人和车的影子推成长长的一条，投到身前的路面上，一耸一耸，一摇一摆，"吱吱……吱吱……"前轱辘蹭在闸皮上，发出耗子似的尖叫。身旁人来车往，急急匆匆。正是下班的时间，北京的马路上，就跟他娘的临下雨之前蚂蚁出洞的架势差不多。

"……就你妈？！就你妈？！"自行车的队伍里，一个娘儿们在训她的爷们儿。蹬辆破车，赔着小心，和她保持着两尺距离的，是一个脸像苦瓜似的男人。

"噢——"等公共汽车的人们兔子一样东奔西窜，在汽车的门口挤成了大疙瘩。售票员故意把车门关关开开，嗞嗞放气，人们越发伸长了胳膊，拥来挤去，好像都淹在了河里，拼命争抢一根即将漂走的木头。

"嘿，瞧一瞧，看一看……"稍稍宽敞点儿的人行道上，"倒儿爷"们开始拿着竹竿，挑起连衣裙，招蜻蜓一样挥舞起来，"瞧一瞧，看一看，坦桑尼亚式鲁梅尼格式大岛茂菲利普娜塔莎玛莉亚花色繁多

3

款式新颖您没到过坦桑尼亚您穿上这坦桑尼亚式您就到了坦桑尼亚啦您当不了大岛茂菲利普玛莉亚您穿上这大岛茂菲利普玛莉亚式您就盖了大岛茂菲利普玛莉亚娜塔莎卡安东尼斯啦——"

……

你要是真的相信我在这中间逛荡能有点儿什么乐儿的话，那才叫冒傻气呢。

实话说吧，我和我们家老爷子干架已经有年头儿了。现在，我们之间简直就是"两伊战争"，停停打打，打打停停。

当然，这不挡吃，也不挡喝。即使一个小时之前我们吵得天昏地暗，一个小时之后，我也照样理直气壮地坐到饭桌前，吃他娘，喝他娘。说不定还更得拿出一副大碗筛酒、大块儿吃肉的神气。是你把我带到这个世界上来的，不管饭行吗？可是，要让我向他开口要八十块钱，那可有点儿丢份儿啦。

唉，这一路我就没断了发这个愁，我怎么能弄出八十块钱来？

"下个月，你想着上电视台报到去。"

中午的时候，我已经"栽"了一回了。

老太太正在厨房里指挥煎炒烹炸，客厅里只有我们两个人。这突如其来的一句，显然是对我说的。可他既没叫我的小名儿，也不叫我的大号儿，甚至连看都没看我一眼。他弓着背，探着身子，坐在沙发的前沿儿，十指交叉，胳膊支在大腿上，脚下那双做工精细的轻便布鞋的前掌一掀一掀。他脸上什么表情也没有，目光始终停在劈开的双腿中间，好像他吩咐的不是我，而是他裤裆里的那个玩意儿。

我正倒在沙发里哗啦哗啦地翻报纸。我才不上赶着搭理他呢。磨磨蹭蹭看完了一段球讯，这才隔着报纸问他："干吗？"

"去当剧务。先算临时的,以后再转正。"

说真的,没考上大学,真他妈待腻了。我已经考了两次,看来,和那张文凭也绝了缘分,这时候要说这差使不招人动心,那是装孙子哪。大概就因为这个原因,我没像往常那样儿找碴儿噎他。我没说话,算是认可了。

可紧接着他就来劲儿了。

"不过,得管管自己那张嘴。电视台的人都认识我,别给我丢脸。"

我差点儿没跳起来,把这个临时工给他扔回去。可我还是忍了。细想起来,我也不能算个爷们儿,有种儿——玩儿蛋去!别说一个破临时工了,给个总统也不能受这个!

我不应该把老爷子想得太坏。他再不喜欢我,也是我爸爸。我得相信他是为了我着想的。不过,我敢说,他更为了他给我的"恩泽"而得意扬扬。在他的眼里,我不过是一条等着他"落实政策"的可怜虫。

"爸,给我八十块钱。"

我要是再求他这么一句,我可真成了不折不扣的可怜虫啦!

瘸马似的自行车,一拐,一拐。

太阳已经西沉了,天色还挺亮。今天也不知道是什么日子,路边的小妞儿净跟她们的相好撒娇使性儿。我已经看见他娘的不下三对儿了。拉她她不走,推她她晃悠。傻小子们一个个束手无策。我也不明白为什么心里偏偏要生出这种管闲事的念头——我几乎想走过去,一人给她一个耳刮子,把兔崽子扇到马路对面去。

过人行横道的时候,我又捅了个娄子。你说我怎么就这么倒霉!当然,我敢肯定,这是我的过错,因为我太一门儿心思算计着和老爷子之间的事情了。可是直到现在,我也没明白自己犯的是交通管理条例的哪一款、哪一条。

顺着人行横道的斑马线，都快走到马路中心的安全岛了，忽听一个懒洋洋的声音从交通岗楼顶上的大喇叭里传过来：

"那——辆——破——车——……"

"那——辆——破——车——……"

在北京的十字路口上，你听去吧，岗楼里发出的这种半睡半醒似的声音多啦，我哪儿知道是喊我哪！我又走了几步，那声音突然机关炮一样炸响了：

"说你哪说你哪说你哪……"

我站住了，抬头向四周望去。岂止是我，恐怕这远近百十米的司机、行人都吓了一跳，疑心喊的是自己。我和那些被吓得左顾右盼的人一样，愣头愣脑看了半天，总算明白了，他喊的原来是我。

"你活腻歪了！"他骂了一句，算是总结，那口气像在他们家厨房里训儿子。不过，有这么一句，别人总算踏实了。冤有头，债有主，没冤没仇的各奔前程。

"你才活腻歪了呢！"我都不知道哪儿来的这么大的火儿，梗起脖子回敬了一句。

我敢说，他不会听见我嘟囔了些什么，我们隔着几十米哪。事情大概坏在我的脖子上了——用警察们的说法儿，这叫"犯滋扭"，"滋"，要发第二声。我还没有走到人行横道的那一头，他已经站在马路牙子上等着我了。

"姓名——"黑色的拉锁夹子被打开了。这小子比我大不了多少，不过那模样可真威风，穿着新换装的警服，戴着美式大檐儿帽。关键是颧骨上有不少壮疙瘩。

"姓名——"又问了一遍。

"卢森。"

"哪个'卢'？"

"呃——"还挺伤脑筋，"卢俊义的'卢'。"

"哪个'卢俊义'？"

"水泊梁山的卢俊义呀。"

他翻了我一眼，写上去了。他写成了"炉子"的"炉"。

"在哪儿上班哪？"

"在家。"

"嚆，你这'班儿'上得够舒坦啊！"他的嘴角撇了撇，"我看你也像在家'上班'的。"

身后已经围过人来了，呵呵笑着，看耍猴一样。

"家庭住址——"

"柳家铺小区，报社大院儿。"

"噢——"他打量着我，微微点头，"还是个书、香、门、第。"他一定很为找到了这么个词儿而得意，所以要高声大嗓、一字一顿的，演讲一般。他很帅地把夹子合上了，双手捏着，捂在裤裆上，腆起肚子，前后摇晃，"知道犯了什么错误吗？"

"不知道。"我不由自主地扭脸看了看刚刚走过去的斑马线，苦笑着说，"我……我好像没惹什么事儿吧。"

"照你的意思，是民警叫你叫错了？是吗？！我们吃饱了撑的，没事儿找事儿，是吗？！"义正辞严。

"没有没有没有。我没那意思。绝对。没那意思，您……叫得很对。"

"那就说说吧，对在哪儿啊？"

这不拿我开涮呢嘛！我默默地待了一会儿，咽了口唾沫，说："我

7

不该跟您梗那下脖子。"

"哄——"周围的人都笑了。

本来,我才不愿意跟民警废话呢,该认尿的认尿,能过关就得了,废话多了有你的好吗?!谁想到他跟我这儿来劲了,我也只好跟他贫一贫啦。还挺管用,这小子不再逼我回答那个混账问题了,他踮起脚后跟,朝人群外看了一眼,好像是想看看马路上是不是还有人应该拉来陪绑。然后,他沉住了气,又捂着裤裆,腆着肚子摇晃起来。

"知道咱们国家什么形势吗?"

"形势大好。"我说。

"北京呢——""呢"字,一、二、三,拖得足有三拍长。

"形势大好。"我说。

"唔,你还挺明白。"他歪着脑袋,把围观的人扫了一圈,左脚一伸,稍息,"说说吧,你是什么行为?"

"害群之马。"我说。

"啧啧,到底是书、香、门、第!"他又高声大嗓地宣布了一遍。

"我爸在报社大院儿烧锅炉。"

"是吗?"他微笑了,"怪不得,我看你也像个烧锅炉的儿子。"

周围的人又笑起来。说实在的,我要是告诉他我是副总编的儿子,他得再高八度把他娘的"书、香、门、第"说上八遍。不过,我认一个烧锅炉的爸爸也没认出个好来。他算是找着个人把那点儿学问好好抖搂抖搂啦。他由"改革"扯到"打击刑事犯罪",由"中日青年大联欢"扯到"清除精神污染"。"你他娘的总不会扯到越南进攻柬埔寨吧!"我一边点头,一边在心里暗暗骂起来。

"你笑什么?"

"您挺忙,"我说,"我们报社大院儿里净是报纸,别耽误您的工

8

夫，让我回去自己学得啦。"

"知道自己需要学习就好。"他大概也累了，"那你就说说吧，认罚不认罚？"

"认罚。"我说，"您辛苦，收入也不高，罚点儿也是应该的。"

"我一分也落不着！全上缴国库！"他火了，"就你这种态度，还得给你上一课！"

"噢，误会了误会了，那，也好，支援四化。"

"行啦，别贫嘴啦！"看得出来，他有点儿想笑，可还在故意板着脸，"掏钱吧，两块。"

"两块？不瞒您说，一块也没有哇！"我把衣兜裤兜翻给他看，愁眉苦脸地说，"得嘞师傅，我这辆车破点儿，您要不嫌弃，先扣下得啦！"

"得啦得啦，我下了岗还想早点儿回家呢！"他看着我那拧了麻花的前轱辘，忍不住笑了。他这一笑我就明白：两块钱省了。

"走吧走吧，下次再有胆儿犯横，想着带钱！"

"您圣明！"昨天晚上我刚在电视里看了《茶馆》，我觉得这句台词挺棒。

他瞪了我一眼，分开众人，爬回交通岗楼里去了。

我跟在他后面，探着脖子看了看岗楼里的电钟，把车子又支起来。我骗腿儿坐在后货架上，噘起嘴吹了几声"啊朋友再见"。我吹得不响，长这么大了永远也吹不响，这可真让人垂头丧气。

"喂，怎么还不走？！""壮疙瘩"从岗楼里探出脑袋来，"不是让你走了吗？"

我故意看了看人行横道，苦起脸说："受了您这半天儿教育，咱们也得长进不是？您得让我在这儿好好总结总结，看看自己到底错在哪儿啦!"

"嚙,倒是没白费我的唾沫啊!"他心满意足地把脑袋缩了回去。

我他娘的倒真有这个瘾!

其实,我是成心要在这儿磨蹭磨蹭。

今天晚上,老爷子好像要去参加一个什么宴会。这会儿,说不定还没有走。

二

碰上了我在柳家铺中学时的语文老师"馄饨侯",我才忽然明白,这个时候,待在这个路口,实在是一件蠢事。

从这儿往东五百米,就是柳家铺中学。我在那儿上了两年高中,接着又上了一年高考补习班。我的同学全住在附近。沿学校的围墙向南拐,八百米左右,就是报社大院儿了。大院儿里的人,低头不见抬头见,熟人就更多了。正是下班时间,在这儿站着,没个清静,说不定什么时候对面就过来一位,你再腻烦这一套,也得跟他对着龇牙。

"卢森,怎么站在这儿?你爸爸好吗?"

"馄饨侯"骑着车从学校的方向过来,大概是刚刚下班,还是穿着那件皱巴巴的绸衬衣,哆里哆嗦的凡尔丁长裤。

"弱不胜衣。什么叫'弱不胜衣'呢?"我一辈子也忘不了他站在讲台上,用瘦嶙嶙的手指揪起衬衣第三颗纽扣的样子,衬衣里面,仿佛只戳着一根竹竿,"这就叫'弱不胜衣',明白了?也可以说'骨瘦如柴''憔悴枯槁''病骨支离',再老点儿,就可以说'鹤骨鸡肤'啦。当然喽,好听的也有——'仙风道骨'!……"

他还是那个毛病,老远的,第一句话就是"你爸爸好吗?"要不就是"你爸爸挺好的吧"。

我真替他难过。

三年前,我从城里转学到柳家铺中学,他教我们班语文。当着那么多同学,老远走过来,他的第一句话就是这个。好像他跟我爸爸不是哥们儿也是师生。巴结我们家老爷子的嘴脸我见多啦,还没见过这么傻的,我真替他害臊。可是后来,当我们老爷子写了那篇混账文章以后,一听他提起老爷子,我只有替他难过的份儿啦。

"你们呀,一点儿也不知道争气、学好。大米白面吃着,读书呢?一肚子臭大粪!……我读书那会儿怎么读的?我告诉你们……"他从黑板的下槽里抓出一把粉笔末,刷啦刷啦地翻开书每隔几页往页缝儿里撒上一溜,"六一年那会儿,我在师院,饿得我呀,一天到晚凄凄惶惶的。弄了点儿炒面,就这么撒在书缝儿里,看几页,举起书,对着嘴,磕巴磕巴吃一口。有点儿好吃的,都得就着学问吃下去!……"

只要他来上课,课堂上就有笑声。这一段一段的"单口相声",乐得我们一个个都要抽筋儿。

有一次上作文课。

"九十分钟。照这个题目写吧!我也写。明告诉你们,我搞点儿自搂,给人家写小人儿书的脚本。你们不少人也知道,当老师的嘛,家庭不富裕。有的下了班,老婆孩子齐上阵,糊火柴盒!我不用。作文学好了,至少有这点儿好处。写这一页,一碗馄饨。不是我瞧不起你们。就你们中间,比我出息的嘛,当然有。可能吃上这碗馄饨的嘛,也不多。争口气,写吧!……"

他姓侯,"馄饨侯"的外号就是这么来的。我们班同学里,"能人"多啦。可报社大院儿里的孩子,只有三个,都是报社迁来柳家铺后,转学来的。其余的净是家住柳家铺北里扛大个儿的、蹬三轮儿的

11

后代。他们学习不行，嘎七杂八的事可懂得不少。我也就是这一次才知道王府井八面槽那儿有那么一个卖馄饨的老字号，叫"馄饨侯"。这帮王八蛋给我们的老师安上啦！

我长这么大干的顶浑蛋顶浑蛋的事，就是把"馄饨侯"之类的事情告诉了老爷子。那会儿，我还是个少见多怪的"小傻帽儿"，回到家里，没完没了地学舌。

"格调太低了。你们的老师，格调可太低了！"听了这些事情，老爷子非但没露过一次笑脸，反而总是沉着脸，皱着眉，说这一类庄严而伟大的废话。

我从来也不认为我们这位侯老师能当上什么李燕杰。他不过就是一个爱说点儿实话，爱开点儿玩笑，还有点儿可怜巴巴的"馄饨侯"就是了。所以，老爷子根本犯不着这么认真，把这件事写进他的文章。

那篇文章的题目好像叫他娘的什么《"师道"小议》，登在他们报纸的第二版右上角，还用花边儿给框了起来。开头就由"某位老师"的"馄饨故事"说起，然后就"由此想到我们的老师应该……"然后又"由此想到"古代的一个什么鸟人的一句什么"经师人师"的鸟话，然后就"教育事业是关系到育人育才的百年大计"，然后就"是不是值得每一位老师深思呢"？

这篇浑蛋文章整个儿把我给气晕了。老爷子的笔名叫"宋为"，班里的同学没有不知道的。本来，班里那些小痞子们背地里没少了拿我们的"馄饨侯"开心，这会儿，倒全他娘的骂上我啦！

"鬈毛儿！"他们给我起了这么个外号，因为我的头发天生有点儿卷儿，"你丫挺的怎么这么不地道！你们老爷子装他妈什么孙子啊！"

"要是把你平常的胡扯八道整理整理送公安局，也够你狗日的一个反革命了！"

"假模假式的,还'深思'呢,没劲!"

……

我敢说,这帮兔崽子可逮着一个"臭"我的机会啦。活该,谁让你在大伙儿眼里一直是个牛气哄哄的总编的儿子呢。搬运工的儿子们、抹灰匠的儿子们也该挤对挤对你,撒撒气啦。再说,我们的老爷子也是真他娘的没劲!没劲透了!

最让我受不了的是,那天下午我又见到了"馄饨侯"。那是个星期一,算算我们倒是有两天没见面了,可我恨不能把脑袋扎裤裆里溜过去。可气的是,他老远就看见了我,还是那么和颜悦色,满面春风,"卢森,星期天上哪儿玩去啦?你爸爸挺好的吧!"

唉,可怜的"馄饨侯",您饶了我行不?

……

"卢森,我还挺想你哪!"这会儿,我的"馄饨侯"老师从自行车上下来了,他很费劲儿似的把自行车搬上了人行道。他大概有点儿感冒,声音瓮声瓮气的,让人觉得充满了悲痛,"听说这次又没考取?"

他教的是毕业班,我上的是补习班。高考以后,我们没见过面。

"怎么搞的,是哪门儿没考好?"

他可真婆婆妈妈,这会儿还提出这个被一千个人提过两千次的问题。不过,我还是听得出来,这第两千零一次的提问是真诚的,不像好多人那样假惺惺。

"哪门儿都没考好。"

我懒得告诉他,考"政治"的那天早晨,我怎样和老爷子吵得一塌糊涂。一怒之下,我根本就没进考场。

"怎么能说是'敲门砖'?这是你一辈子受用不尽的东西!"

"是嘛!我只知道我背了八个大要点、八十个小要点、八百个小小要点。还'一辈子'呢，出了考场就忘掉一半。"

"就你这态度，政治就不能及格！"

"那好那好。那我还去费这个劲儿干吗？！"

……

"好好温温书，再考一年吧。""馄饨侯"伸过瘦嶙嶙的手，帮我按了按翘起的衣领。他的每一个动作都让我想起老爷子那篇鸟文章，让人觉得心里真不落忍。

他又想起了什么似的说："哦，对了，你们班的李国强，在闹市口卖牛羊肉哪，你们家缺羊肉，只管找他，挺仗义的。那个金喜儿，就在学校门口儿卖瓜。每回看见他，我都忘不了叮嘱两句：你可别学那伙小流氓，拿把刀子劫人家老农的瓜车去……"顿了顿，他看着我，笑着叹了一口气，说，"你要是他们，也就罢了。现在虽说不讲'子承父业'了，可总不能让你也去卖牛羊肉吧。不能给你爸爸丢脸不是？！……"

"您还别跟我提他。"我受不了了，要不是看在他的面子上，听见这种"子承父业"之类的陈词滥调，我早他娘的调屁股走了，"他有我哥那么一个儿子就足够了，知足吧他。"

"怎么，你们爷儿俩还别扭着？"

"他有他的活法儿，我有我的活法儿。"说完，我找了个借口，推起我的车，走了。说真的，我真怕听他没完没了地说下去，跑不了又是那一套大大良民的处世之道，我早就听腻了。

要是"子承父业"就是让我去学他那种活法儿，我还真不如去卖牛羊肉或者去卖瓜哪。

自打"馄饨侯"事件以后，老爷子的那套活法儿就已经让我给总结了两个字——没劲！

就不用说他写的那些文章，作的那些报告了。说得倒挺冠冕堂皇，净是"共产主义"啦，"不计报酬"啦，我可知道，要是稿费开低了，讲课费给少了，他是个什么德性。

我要是再把那天偶然看到的，老爷子和那位年轻女记者谈话时发生的事说出来，你就会知道我们老爷子多没起色了。

那天他们坐在临窗那对紧靠着的小沙发上，那个小妞郑重其事地向他汇报工作，一只手搭在靠他一侧的沙发扶手上。当时我正在客厅里接电话，一眼瞥见了那只手。不知怎么，我的心里升起一种不祥的预感。我真怕老爷子干出什么可笑的事来。你说怎么就这么灵，我的电话还没有打完，老爷子果然把他那又肥又厚的大手放在人家那又细又白的小手上去啦！还往人家的手上一下一下地拍着，笑吟吟地说："不错，不错！小秦哪，干得不错。再努努力，革命工作很需要业务尖子脱颖而出嘛……"我几乎气挺了。没劲，连他妈沾点儿骚都这么没劲！有胆儿你另找个地方，搂着，抱着，亲嘴儿，上床，谁管你啦？干这种没劲的事，还他娘的忘不了嘴里念叨"革命"，更他妈没劲！

前天晚上，宣传部长来了，和老爷子研究什么宣传要点。研究了两个小时，宣传部长走了，老爷子和老太太接着"研究"开啦，不少于两个小时！研究什么？研究部长的脸子——对什么提法感兴趣啦，对什么栏目很冷淡啦，还真他娘的上瘾。

"我一辈子也不当官儿。"我站在客厅门口向他们宣布。

"你说什么？"他们莫名其妙地盯着我。

"当你们这号官儿也太难点儿啦。"我说。

"唉，森森，看看你！真不该让你转学来柳家铺。看你学出了一副什么鬼样子！"每到这时候，老太太就这样抱怨。照她的意思，她

15

的儿子是让柳家铺中学里那些野小子们拐带坏了。

"怨不着人家。这是他们这一代人的时代病!"老爷子总是冷冷地反驳她。他对我早就彻底失望了,好像我只是他一个可悲的研究对象,他总要居高临下、高深莫测地总结个一二三。

我才不巴望着他对我抱什么希望呢。不过,我得承认,我还满不在乎,动不动就想寻开心的"鬼样子",确实至少有五十次险些把他气得背过气去。在他对我彻底失望之前,有一次,他偏要拉我一起去看什么"青年演讲比赛"。"青年导师"嘛,他也想给他的儿子"上一课"。可这叫他娘的什么"演讲"呀,"啊青春""啊理想""啊人生""啊幸福"……一色儿让人起鸡皮疙瘩的陈词滥调。叫"背报纸"差不多,叫"朗诵"也凑合。有什么话你就说,有什么屁你就放,磕磕绊绊都不要紧,演讲嘛。你他娘的一个劲儿"啊"什么呀!"你跟谁学的这么玩世不恭?!"他对我在台下撇嘴大为不满。你不满,我心里也不那么痛快。我受的罪过大了。你不明白我为什么玩世不恭,我还不明白你干吗要为这些傻里傻气的演讲鼓掌、龇牙、磕头虫似的点头呢!……

每当到了这个时候,老爷子就几乎"背过气"去了。他开始一言不发,板着脸,眼睛直看前方,眼镜片上闪着冷光,胸脯却像皮老虎似的一掀一掀。说实在的,这时候我可真觉得过意不去了。甭管怎么说,老爷子养我一场不容易,年近花甲,又有冠心病,生起气来呼哧呼哧的,真"弯回去"了,可不是好玩儿的。不过,我得声明,我可没成心气他。这简直好像没什么办法。越在家里待着,不顺心的事越多,看着老爷子活得越没劲。憋不住的时候,你总得让我说两句,开开心吧?连开开心的权利都没有,还有活头儿吗?

……

三

回到报社大院儿,天有点儿黑了。

大院门口的东侧,是报社的车队。从汽车库前面走过的时候,我特别留神了一下老爷子常坐的那辆奶白色的皇冠车。它已经开出去了。不过,老爷子离开的时间也不长,因为回到家属楼门口我发现,老太太还待在那里和别人闲聊。

老爷子离开报社去参加什么活动,老太太总是要亲自送出门来的。当然,我们家住在一层,说两句话就跟着出来了。可我知道,这要不是老太太过去当演员当出的毛病才怪呢。看着老爷子钻进那辆奶白色的皇冠车,要是这会儿能碰上个熟人,她更来劲儿啦。她会没完没了地跟人家瞎扯:老头儿下个月要去北欧访问了,可什么东西都没置办哪。老头子呀,血压又高了,人家说吃老玉米须子能降压,他死活不信,怎么说他好!……好像全中国的人都巴不得知道她的老头儿怎么吃,怎么喝,怎么拉,怎么撒。

我他娘的简直见不得我们家老太太和那些老娘儿们站到一块儿胡咧咧,就跟自从看见老爷子摸人家手以后,一见有小妞儿和老爷子坐在一块儿,立马心率过速一样。不过,今天我可一点儿没脾气——全他妈是那八十块钱闹的。憋了一路了,我也没憋出个更有味儿的屁来。看来,也只有趁老爷子不在,跟老太太伸手这一条道儿啦。

八十块钱对于我们家来说,是算不了什么的。老爷子和老太太的工资加起来就有三百多。老爷子发表的那些破文章,三天两头儿来钱。不定什么时候他又把它们剪剪贴贴,凑那么一本《和青年朋友谈人生》什么的,虽说在书店里搁臭了也没人买,千儿八百的稿费还是照拿的。再说,老太太也正巴不得有个机会为我掏腰包呢。和老爷子吵翻的时候,我老爱说:"在这个家待着可真他妈的没劲,没劲,没劲透了!"大概为了让我收回这念头,她今天塞给我两张内部电影票,明天又塞给我几盒蜂乳。只要我能感到自己是老太太的"幸福家庭"的"幸福儿子",别说掏八十块,掏八百也行。

"哎呀森森,你这是去哪儿啦?车子怎么摔成这个样子?"

老太太的眼睛还真尖,老远就看见我了,撇开一块儿闲扯的人们,嚷嚷着迎过来。这一惊一乍的架势可真让人受不了。

"人摔着没有?……"

"年轻人哪,可得当心!"

"现在街上的交通也真成问题。"

"我过十字路口,从来是下车推着走……"

……

真的假的呀?那帮老娘儿们也凑过来七嘴八舌地添乱。

我没理她们,推车进了楼门。老太太也紧跟着回来了。

"唉,别管车摔成什么样儿,没伤着你算便宜啦!"她帮我扶着自行车,好让我从横七竖八的自行车中间腾出地方来,"儿子,什么时候才能让妈妈省点儿心呀……"

听听,我都觉得,要是不张口跟她要这份儿钱,倒怪对不起她的啦。

可谁又敢保险,她不会借着这事,再把老爷子和我往一块儿扯?

"爸爸儿子喝点儿啤酒吧。"

今天中午,老爷子刚刚把电视台那个破差使"赏"给了我,她就举着炒勺,从厨房里跑出来。她腰间围着蓝色的蜡染围裙,站在客厅门口,笑眯眯地看着我们。

"爸爸"和"儿子"谁也没搭腔。

午饭端上来了：豆豉鲮鱼、烧排骨、西红柿汤。老太太简直和当年在舞台上跳芭蕾一样起劲儿：她不再问我们，拿过玻璃杯，倒好了啤酒，一杯、两杯，放在我们面前。连平常只会怯生生低头上菜的安徽小保姆小惠，都抬起了眼皮，奇怪她怎么这么欢实。

"来，为森森到电视台好好干，干杯！"

我他娘的几乎顶不住她这死乞白赖的生拉硬拽啦。可"爸爸"和"儿子"看着眼前的杯子，还是连摸都没摸。

在我和老爷子中间，老太太好像永远在扮演一个费力不讨好的角色。有时候，我真有点儿可怜她。别看在整个报社大院儿人的眼里，老太太永远是个活得滋润、性情随和的总编夫人，在我看来，她活得才叫窝囊呢。她心里怎么想的，我可不知道，不过，我知道老太太当年可是个露过脸的人物。在她认识老爷子之前，已经在好几出舞剧里演过主要角色了，她还去莫斯科学习过。当年当记者部主任的老爷子怎么擒住她的，那又不是我能知道的事啦，反正老太太因此就急急忙忙结了婚，先生我哥，改了行，心甘情愿地当夫人了。细想起来，她现在的活法儿也自有她的道理。当年和她一块儿的那些姐妹们，后来不是成了大明星，就是当了舞蹈学院的副教授，老太太要是连个体面舒坦的日子都混不上，这辈子整个儿白活啦！

想到这一层，我也觉得自己好像是有点儿"不是东西"了——给电影票，照看；给蜂乳，照喝；八十块钱，照要。可我能规规矩矩地给老太太当他娘的"幸福家庭"的"幸福儿子"吗？扯淡！

"她有她的活法儿，我有我的活法儿！"

最后能让我心里踏踏实实的，又他妈是这句哪儿都用的废话。

跟老太太一起进了家门，我暗暗庆幸，幸好没在楼道里急急忙忙把要钱的事对她说出来——我哥回来了。他大概也就比我早回来一步，正在客厅里一边吃饭，一边看电视。茶几上摆着他吃了半截儿的饭菜。对面的电视机屏幕里，正在跳芭蕾舞，大白萝卜似的大腿抡来抡去。

"森森，留点儿神，别把鸡骨头弄到地毯上。"

老太太和小惠端着给我留的饭菜送到客厅里来，走过电视机前面的时候，"啪"，她随手把频道换了。

"……老程，改革需要你，四化需要你呀！"特写：一个大老爷们儿在号，鼻涕眼泪抹了一脸。

"啪"，又一下。

"马克思主义哲学最鲜明的两个特点是什么呢？……"又是那个穿中山装戴眼镜的副教授，面有菜色，听声音总让人觉得他只有半边肺。"看看，看看，党的知识分子政策不落实怎么行？！"我曾经指着他跟老爷子说。

"还是看芭蕾舞吧。"我哥说。

"啪"，频道又换回去，"大白萝卜"又抡起来。老太太回自己的卧室去了。

"妈要找什么节目？"

"不知道。"

其实，我太知道啦，老太太才不找什么节目呢，她就是见不得芭蕾舞。不要说上剧场看演出了，就是电视上的，她也受不了。这大概跟我考大学落榜那几天差不多，简直听不得人提起关于大学的事，哪怕电视上有一个镜头，心脏都"呼"的一下，跟他娘的被什么东西咬了一口似的。

唉，妈妈，我又开始替你难受啦。

"怎么着，买卖亏了还是赚了？"我接过小惠送来的碗筷，和我哥坐到一条长沙发上。

"有亏有赚。"他在龇着牙抱鸡腿上的一根筋。

"别蒙我啦。别人有亏有赚，我信。区委组织部办的公司能亏了？再说，那些顾问伯伯都是干什么吃的？"

"嚄，我还以为你就会跟老爷子骂骂咧咧呢，看来，你还挺门儿清啊！"他瞥了我一眼，龇牙一乐，"你还别生这份儿气，这年头，靠老爷子赚钱的人多啦，我算什么！"

他总算说了句实话。要说有时候我还能和他聊两句的话，也就因为他在我这儿还时不时有几句实话。

"见着老爷子了吗？"我问他。

"没有。我没事。"

"光蹭饭？"

"也不是。"他的下巴往酒柜那边一挑。我这才看见，那上面放着一盒新侨饭店定制的生日蛋糕。

我哥回来，跑不了就是两件事，要么就是买卖上有什么难处了，得求老爷子给办办，要么就是误了饭，回来"蹭"一顿。反正家里搁着个任劳任怨的小保姆，比回他自己那套小单元房里让老婆忙活强多了。这可不是我说的。这是他自己说的，他的脸皮厚了去啦。不过他今天还算例外，给老爷子送生日蛋糕来了。要说也不例外，他就这么会"来事儿"。老爷子放个屁，他都三孙子似的接着，时不时还来块生日蛋糕什么的，把老爷子哄得团团转。

"想干点儿什么事，不把老爷子哄转了行吗？中国还是老爷子们的天下。"这也是他对我说的。

我得承认，这又是实话。可惜我不想"干点儿什么事"，更没那

21

个瘾在老爷子面前装王八蛋。不然，从我哥这儿倒能学到不少糊弄老爷子们的诀窍。

"用现今时髦点儿的说法吧，这么着，老爷子更得把你'扶上马，送一程'啦！"我又朝那盒花蛋糕看了一眼，笑着。

"我知道我在你眼里不是个东西。"我哥满不在乎地嘻嘻笑起来，"可你这一套也算不得什么英雄。中国人要是都像你，也早亡国啦。"

"没错儿。咱们俩都不是东西。"我说。

我们俩你看看我，我看看你，突然都笑了。我不知道他在笑的时候想到了什么，我只是觉得他笑得开心透了，只有厚颜无耻的人才能在这么一句话面前发出这样的笑。我虽然也在笑着，在他的笑声面前却感到一种自卑。因为一边笑着，一边觉得自己的鼻子里、嗓子眼儿里有一股热烘烘的、酸酸的东西漾上来。

他吃完饭就走了，我也正盼着他走。他一出门，我就到卧室找老太太要钱去了。

"啧啧啧，你呀你呀！"老太太的反应是预料之中的。她当然少不了拿出责怪的口气叨唠几句，可更多的的确是有点儿兴奋。不过，让人心里起急的是，接下来她开始东一句、西一句地和我闲扯，就是不开抽屉给我拿钱。我真疑心她是不是故意耗时间，等老爷子回来。

"妈，要是方便，快点儿把钱给我，我还打算今晚给都都送去哪。"我实在忍不住了，好在又找着了一个借口。

"瞧你！"她看了一眼挂钟，"再急，也得等明天早上上银行取吧？"

我没词儿了。明天？八个明天都行！可我他娘的早看出她要算计我什么啦。

"好吧。"想了想，我说，"那把存折给我，明天我自己去取算啦。"

老太太犹豫了一下，把存折找出来，递给了我。我回自己的房间去了。

老爷子是十点多钟回来的，皮鞋踩在地板上，"吱吱"响着。他接了个电话，又到盥洗间去洗澡。洗澡出来，老太太和他在客厅里嘀嘀咕咕。

本来，回到房间里，把存折放桌上，这心里已经踏实了。说实在的，甚至还有点儿得意。靠在被子垛上，看《风流女皇》看得挺上劲儿，这时候外面就传来老太太和老爷子嘀咕的声音。我简直不知道从哪儿冒出来了一种不妙的预感，飞快地把书扔到桌上，脱衣，铺被，关灯。

我的手拽着灯绳正要拉的时候，老爷子来了。我把手松开了。

老爷子穿着白底蓝条的睡衣睡裤，脚下趿拉着拖鞋，身子几乎把房间的门堵严了。他面无表情，手里捏着一沓钞票。

"森森，爸爸这儿正好有现钱！"在他身后，传过来老太太的声音。

"够吗？"

"够了。"

这回他倒没废话，趿拉着拖鞋，沙沙沙，走了。

"森森，这么晚了，就别给都都送去啦，明天再说吧！"

老太太笑眯眯地走进来，帮我抻了抻床单，拿起《风流女皇》翻了翻，又帮我把灯绳拉了。临关门的时候，她又冲我说："好好睡吧。"

睡个屁，我到底让你给算计啦！

这倒还在其次。要命的是，我又一次在老爷子面前"栽"了。"栽"得可真他妈惨！

四

"森森，起床！吃饭啦！"老太太在门外叫。

我早醒了。我睡的房间窗户朝东。现在，白色的窗帘一扑一掀，太阳光噼里啪啦地跳进来。窗外的脚步声、说话声，玻璃碴儿一样脆生生的。躺在床上，突然有一种躺在大马路边上的感觉。

我正蜷在毛巾被里胡思乱想。我要是把想的什么都说出来，那可太流氓啦。当然，这也没什么了不起，二十岁啦，"年轻人嘛"，老爷子爱说的半句话。啊前途啊理想啊四化啊人生。你也得容忍一个小光棍儿望着对面阳台上晾挂的乳罩想入非非。

总的来说，我还是个"好孩子"。可这绝不是因为我见了小妞儿不动心。在我们那个高考补习班里，至少有三个小妞儿给我递过飞眼儿。我他娘的哪儿招她们喜欢啦？其说不一。有的说，喜欢我有"幽默感"。有的说，喜欢我这鬈毛儿。也有一位，简直什么都喜欢。"卢森，你的作文写得可真好。我……我都有点儿崇拜你了！"杜小曦就这么说过。

她是一个挺有味儿的小妞儿。两条长腿又直又匀，爱穿宽宽松松的红色套头衫，苗实的小乳房在里面时隐时现。为了她这么一句，我几乎晕在她面前啦。可事情就坏在她"什么都喜欢"上面。"你爸爸这篇文章写得可真好！卢森，你准能当他的接班人。"这就开始让我反胃了。"卢森，你这一瘸一拐的架势都那么潇洒！"活见鬼，那几天，我正为扭伤了右脚龇牙咧嘴。高考的前一天晚上，上完辅导课回家，她好像特意藏在路边等我。她穿着一件淡黄色的套头衫，精致的小乳罩清晰地从里面显现出来。"卢森，亲我一下吧！把你的灵感给我一点儿吧！"走到一片阴影下面，她的声音绵软得让人腿杆子打晃。更是活见鬼了,我有什么"灵感"呀,"馄饨侯"叫起来当场读作文的不是我,正是她杜小曦!再说,想玩玩儿就玩玩儿,这和他娘的"灵感"有什么关系?本来我还有点儿情绪,全让她这么一个"灵感"给搅没啦。"哟!"我愁眉苦脸地说,"那我可不亲你了,我的灵感就那么点儿,挺少的。再给你点儿,我怎么办?""真傻假傻呀!"最后她哭着跑了。想起那情景,如今又怪让人遗憾的。我推着她的背往前走时,触着了她乳罩的挂钩,现在右手食指上好像还留着这感觉呢。不过我要是真的"啃"了她,再和她扯上什么"灵感"之类的混账话,那罪过说不定就受大啦。"我怎么能够把你比作夏天?你不单比他可爱,也比他温婉。"她会这样对我说,"你的甜爱,就是珍宝。我不屑把处境和帝王对调。"我得这样对她说。我就什么也甭干,整天揉着胸脯子,捏着嗓门子,跟她对着背莎士比亚吧。

唉,这些小妞们中间,哪怕有一个不像杜小曦这样,我也早就不是"好孩子"啦。

"森森!"老太太又叫了。

"听见啦听见啦!"我懒洋洋地爬起来。

我们家吃饭都在过厅里。这过厅有一间房子那么大。除了饭桌以外,还可以摆下冰箱、食品柜和碗橱。小惠正站在食品柜前,往配餐面包上抹果酱,烤三明治。老爷子已经坐在饭桌前了,还是穿着那身白底蓝条的睡衣裤,一边看"大参考",一边呷着牛奶。厨房里传出鸡蛋下油锅的"欻啦"声。炸荷包蛋老太太从来是要亲自动手的,她嫌小惠掌握不好火候。

我刚在饭桌前坐下,老太太就把一小碟一小碟的荷包蛋端出来了。

"一人两个,爸爸儿子别打架。"

咯咯的笑声。小碟子推到每个人面前。我却觉得这一点儿也不幽默。

"老头儿,今天总算没事儿吧?"

"呃……"

"呃什么?今天你是寿星老儿,午饭时淼淼和肖雁还回来呢。"肖雁是我哥的老婆。

"不会耽误午饭的。只是……团委有个同志上午来谈点儿工作。"

"淼淼,你今天也……"

"我还得给都都买放音机去哪。"

"那还用得了多长时间啊,回来的时候,上自由市场给我带捆葱回来。你可别像昨晚似的。我还等着葱使哪!"

老太太的心情好极了。当然,家里的气氛不坏嘛,"幸福的生活幸福的生活比哟比蜜甜喽……"

吃完早饭,我就骑着老太太那辆旧坤车上百货大楼去了。花七十五块钱买下了那个混账的放音机,送到了都都家。都都这小子还一个劲儿装王八蛋——哎呀这是何苦坏了就坏了何必这么认真这可真不够哥们儿啦我真想骂你兔崽子啦干吗把这当回事呀……

"那好那好。也是。哥们儿一场,就别让你不好意思啦!"我故意把放音机装回书包里。

兔崽子嘴角倒还咧着,颧骨上的肉已经他娘的冻住啦。

"别装了,看你丫挺的这份儿难受劲儿!"我又把放音机拿了出来。

他骂了我一句,给我拿苹果去了。

"我得跟你打听个人。"放下苹果,他又跑去关上了通往堂屋的门。他们家老爷子正在那儿给一个小柜上油漆。

我已经猜到他要打听的是谁了。说实在的,我时不时到都都这儿来臭聊一会儿，好像也有从这儿听到点儿她的消息的愿望。她和他都考上了师范学院走读班，一个中文系，一个历史系。我就这么贱！谁让我的右手食指上还留着她脊梁背儿上那个小挂钩的感觉呢。

"你们班的杜小曦，怎么样？"

"挺好。瞧你小子削苹果的这个笨劲儿！"我说。

"你来你来。其实我在咱们学校就知道她啦，只是没说过话。这回上了一个大学，再说，我不是在作文比赛里得了个二等奖吗？她也得了个奖，表彰奖……"

"她就噘起嘴巴给你伸过去啦——啊！都都，我可真崇拜你，亲亲我，给我点儿灵感吧！"

"你是听谁说的？"都都的眼睛瞪圆了，"李伟这小子真不是东西，我只告诉了他一个人，不许他传的！"

"根本不是李伟说的。我猜的。"我嘻嘻笑着，"你作文二等奖，她表彰奖，再往下……这不是明摆的事儿嘛！"

这傻小子想了想，说："是得服你。"

"你小子艳福不浅。"我说，"拿着你的苹果。"

他接过苹果，一边嚼，一边想着什么。

"嘿，不瞒你说，我还是第一次啃一个小妞儿的脸蛋儿哪。我的牙关都磕磕绊绊的打冷战。"

"啊都都，我……我晕……她一准儿瘫在你怀里啦。"

"哎呀，你怎么说得这么准！好像你小子也干过这事儿一样。"

"她要是不晕，就是早被人啃过啦！"

都都的眼珠子都他娘的放出亮儿来了。

"走啦。"我把给自己削好的苹果塞到嘴里啃了一口，"我还得上自由市场给我妈买大葱去哪。"

"森森,森森,你再坐会儿,再坐会儿,我还得请教请教你,哪怕你吃完了苹果再走呢。"

我又坐了下来。

"你说,我们之间,我们之间还会怎么样?我……我怎么,怎么和她……"

"这他妈还用问。她说:'啊,你的眼睛像星星!'你就说:'啊你的嘴唇像月亮!'你干这一套还不跟玩儿似的?再不行预备一本《莎士比亚十四行诗选》,够使的啦。"

他眯着眼睛,一下一下地晃着脑袋,跟他娘的晕在了一支曲子里一样。

这小子还没听够,送我出门的时候,也张罗着换鞋,找车钥匙。他一定要跟着我去买那捆大葱。

这一路就全是他娘的没完没了的"杜小曦"啦。我要是把杜小曦跟我来过的那一套告诉他,他准保得连人带车翻在马路上。可我才没这心思呢。"啊,我晕!"杜小曦就是跟一百个老爷们儿玩一百遍这一套,我管得着吗?不过,有时候我也觉得自己是有点儿怪,当年杜小曦求我啃她之前,我可挺迷过她一阵儿的。我的座位就在她的后面,我甚至时不时斜眼偷看她后脖颈上那淡淡的茸毛。可到了关键时刻,我他娘的一点儿情绪都没啦。现在呢,想到她倒在了别人的怀里,心里又有点儿不是滋味儿。

"……瞧一瞧,看一看,这小葱儿长得多聪明啊!""您哪儿找去?哪儿找去?这么便宜的大白萝卜,哪儿找去?!……""这是青口菜!您嫌老?您找嫩的去吧!""别掐!别掐!您一个一个给我掐了,我还怎么卖?"……听听自由市场里的吆喝声、讨价声、骂街声,都比听他娘的一口一个"杜小曦"中听多啦。

……

"听说她爸爸在报社当记者？"

"唔。"

"我老有点儿自卑。我爸是工人。我们家，底儿太潮。"都都提着那捆大葱，追着我，在人群里挤着。

"全看你自己能不能唬住她啦！"没法子，有时候还得没精打采地应付他一句。

"猪头肉！猪头肉！一块九一斤的猪头肉！不好吃不要钱的猪头肉！"

"口条，口条，酱口条！誉满全球的酱口条……"

"你说她够多少分？九十，有吗？……"

"敢情！你看她那两条腿！"

"嗨——嫩黄瓜，嫩黄瓜，一掐一股水儿的嫩黄瓜！"

"嗨——一把抓的小笋鸡儿啊，一把抓，一把抓，一块钱一只的小笋鸡儿！"

……

我们好不容易才挤到了一个松快地方。

"行啦，今儿一上午，整个儿给你兔崽子的'杜小曦'搭进去啦！"我把他手里的那捆大葱接过来。

"把你当成哥们儿，聊点儿私事嘛，"他看了我一眼，"瞧你这不耐烦劲儿，你他娘的一点儿也不替我高兴。"

我说："谁他妈替我生气呀？我的'杜小曦'还不知道在哪个丈母娘肚子里揣着哪。"

他一愣，看了我一眼，嘿嘿笑起来："别装可怜相。我可知道，不光你们班，就连我们班那些小妞儿们，都公认你是一个真正的男

29

子汉。"

"你别他妈骂我啦！"我可一会儿也没忘了昨天晚上在老爷子面前的那个屄德性，这会儿跟我提什么"男子汉"，可不跟他娘的骂我差不多。

"也是。"他想了想，叹了一口气，这假惺惺的样子可真让人讨厌，"你在事业上是得解决呀。男儿当立志。只要事业有了着落，就不愁没妞儿追你。"

瞧兔崽子这份德性！好像考上个破大学再加上那个二等奖，也算成了什么"事业"了，丫挺的就成了有一万个美人儿追着跑的英雄似的。

不过，如今我也确实就这么整个儿地完蛋啦，谁他娘的都有资格在我面前摆谱儿，跟都都这小子还生不起这份儿气。不信把杜小曦叫来试试，别看当年她上赶着求我"啃"一口，现在，她用眼皮子"夹"我一下就不错！

自由市场的围墙外面还像是市场。马路两边摆满了卖金鱼的、卖鱼虫儿的、卖马掌花肥的、卖耳挖勺的、卖竹衣架的……各式各样的小摊。蹬着平板三轮送货的"倒儿爷"们横冲直撞。老农们推着后货架上挎有两只大荆条筐的自行车，伏下身子，在马路当中晃晃荡荡。我和都都一起，顺着人流朝外走着。

"嘿，朝那边儿走，顺便看看倒腾摩托车的，怎么样？"

我知道那边有个摩托车交易市场，可不知道倒腾摩托车有什么好看的。不过，顺这条路拐上大街，好像倒清静一点儿。

"你可不知道，倒腾车倒是次要的。那儿成了老爷们儿抖威风的地方啦！"

都都说的不假。马路边的那片草坪上，早已不是两年前的景象了。那时候上面稀稀落落地停了几辆"嘉陵""铃木50""铃木80",每辆车前都围着三三两两看热闹的人。现在倒好,一过来我就看出名堂了,这他娘的哪儿是买车卖车呀,这是比谁的车子棒,再比车子后面驮的那个妞儿哪!

草坪上横七竖八地停着一片红红绿绿的摩托车。男男女女们,除了我和都都这号看热闹的,也除了那些可怜巴巴地开着"幸福"啦、"嘉陵"啦,这会儿缩在一边没脸臭显的傻小子们,一个个神气得不是像王子,就是像公主。"突突突突……""川崎125"开来了。"突突突突……""铃木AX100"开走了。搂着老爷们儿腰身,像风一样飘来飘去的,是一个个身材苗条、充满了弹性的小妞儿。

"嘿,这哥们儿又来啦,真够狂的!"

"'本田400'!小妞儿也镇啦!"

……

人群中卷过一片赞叹声,一辆黑亮亮的"本田400"轰轰轰轰地开过来,戴着雪白"飞翔"头盔的爷们儿把右脚往地上一支,穿着牛仔裤、天蓝色绸衫的小妞儿一撅屁股,来了一个体操动作——修长的双腿向后一甩,双脚一并,跳下车来。她戴着一副蝴蝶形茶镜,一条浅灰色的皮带活像美国大兵的子弹带,松松垮垮地耷拉在胯上,双手拇指扣在裤腰里,野味儿十足。看热闹的、玩儿摩托车的,狼似的盯着这辆"本田400"和这位小妞儿,眼珠子都他妈绿啦!

"听听,听听人家那辆的声音,轰轰的!您这辆可好,梆梆的。趁早儿换一辆。我跟您这么说吧,非'250'以上的不行!"看热闹的人中间,一位三十岁上下的瘪脸儿好像特别在行,拍着一辆"铃木100",递一根烟给它的主人。

"哥们儿,怎么自己不弄一辆玩玩儿?"

"谁说不想呢,这就是老爷们儿的玩意儿嘛!可……您给我钱?"

"哄——"大伙儿全乐了。

"完了完了,那您老在这儿干看、干说,可太没劲了。"一个十五六岁的孩子不知好歹。

"兄弟,那你可错了。其实,你不也在这儿干看着哪?"

看来,瘪脸儿爷们儿是想给这位小兄弟上一课了。

"看不看足球?"

"看呀。"

"完了,你怎么不进国家队踢呀?"

"……"

"爱不爱看……大草原上骑马?"

"凑合。"

"完了。你哪儿弄马去?!"

"……"

"看的是一种活法儿!爷们儿的活法儿!"他一伸手,"啪"的一声,打火机蹿起了火苗,他给"铃木100"递过去了。点上烟,斜楞了小孩儿一眼,拿着腔调说:"兄弟,你见过的世界还小!"

这回轮到大伙儿给小孩儿"一大哄"了。

"听过车间主任训话没有?"瘪脸儿更来劲了。

"瞧您说的。我是学生。"小孩子吧唧了一下嘴,摇头。

"每月月底,从会计那儿领四百二十大毛的滋味儿您就更没尝过啦。"

"……"

"要问你怎么跟老婆打埋伏,省出烟钱,您还是整个儿一个'傻乎乎'吧?!"

"废话。"

"完了完了,说你见过的世界还小不是?……活吧!"

"活吧。"不知道是冲谁说的,好像是冲小孩儿,又好像是冲他自己,因为那以后他长出了一口气,那眼神儿里满是悲哀。

其实我不喜欢摩托车,要是真有辆特棒的摩托车,我也没这个瘾——驮个小妞儿来臭显。不过,瘪脸儿感觉是一点儿没错。这些骑士们的活法儿可太刺激人啦,这比都都那神气活现的模样儿更令人垂头丧气。

"怎么样,来劲吧?"都都说。

"没什么带劲的。"

"再看一会儿。"

"再看,我更觉得自己白活啦!"

我拍了拍都都的后背,一个人走了。

我还得回家去送大葱。

在五颜六色的摩托车群里,推着一辆旧女车,车后驮着一捆大葱,算是把我的德性全散出来了。

当然,我的伤心才不在于这捆大葱呢。

要命的是,我忽然间发现,我的活法儿也不过是我给老爷子总结的那两个字——"没劲!"

五

客厅里有客人。老太太正在过厅里给老爷子的生日蛋糕插蜡烛。

"谁来了?"

"轻点儿。报社新调来的团委书记。"

"研究什么？五讲四美三热爱？三学二批一端正？"

"轻点儿不行？你呀，要是跟你爸说这些，又该把他惹火啦！"

通往客厅的门是那种对开的大玻璃门，在过厅里就可以看得见客厅里的一切。

老爷子坐在迎门的长沙发上，短而粗的手指夹着一支香烟。新来的团委书记是一个二十五六岁的大妞儿，穿着一身深灰色的西服套装，双腿并拢，身板儿笔直，稍稍向老爷子坐的方向扭着身子，坐在东侧一只单人沙发的前沿儿上。沙发扶手上搁着打开的笔记本。

"卢书记，除了不准留披肩发外出采访这一条以外，您还有什么指示吗？"

这声音好熟悉。我又朝玻璃里看了一眼。哟，怪不得，这不是上个月在人民大会堂的晚会上跟我跳过舞的那一位嘛！

"你多大了？"

那天她那模样儿可真浪，穿着一条紫红色的金丝绒长裙，领口开得很低，脖子上还挂着金项链。那天她梳的就是披肩发，好像是怕跳舞时弄乱了头发，所以又用一条暗红的发带从头顶上拢下来。跳舞的时候，她的头发上散着玉兰花香。后来我发现，那是那条发带上散出来的。

其实，我顶不喜欢这种慢悠悠的交谊舞了，它老使我觉得那么装模作样。要不是和我同去的几个小子"将"我，和我打赌，我他娘的才不去请她跳舞呢。一边跳着，我还一边跟那帮小子们使眼色，不管怎么说，这支曲子完了，他们就得到冷饮室请我的客啦。

我们使眼色的时候，她一定发现了，不然她不会提出这么一个不太礼貌的问题。

"我？二十岁。"我说。

"哦——那你还是个孩子哪。"她咯咯笑着,腰肢一颤一颤。不过她很快就看出我有点儿恼火,说,"可你的舞跳得这么好,很少见。"

她怎么找补也没用。这句混账话简直让我恨不能扔下她就跑。至少当时我难受了老半天,玩儿的兴致全没了。我不记住她才怪!

现在,她那点儿浪劲儿都不知哪儿去啦,扎着暗红发带的披肩发梳成了盘头辫儿,正正经经地坐在我们家客厅里,和党组书记讨论"不准留披肩发外出采访"的问题。当个屁大的官儿也得有这一"功",你不服还不行。

我也不知道从哪儿冒出了一股"恶作剧"的念头。推开客厅门,大模大样地进去了。我还故意冲着她,客客气气地点了点头,坐到屋子西侧的角落里,"咔咔咔"地拨电话。

老爷子瞪了我一眼,不过,他大概正好想去"方便方便",起身出去了。

"在讨论'披肩发'的问题,是吗?"我把话筒挂了回去。

"是呀。"她看着我,那眼神似乎是努力在记忆中寻找什么。

"干脆,连舞会上的'披肩发'也给禁了算啦!"

"噢,是你呀!"她想起来了,脸上渐渐红起来,"真没想到!真没想到!"

"您这身衣服,比那天晚上的可差多啦,像个妇联的女干部。"

我故意粗声大嗓地说:"发式也是。还是披肩发好看。"

"去去去!"她的脸更红了。

厕所的水箱响了。

"你的头发,也快成'披肩发'啦。"她看了看我,突然咯咯地笑起来。

老爷子推门回来了。

"你这种精神面貌可差点劲儿。"她瞟了他一眼，对我说，"你别腻烦我。其实，大人都是为了你好！"

天哪，她笃定是我们家老爷子最理想的接班人啦！

临近午饭的时候，老爷子送走了他的"接班人"，回到客厅里来。他又摆出了我早已熟悉的那副模样：弓着背，探着身子，两肘戳在大腿上，胸脯一起一伏。他打量着我，半天没言语。我在削苹果。看了他一眼，我猜到了他会干什么。

"如果你以为自己那个脑袋还挺美的话，以后最好回自己的房里美去。"

还是既不叫我的小名儿，也不称我的大名儿，连看也不看我一眼。还是什么表情也没有，吩咐着他的裤裆。

我他娘的早料到会有今天啦。当然，我倒没想到他的废话来得这么快，刚过了一宿，他就来劲儿啦。这还只是赏了我一个破临时工再加上八十块钱呢，再多点儿，你说，我还有活头儿吗？

这回我倒没灰着。不过，我要是粗了脖子红了筋跟他嚷嚷，那才丢份儿呢。

"我这脑袋怎么了？"我胡噜了一下长发，从沙发上欠起身来，也弓起背，探着身子，也把两肘戳到大腿上，把拖鞋的前掌一掀一掀。我同样不看他，同样面无表情地说："我怎么长了这么个德性脑袋，我还得问您哪。"

"我说的不是你那髻儿。我说的是你头发的长度！"

"长度？长度怎么了？多长是革命的？多长又成反革命了？你们报纸上发过社论吗？"

他"呼"地站起身，出去了。

他走到客厅的门口，正赶上我哥和肖雁进门。

"爸爸，万寿无疆！万寿无疆！"肖雁和我哥真是天生一对儿，她一进门，管保能叫老爷子老太太眉开眼笑。当然，这一切都是嘻嘻哈哈中进行的，绝不会让人感到肉麻。

叫今天肖雁算是撞上啦，老爷子正在气头儿上，整个儿白干！老爷子理都没理她，一扭身，回他的书房去了。

"爸爸怎么了？"

"不知道。"

她撂下挎包，立刻到厨房拜老太太去了。

"哼，要不是你又气老爷子了，砍我的脑袋。"我哥把西服挂到衣架上。

"没有没有没有。"我瞥他一眼，慢吞吞地告诉他，"他嫌我的头发长，我向他请示，让他给个尺寸。"

我哥看着我，长长地吹出一口气。他在我对面的沙发上坐下来。

"妈妈，熟了。您尝尝……"厨房里，传过来肖雁和老太太嘻嘻哈哈的声音。

"大生日的，你把老爷子气死，对你有什么好？！"我哥点上了一支烟。

"我根本没想气他。他自找。"

他还是默默地抽着烟。

"我不跟你废话。我知道，废话对你早他妈没用啦。"

要说我哥比老爷子可聪明多了。他承认现实，所以我们永远不会急眼。和他谈话，我甚至不时会想起月坛公园见过的两个拳师。他们才不像《少林寺》的傻小子们那样，喊得乌烟瘴气，打得天昏地暗呢。他们不言不语，站得很近，你推过来一把，我搡过去一下，有时还面露微笑。我知道他们俩谁都摸谁的底，可又谁也不服谁，所以在这推来搡去中渐渐的都有点儿乐在其中的味道了。

"你说得可太对了。"我说,"所以,咱们家全指望你啦。你就好好伺候着老爷子万寿无疆吧,有搂钱的机会就搂钱,有搂官儿的机会就搂官儿。放心。我不眼馋,也不生气。"

"唔,你这话倒像个爷们儿说的。不过,你干的事就未准有这份儿志气啦。"他有点儿得意,"真有种儿,你什么也别靠老爷子呀。弄不好,咱们哥儿俩也就是五十步笑百步。"

"没错儿。"我笑了。我知道他会用这一套来嘲笑我的,"谁让爹妈给了我这么一副骨头呢。不过,明说吧,就那个破临时工,就那八十块钱,我后悔死啦。要是不'栽'这么一回,我也不知道自己活得这么没劲,不过,你放心,我这就换一种活法儿啦。"

他不再说了,靠到沙发背儿上,又抬起眼皮瞟了我一眼,那眼神儿里的轻蔑劲儿真让人受不了。

"你说得倒挺好。看来,还想再发愤一年,考个大学?"他把烟头儿拧进烟缸里。

"说不定。"我说。

"哼,你是读书的材料吗?"

"没准儿。"我说。

他又重新点上一支烟,抽了几口。

"说不定你还想当个满街嚷嚷'瞧一瞧,看一看'的倒儿爷吧?"

"你别以为不可能。"我还是微微笑着。

"你拉得下那个脸皮吗?"

"看吧。"我说。

……

如果不是他的轻蔑拱得我心里一阵一阵冒火,我也不至于在老爷子的生日喜宴上翻脸。"白斩鸡""香酥鸭""红烧鲤鱼""东坡肉""双沟大曲"、标着V·S·O·P的法国白兰地、五星啤酒……我还没那么浑蛋。

可是现在,我心里真他娘的受不了了。到了这个份儿上,我要是不找个正儿八经的地方把老爷子的"赏"扔回去,在他们面前,就永远甭想扬眉吐气地当个爷们儿。

"来,爸爸万寿无疆!"肖雁总算又找到一个机会发挥她的才华了。

"万——寿——无——疆!万——寿——无——疆!"我哥那两片红红的厚嘴唇无耻地咧着。

"妈妈永远健康!"甜甜的,再加上一点儿不知道是真是假的胆怯,地道的中国儿媳妇给婆婆的媚眼儿。

"永——远——健——康!永——远——健——康!"哥哥的喊声和老太太的笑。

"爸爸。"我站起来,满盛着白酒的酒杯递过去。

老爷子一怔,看了我一眼,迟迟疑疑地把面前的酒杯举起来。

"您的儿子要有点儿出息啦!"我说,"您把电视台的那个差使拿回去,还人家吧。哦,还有,昨儿晚上那八十块钱,我也还您……"

"森森,你胡说什么!"老太太截住了我的话头。

我没理她,一仰脖儿,把酒杯里的酒全灌到嗓子眼儿里,"可您也别再没完没了地把我当可怜虫,一会儿嫌我嘴臭,一会儿嫌我的头发长啦……"

说完了,我转身回到了自己房里。"咣——"撞上门,"咚——"倒到床上。这回,浑身上下真他娘的舒坦啦……

六

那家小饭馆到底是在哪儿呢？想得人脑仁儿疼。

它肯定不在我常走的几条路线上。比如从我家到都都家，或是到游泳场，这一路上有几家饭馆，我是闭着眼睛也说得上来的。

我找到了一张《北京交通图》。对着它，使劲儿回忆半个月以来走过的路线。我坐103路无轨电车到美术馆看过展览。不过那天可是个大晴天，根本不是那种阴沉沉的、随时要下雨的天气。我也坐过108路到和平里的二姨家玩儿，可顺着和平里、兴化路、蒋宅口……一站一站地想下来，也不觉得这条路上有我找的饭馆。我还到过哪儿呢？我没有记日记的习惯，要一次不漏地把半个月走过的地方都想起来，也太难点儿了。

于是，我又换了一招儿，大概还能回想起那饭馆的名字吧？那个招牌挺唬人，本色的大匾额，墨绿色的字。什么字来着？到了嘴边，说不出来了。反正当时一看那字我就乐了：门脸儿不大，口气不小。可到底是哪三个字呢？完蛋。死活也想不起来了。幸好家里又有一本全市的《电话号码簿》，查到了"饭馆"一栏："一条龙羊肉馆""二龙路包子铺""三元里小吃店""四道口饭庄"……查了半天才恍然大悟，既然招牌挺新，又在招工作人员，肯定才开张不久，就算是安了电话，也来不及上《电话号码簿》呀。

我他娘的这辈子还没费过这份儿劲呢。

我已经先把家里存的报纸翻个底儿掉了——当然，都是趁他们午饭后到院子里照相时搬过来的。广告栏上，隔十天半个月的，才能查着一份"招聘启事"。不是招翻译，就是招记者；不是要"大专文凭"，就是要"本科学历"。这简直故意寒碜我哪。

我也想过是不是找人先借点儿钱。找谁？找亲戚，老爷子是不可能不知道的。再说，人家大概也不愿意掺和这种事，弄不好还他妈给我"上一课"。找同学？都都这号穷鬼就甭想了。"馄饨侯"告诉过我的那几位——卖肉的李国强啦，卖瓜的金喜儿啦，我跟人家也没这交情。

最后，我才想到了这家饭馆。

说来也荒唐。那家饭馆的"招聘启事"，是我在电车上看见的。我还没读完，电车开了，它就被甩到后面去了。它好像贴在饭馆的一扇门上。大意是说，本饭馆招聘工作人员，有愿应聘者，前来洽谈，条件面议。当时，我可没想到有那么一天，去给一家个体户当"店小二"。当然，就算现在我找到那家饭馆了，我也没打算这辈子吃这碗饭。干个十天二十天，弄到八十块钱，理直气壮地往老爷子面前一拍，出了这口气，拍屁股走人。

"招聘启事"已经是半个月前的事了。我也实在没当回事。现在，早把那地点忘得一干二净。我他娘的上哪儿，找谁"面议"去？

第二天起床的时候，迷迷瞪瞪听见窗外的新闻广播，说一九八四年国际马拉松赛，今天上午在北京工人体育场举行。我这才想起两周前去体育场看过一场球。噢——想起来啦，那家浑蛋饭馆，就在体育场东路！人的脑袋可真怪，不开窍的时候，能把你憋死。开了窍，什么都想起来啦。我立刻又想起它的名字叫"冠北楼"，没错儿，挺狂的一个名字，再说也实在不是什么"楼"，所以我当时才忍不住笑了起来。

我着实为我的发现傻乎乎地高兴了一会儿。胡乱抹了把脸，跑到了110路无轨电车站。今天等车的人还特多，都是去看马拉松的。挤上车，没多一会儿就出了一身臭汗，幸好下车没走多远，果然看见了"冠北楼"那威风十足的匾额。可走上近前一看,那张贴在门前的"启事"呢,早他娘的让"新添涮羊肉"五个大字盖上啦!

我在门前站了一会儿,不知道是再进去问问好呢,还是干脆一走了之。

"你问我爱你有多深,我爱你有几分……"棕色的对开门儿,门框上高挂着两个大音箱,嗲声嗲气地唱着。唱歌的妞儿大概让她爷们儿搂着唱哪,不然干吗老像是喘不上气来。初秋的阳光,晃得人睁不开眼睛。身后乒乒乓乓从电车上蹦下来的一群小哥们儿,吆三喝四地朝工人体育场那边走。"……我的情也真,我的爱也真,月亮代表我的心……"曲子拖着哭腔,和那令人麻酥酥的声音一道儿,驴似的号。

我得承认,现在我想起肖雁的话来啦。

"唉!弟弟,你可真是个傻弟弟!"肖雁大概是我们老太太心中最合适的"说客"了。她永远让你觉得她是为你着想,"我要是你呀,老爷子的便宜,照占。他爱啰唆几句,从这个耳朵进来,那个耳朵出去不就行了?"

她探着脖子,闪着眼睛,两手的食指分别指着两侧的耳朵,这使我忽然想起幼儿园里哄过我的阿姨。

"老爷子的便宜可不是白占的。"我说,"至少,他得认为他到底还是我的老爷子。"

"他本来就是你的'老爷子'呀!"肖雁咯咯地笑起来。

"我就受不了他那'老爷子'劲儿!"

我吼得太凶了。她不笑了,半天没吭声儿。

"至少,你没必要把话说得那么绝。"临走的时候,她说,"工作啦、钱啦,除非你能捡个钱包,不然,弄八十块钱对于你来说,比开开心心、逗逗乐、昏天黑地骂一通可难多啦!"

"我不会后悔的。"我说。

……

现在,我当然没有后悔,不过心里确实有点儿发毛。这个混账的"冠北楼",也确实是我能想到的最后一招儿啦。

我正犹犹豫豫、胡思乱想的时候,马路上过来一辆平板三轮儿车,车上放着三个鼓鼓囊囊的大麻袋。蹬车的是个穿着棕色枪手服的黑脸汉子,乱蓬蓬的寸头,络腮胡子也挺重。特别引人注目的是那大腮帮子,好像能嚼得动铁。他在离我不远的地方下了车,想把三轮儿车推上人行道。车的前轱辘倒是上去了,后轱辘却卡在马路牙子上,他怎么也推不动。

"哥们儿,帮帮忙!"

我走了过去,"一、二、三!"在车后帮他推了一把。

"谢谢您嘞!"

他把三轮儿车停在"冠北楼"的门口。

"哥们儿,买卖是您的?"

"唔。"他把麻袋挪到板车的沿儿上。那里面装的都是木炭,黑末子漏了出来。

"听说你这儿要找个帮忙的?"

"是啊。"他从头到脚打量了我一通儿,"那可是八百年前的事了。"

"别逗了。顶多半个月。"我说。

"哥们儿是头一回出来弄钱花吧?"他递我一支烟,我摆摆手,他叼到了自己的嘴上,"你可不知道,这是什么年头儿?为一个差使,能打出活人脑子来。再说,别看到我这儿干累点儿,挣的不比高干少。谁他妈能把这便宜留到半个月以后,等你来捡?实话跟你说,没出半天儿,我就找着主儿啦。"

他扛起了麻袋，朝门口走去。一个挺漂亮的妞儿出来替他开门。

过了一会儿，他又回来了，挪第二个麻袋，拿起刚才塞在车把钢管里的半截香烟，抽了几口，"看见没有？就是那个妞儿。不过，每月二百块钱可不好挣噢，没白天没黑夜地干。"他故意把"干"字说得很重，说完，又吸了一口烟，眯起眼睛，突然嘿嘿嘿笑起来，整个儿脑袋变成了一只七窍喷烟的香炉。

看着这紫茄子似的大腮帮子，我他娘的一个巴掌扇过去的心思都有。

"哥们儿，实在抱歉啦您哪，这儿可真没您的饭辙。"扛完了麻袋，他出来收拾三轮车，见我还没走，大概以为我还指望着他开恩，"其实，赚钱的路子野了去了，您可别在我这一棵树上吊死。"

"放心。现在，您请我，我也不干啦。您那'活儿'，老爷们儿干不了。"我微微一笑。

"没错儿！"他嘎嘎笑起来，"老爷们儿都得干大买卖，黄的、白的、黑的。"

"我还想好好活哪！"我还是笑着。这小子唬不了我。"黄的"是黄金，"白"的是银元，"黑的"是烟土。我早从我们班同学那儿知道些"倒儿爷"的黑话了。

"没胆儿？""紫茄子"又咧开了。想起了什么似的，他从裤袋里摸出一张纸片来，"哥们儿，你要是真的没胆儿，也就配玩玩这个啦！"

这是一张印得很像邮票小型张的票子，我认得出来，这就是这场马拉松比赛的彩票。这两天，北京人为了能买到这么张玩意儿，差点儿出人命。

"拿着，别不好意思！你帮我推了车，不报答报答你也不落忍不是？"他朝工人体育场那边看了一眼。那边，人们像蓄洪坝前的洪水，被拦在栅栏门前，人头乱拱，"跟你说，这半年来我的手气可不赖，这回，看看你有没有这个运气啦！"

"谢谢您嘞！"我接过了彩票，学着他刚才谢我的腔调还了他一句。然后，走到几步外的一个果皮箱前，"嘶啦嘶啦"，把它撕个粉碎，"啪"，朝果皮箱里一摔，头也不回就走了。

我的身后一点儿声音都没有。让兔崽子自己琢磨去吧。我知道他不是故意寒碜我的，不然我早把彩票的碎片儿摔他娘的脸上啦。不过，他这个德性已经够他妈流氓的了。你阔，你买得起婊子，跟你那婊子狂去。我要是个觍着脸求人家赏的玩意儿，犯得着跑这儿来？躺在我们家沙发上，早他娘的就有人赏我啦！

我躲闪着那些直奔体育场去的人们，横穿过马路，到了110路电车站牌下面。这可真逗，过来一个瓦刀脸的小哥们儿，问我要不要彩票。

"多少钱一张？"我还咂摸着刚才在果皮箱前来的那一手，看着这小子手里也举着彩票，忽然觉得挺开心。

"四块。"他把价码儿抬高了三倍。

"你可真敢开牙！宰人宰得太狠啦！"

"您知道咱玩儿了多大命吗？"他装出一副委委屈屈的样子，撇了撇嘴，"说了也不怕您笑话，排了一宿的队，还挨了两警棍，现在想起来还哆嗦哪！要不是多了一张，四块？四十块我也不卖。弄不好，还就您这张，换了个大冰箱回去呢！"

"得了得了，我送你一张——那边，果皮箱那儿，我刚撕了一张。你捡回来，拼巴拼巴，能换回冰箱的，说不定是那一张！"我笑起来。

"嗬，真看不出，您还有这份儿谱儿哪。""瓦刀脸"沉了下来，他根本不顺着我指的方向往果皮箱那边看，架起两只胳膊，抱在胸

45

前，上下打量着我，"您要是掏不起四块钱，您就明说，咱哥们儿各奔东西，谁也碍不着谁。犯不着跟我这儿穷狂——没劲！"

这可把我"将"在这儿了。就跟"紫茄子"赏我彩票时的架势一样。我要是不掏这四块钱，不真的让人看成"穷狂"了？说真的我有点儿后悔，干吗偏跟这小子开这个心。我的口袋里倒是有五块——这是昨天买放音机剩下的钱。刚才买车票花了一毛五——让这小子再坑走四块，我可就剩几毛钱啦。不过再一想，倒也没什么可心疼的了。"大数"弄不来，算计这四块钱管蛋用！更何况今天是星期天，老爷子正在家，我刚才还发愁这么早回去干什么呢。

"你就甭费这心思算计我啦，不就是四块钱吗？"我一把从裤兜里把剩下的钱抓出来，又是票子又是钢镚儿，抓在手里还显得挺"派"。我从中间拣出四张壹元的，递给了"瓦刀脸"。

"哥们儿，您这才算个爷们儿哪！"他把彩票递给我，晃头晃脑地走了。

"哥们儿真的过去瞧瞧去！我撕的那张，就在果皮箱那儿哪，骗你是孙子！"我可没忘了冲着他的背影喊一嗓子。

七

我的座位是2号看台12排22号。我的对奖号是008325。

要说我花这四块钱是奔着冰箱彩电去的，那可太冤枉人了。咱们不是被逼到那一步了，非拔这个份儿不可嘛！不是也为了找个地方，把这半天耗过去嘛！可是现在，当看清了自己的对奖号，又掺和在人流中间往工人体育场走的时候，我倒是有点儿巴望着自己能蒙上那么一下子了。我甚至想到了，真中了个冰箱彩电的，能不能当场出手换成钱。甭管怎么说,我的彩票比别人多掏了三块钱呢。再说,整个儿工人体育场,指望着中彩折钱急用的,大概也就他娘的我这么一位啦。

工人体育场我可太熟悉了。我可以算个足球迷。当然,我不算最高级的球迷。混到那份儿上,得知道国家队直到北京队每一个队员的老爹老妈兄弟姐妹家庭住址女友相貌。看球的时候你就听吧:"祥福,走着!""尚斌,给呀!"听听,那关系至少都是迟尚斌、沈祥福的表弟。我也就算个凑凑合合的球迷——看球绝不在电视前,非体育场不可。所以,一看看台号,我就知道我从东门入场正好。可是我到门口的时候,栅栏门已经关上了。组织马拉松赛这帮家伙可真会算计——比赛开始前半小时关了大门,只能从西门入场,比赛开始后,干脆就不让入场了。要是不用这一招儿,我敢说,得有一大半儿人等到开彩的时候才露面儿哪。可这一招儿害苦了我了。我得从东门绕到西门,足足有三站远。入了西门,又到了体育场东边。走到看台上一看,观众们果然都满满当当、规规矩矩地坐好了。

"我操!哥们儿真沉得住气啊。"我的座位左边,一个小哥们儿在吃蛋卷。单眼皮绷着一对小眼珠子,怎么也掰扯不开似的"地包天"的下兜齿,好像老是龇着牙、瞪着眼惊讶一切。他爱说"我操"。这是北京的小痞子们大惊小怪时的惯用词。"我",说成长长的一声"沃——"惊讶程度的大小,可以从"沃"的长短听出来。"我——操!您大概是全场最后一位啦。"

"哪儿呀!"我指了指身边还空着的一个位子。

"这是我媳妇的位子。她不来了,"我的右边,坐的是胖乎乎的三十出头儿的老爷们儿,从怀里拿出两张彩票来一晃,"我一人儿代表就成啦。"

"您看看人家,谁不是两口子一块儿来。您说,您要是真中了个大冰箱,一个人儿怎么抬回去?"后排有人跟他逗乐子。

"哥们儿,您这可错啦。我早打听好了,冰箱、彩电的,人家包给送上家门儿。"看来胖爷们儿也是个爱开心的人,"跟您说实话,我们家住的,窄巴点儿。所以我跟我媳妇儿说了,你别去,你就在家归置归置,把搁冰箱的地方腾出来吧!"

大伙儿哈哈笑起来。和看球时一样,找个话茬儿,哈哈一笑,顿时都成了老熟人,接下来就可以凑一块儿"穷侃"了——四川人大概叫"龙门阵",贵州人大概叫"吹牛",北京人叫"穷侃"——"十亿人民九亿'侃'。"我也忘了是我们班哪个坏小子说的了。

"我——操!您还真盼着中个大冰箱哪?我他妈能中一双球鞋就知足!买彩票的时候,我新买的盖儿皮鞋都让人踩掉了一只,回头再找,您猜怎么着,好嘛,踩成鱼干儿啦!"

"你在哪儿买的?红桥吧?是乱!那罪过受大了!那帮小流氓真可气,乱挤!你没听见警察拿着警棍骂:'你们他妈的这么没起色,一张彩票把你们折腾成这个德性!'"

"我买彩票的时候,还见着俩瞎子去买哪。警察把他们领前头去了。"

"您别说,体委这招儿还真灵,连瞎子都来看马拉松啦!"

"可那帮小子们也不知道玩儿不玩儿'猫儿腻'。受这么大罪过倒另说,别把咱们给涮了。"

"未准敢吧。"

"那可没准儿,这年头儿谁管谁呀,我们家那边有个商店,也卖彩票。开了彩您猜怎么着?他娘的净他们自己中。"

"得了得了,您又外行了。我早打听好了,这回,由法律顾问处、各界代表还有国际友人当众抽彩。"

"我——操！还有'国际友人'？不就是'老外'吗？中国人都不信中国人了嘿！"

……

听这帮家伙这么"穷侃"，真是一件挺够味儿的事。他们说的全是实话，绝不假模假式地装孙子。不过，看一张彩票闹腾得他们这疯魔劲儿，也太惨点儿啦。

工人体育场是这次马拉松比赛的起点和终点。看着那些五颜六色的运动衣在草坪上凑成一片，又像一群扑扇着翅膀的蝴蝶，一耸一耸地从绿色的草坪上飞起来，又从体育场的东门飞出去，倒是把人们的注意力吸引过去了好一会儿。不过，接下来就是辽宁队和意大利队上场踢足球了，这可完蛋了。这日子里，谁还有心思看足球呀，再说还是女子足球。

"这帮小子，怎么还他妈不跑回来！""地包天"最先沉不住气了。

"真这会儿跑回来，那可太邪门儿啦。才出去个把钟头。你知道马拉松世界纪录是多少？我打听了，两小时八分五秒……"

"行，哥们儿这回露一手，我以为您只会打听电冰箱怎么往家运呢。"

"我——操！还得熬一个钟头哪！"

"美得你！等最后一名跑完了，再加上一个钟头也不行！"

"唉，这罪过，一点儿也不比买彩票受得少！"

我敢说，这会儿要是有人敢说抽彩停止了，这帮小子就敢把工人体育场给拆了。

两个小时以后，运动员们终于跑回来了，几乎全场观众——包括我身边的这帮哥们儿们——全站了起来，有的还嗷嗷叫着，鼓了一通儿掌。要说他们全是憋得难受，等得心焦，为马上能开彩而鼓掌，也太损点儿了。因为当人们看清了跑在第三名的是个中国人以后,那掌声越发欢实起来。

"中国,加油!"

"曾朝学,加油!"

……

"我操!真他妈不易,咱们中国的哥们儿还跑了个第三名。""地包天"说。

"瞧你丫挺的这个志气!十亿中国人,就出了个第三名,还有什么牛的?"

"那也不易,人家吃什么长大的?牛奶面包巧克力。咱们吃什么长大的?窝头咸菜棒子面儿粥都有!"

"倒也是。看来,希望全搁咱儿子一辈儿身上啦。他们倒是从小牛奶面包巧克力填着哪!"

"去去去,别外行了,根本不在这儿!人家非洲那儿也出赛跑冠军。那地界儿,连棒楂儿粥都没有!"

……

接下来,就是争论非洲吃得上吃不上"棒楂儿粥"了。再接下来,也不知道怎么又扯到赞助比赛的"三得利公司"上来。然后呢,又他娘的拉回到彩票上来啦。

"快抽彩呗,肚子饿嘞!"看台的最高处,不知是谁在那儿吆喝。

"哥们儿,我要是中不了彩,帮助抬我一把啊!"前排一个小哥们儿高声大嗓地吩咐他的同伴。

这可把大伙儿全逗乐了。他们前面坐着的一个妞儿,笑着回头瞟了一眼。

"啧啧啧,瞧你这点儿出息!"他的同伴也故意高声大嗓地回答他,"幸亏这儿没妞儿!有妞儿,人家可就不跟你啦!……"

那个妞儿这可不敢回头了。不过我可太知道她们了,她一准儿在偷偷抿嘴儿乐呢。

"观众同志们请注意,观众同志们请注意,'发展体育奖'马上就要开始抽奖了。现在广播注意事项,现在广播注意事项……"

本来闹闹哄哄的看台突然静了下来。

说真的,我是从来听不得什么"注意事项"的。特别是看球的时候,一会儿教给你"发展友谊是我们的愿望,讲究文明是首都人民应有的美德",一会儿号召你"观众同志们,让我们为某某队的精彩表演鼓掌",好像我们都是一群没妈的孩子,至少也是没妈跟来,她得替一会儿。不过今天的"注意事项"也不知是哪位高人写的,绝了——

"……同志们,同志们,您中奖以后,千万要沉着,不要激动,也不要声张,以免发生意外……

"……每个看台上都有民警和工作人员随时帮助你们,你们可以找他们,求得他们的帮助……"

播音员念得庄严,认真,像是读《人民日报》的社论。越是这样,越显得那么滑稽。跟他娘的第三次世界大战要在这儿爆发似的。

抽奖也不知道是不是在主席台上进行的。远远看见一群人在那里走来走去。过了一会儿,终于宣布中奖号码了:

"19904!"

体育场南面的灯光显示牌上,"19904"立即被打了出来。

几万人在一秒钟之内大概全他娘的昏过去啦,除了报号码的声音,除了民警走来走去的脚步声,什么声儿都没有。这会儿不管谁在哪个旮旯儿打个喷嚏放个屁,大概都会响彻二十四个看台。

"哥们儿,您还别这么大模大样儿的,就不怕人家给你抢了?""地包天"轻声轻气地捅了我一下。

"我对号码哪。"

"您看看,谁像您?"他往四周一指。

还真没人像我这么大大咧咧——双手抱着膝盖,彩票摊在腿上。人们都不看自己的彩票,瞪着眼睛只往灯光显示牌上看。原来一个个早把自己的彩票号码背得烂熟了。有几个年岁大点儿的呢,撩开衣襟,往内衣的胸兜儿里看,恨不能把脑袋扎进胳肢窝儿里去。我忍不住笑起来。

"63156!"

电光显示牌又是一闪。

"我——操!""地包天"这冷不丁儿的一嗓子,差点儿没吓死谁。

"中了?"

"唉,差一点儿,差一点儿。它……它怎么是'56'!我的是'65'!"

"兄弟,您别这么一惊一乍的吓人玩儿行不行?"胖爷们儿喘出了一口粗气,探过脑袋对"地包天"说,"我这儿够堵心的啦,别再让您给吓出病来。"

"堵心?堵去吧,您看看那个女的,人家可真的中啦!""地包天"往前一指,那边果然有个女的站了起来,"我——操!没跑儿,她中了嘿!"

"真的!哪位中的!"后边有人跟着嚷嚷。

"哥们儿,向她祝贺祝贺去呀!"不知是谁成心捣乱。

"谁?谁中了?""那个女的!""哪个?""那个那个!"……看台上,"呼啦"一声站起来了一大片。再他娘的没人管,过不了一分钟,那女的说不定还真得让起哄的人给劈啦。

"坐下！都坐下！……"民警们提着警棍，"腾腾腾"地冲过来。

"我没有！真的没中！"那个女的满脸通红，一边嚷嚷着，一边夹着一个孩子，跟着警察，分开众人，过街老鼠一样顺着台阶向上跑，"这死孩子！这死孩子！他……他非要撒尿！……"

疯了，都疯了，而且，一直疯到散场。

这回，谁也别看着人家警察有气啦，要没警察拎着电警棍镇唬着，还不得出人命？

"噢——"当灯光显示牌上把"五等奖"的中彩号显示出来以后，整个儿体育场看台上一片"噢"声，远远近近的，扬起了一团一团的碎纸片儿，没中彩的，撕了彩票解气哪，"唰——唰——"下雪一样。

"我操！它怎么就愣是'56'？真他妈冤！""地包天"还是为他的"65"难受。

"行啦行啦，知足吧你，你还沾点儿边儿哪。我这还两张——连点儿毛儿都不沾！"

……

夹在人群里，朝看台外挤着。"唰——""唰——"一团一团的碎纸片儿，还是没完没了地向天上扬。

"生这份儿气干吗？只当逛窑子啦。"

"别这么损嘿！大丈夫能伸能屈，能亏能赚！"

"现在要是立刻再开一场，还得爆满。我就得再买他十张八张的！"

……

我这四块钱花得值当不值当，连他娘的我自己都不知道。要说带劲，这一上午过得是够开心的，除了这儿，哪儿找这热闹看去？要说没劲，也真他妈没劲，倒不是因为没这份运气，一想起自己在看台上的模样儿就垂头丧气。我还不至于把脑袋扎进胳肢窝儿里去兑奖号，

53

可就这副德性——把彩票揣在手心儿里，时不时往里瞄两眼，巴望着能和显示牌上的数码撞上一个，这也够他娘的恶心的啦！

老爷子、我哥他们，要是知道那八十块钱闹腾得我走到这一步，非得笑折了裤腰带不可。

走出工体东门，门前空场上，停着一排排蓝白色相间的三轮摩托警车，不少人围在四周看热闹。

"让开！让开！……"三四个民警拥着一个老头儿走过来，让他坐进挎斗里。

"突突……突突……"摩托车发动了，警笛随之"呜呜"叫起来，车子从人们闪避开的通路中间冲出去。

"让开！让开！……"又有一个爷们儿被警察们拥了过来。

"哥们儿，都犯了什么事儿了？"我拍了拍一个看热闹的小哥们儿的肩膀。

"哪儿的话！这是中奖的。护送着领奖去！"

"哦——上哪儿？"

"不知道。"

"突突……突突……"摩托车又发动了，警灯又"呜呜"地转起来。

你没见着这辆警车里坐的这位哪，眼睛都有点儿发直了，哪像是去领奖呀，说是去蹲大狱也有人信。

八

在体育场的栅栏墙外面，我捡了一本书。这书大概挺有意思——《希特勒和爱娃》。我是很偶然地往那边看了一眼，发现在一株株塔松的后面,栅栏墙的水刷石基座上摆着这本书的。和这本书并排放着的,是一张报纸。看来,它们分别给两个人垫了屁股。翻开《希特勒和爱娃》的第一页,书的主人庄严地写着:"我扑在书上,就像饥饿的人扑在面包上一样——高尔基"。兔崽子这辈子大概也没吃过几个面包,不然干吗对这块面包这么认真?不过,我猜后来他扑在他的小妞儿身上,又"像饥饿的人扑在面包上一样"了,结果,这块面包就顾不得了。

我站在塔松的树荫里翻了翻这本书,写得确实有点儿意思。

我忽然觉得丢书的傻小子把那句话写在扉页上也挺好。小光棍儿们翻几页,弄不好还真得像"饥饿的人扑在面包上"一样呢——除了高尔基会把鼻子气歪了以外,一切都挺合适。

我把书夹在胳肢窝儿里,到停在体育场外的一辆平板三轮车前,从那个穿着脏大褂的老娘们儿那儿买了四两肉包子。说来也真他妈惨,开始我还没敢买,站在旁边看。看好几个人先买了,算计出这玩意儿是一块八一斤,这才从剩下的八毛五分钱里拿出了七毛二。老娘们儿见我没粮票,又加收了我八分钱。现在我他娘的可就剩五分钱啦。

我一边往前溜达,一边吃着带有一股烂大葱味儿的肉包子。这叫什么猪肉包子呀,那老娘们儿不知从哪儿捡了点儿烂葱叶儿,剁巴剁巴就给包进去了。不过这倒给了我一个主意。我们柳家铺菜站外面,烂大葱、蔫菠菜的多啦,我要是还想折腾折腾老爷子,办法倒有的是。扛两筐回家,剁吧!总编的儿子这回可要给老爷子争气啦,"第三产业"嘛,"广开就业门路"嘛!至于我会不会真的这么干得再说了,可想到我还能有好多这样的招儿——想让我们家客厅里四散着烂葱味儿,它就肯定有烂葱味儿;想让它散鱼腥味儿,它也肯定有鱼腥味儿——这又让我开心起来。

55

走到体育场南侧的栅栏墙边上,我发现这地方不错,树荫挺密挺浓,行道树外的马路上,来往的车辆也不多,还真是个看书的舒坦地方。我在栅栏墙的基座上坐下来。不是还想找个地方打发这一下午吗?就这儿得嘞!

　　东翻西翻,看完了这本《希特勒和爱娃》,太阳已经西沉了。我只好回家。

　　我拿最后的五分钱钢镚儿买了一张车票。上车前我还犹豫了一下,因为我知道靠五分钱的车票顶多也就能坐到东单,我想这还不如干脆不买。过去我们班那些小子们净跟我吹,说他们都是"百日蹭车无事故"的"标兵"。我从来也没敢试一回,真他娘的让人逮住,那可太现眼啦。这回,没辙了,咱们也尝尝蹭车的滋味儿吧。可是一上车,我还是乖乖儿地把最后一枚钢镚儿掏了出来。这辆110路无轨大概是从东大桥发的车,我上车的时候,车上只有稀稀落落的几个人,漂亮的售票小妞儿还看了我几眼,不知为什么,这不仅使我打消了蹭车的念头,而且我都有点儿遗憾没有足够的一毛五分钱递到她的面前啦。接过她递来的车票,我甚至还沉下了嗓子,假模假式地说了一声"谢谢"!我猜这大概都是那本《希特勒和爱娃》闹的。车到东单,我又规规矩矩地下了车,一站也没敢多蹭,尽管这儿离柳家铺还他娘的远着哪!

　　如果不是遇上了李薇,说不定我会一路溜溜达达,看看街景走回家去了,也说不定我会等一趟挤满人的车,蹭回去。可就当我在站牌下转悠,拿不定主意的时候,李薇来了。

　　"卢森!"她拎着黑色的琴盒,从一辆刚刚进站的电车上跳下来,"我可有半年没见着你啦。"

　　李薇比我大四岁,她爸爸过去是我们家老爷子的顶头上司,听说最近她结婚了。

"你忙啊。"我说。

"我真的忙。"

"我也没说你假忙啊。"

"你真贫。"她笑起来,"结婚能花几天呀,前前后后,也就是一个星期。我天天晚上得去演出,一散场就半夜啦……"

我挺爱看李薇的笑。她笑起来主要是眼睛好看。她一笑,眼睛就亮。她还特爱在我面前笑。"卢森,我可真爱听你胡说八道!"她笑出眼泪以后,总爱说这么一句。她考上音乐学院之前,老到我们家来玩儿。我妈妈有一把特棒的意大利小提琴,是我外公传给她的。"阿姨,拉您这把琴可真过瘾。"她也总爱说这么一句。老太太说过,几乎想认她做干女儿了,还想把小提琴送给她。可后来怕我姨和我舅舅不高兴,只好算了。每次到我家,她肯定要求老太太拿出那把提琴给她拉一拉。我才不管什么梅纽因不梅纽因呢,我只是觉得她拉得好,拉得挺棒,好几回听得我莫名其妙地流下了泪水,那时候我才十五六岁。我挺盼着老太太认她做干女儿,甚至觉得我哥要是和她结婚才合适呢。当然这都是傻小子的想法,现在才明白,这真是个混账念头,她要是真嫁给我哥,算是把她给糟蹋啦。

"怎么,又是去演出吗?"我指了指她手里的提琴盒。如果在以前,我应该叫她"李薇姐姐"的。不知为什么,半年不见,有点儿叫不出口了。

"演出。"她点了点头。

"在哪儿?"

"那边儿。"

"青艺剧场?"

她摇头。

"哦,儿童剧场。"

她又摇头,微微笑了。

那边儿不再有什么剧场了呀。

"东、单、菜、市、场!"一字一字地说完,她还是微微笑着看我,像是等着听我说些什么。

"别瞎说了。"我举手揉了揉鼻子,"我倒听说过对牛弹琴能让它们长膘,可我还没听说过给冻鱼冻肉来一段儿也长膘呢。"

"你还是那么逗。"她扑哧乐了,"人家菜市场办的音乐茶座。"

音乐茶座我知道,这一夏天,北京的音乐茶座都他妈臭街了。可菜市场也开起茶座来,这还是头一回听说。

"卖多少钱一张票?"

"五块吧。"

"疯了,真他娘的疯了。"我说,"不知道火葬场、骨灰堂办不办音乐茶座。"

"你就胡说八道吧!"

"嘿,那也保不齐,这年头儿什么邪事没有哇!就说火葬场吧,前几天我从八宝山路过,你知道往火葬场去的路口上立着一块什么标语牌?……"

"什么?"

"'有计划地控制人口'。"

李薇一边弯着腰笑,一边掏手绢,大概又笑出眼泪来了。

"唉,我怎么也想象不出来,和一扇一扇的冻牛冻羊冻猪,一个一个大猪头一块儿听多瑙河圆舞曲是什么滋味儿。再说,那地面上黑糊糊、油腻腻的,跳舞,脚板儿下面还不得拉黏儿呀?"

"没你说得这么惨啊。不信你也去看看。我带你进去，反正不用花钱。"

其实我已经饿了。肚子里装的净是烂葱，换谁也受不了。可我还真想跟着去见识见识，那乐子比起在体育场看抽彩来，说不定也不相上下呢。

一起朝前走的时候，我心里忽然觉得有点儿不是滋味儿。

"我可没想到你会来这儿演出。"我扭脸儿瞟了李薇一眼，她那昂头挺胸走路的姿态，吸引了不少来往行人的注意，"我一直以为，给茶座儿演出的，都是那些玩儿票的家伙。"

"可我们，堂堂的大乐团，失身份，是吗？"

"……有点儿。"

"算了算了，我们有什么身份？演员，也就是听起来唬人。要不，就是这身衣服，这个琴盒，走大街上挺招人。我们那五六十块钱工资，还不够个体户们一天挣的。"

"别哭穷啦，我不跟你借钱。"我知道她爸爸挣得一点儿也不比我们家老爷子少，再说，她那位公公还是将军呢，"至少，你还没惨到这一步，为了东单菜市场的几块钱外快，每天熬到半夜。"

她看了我一眼，笑了笑，没再说什么。

"我要是跟你细说，也没意思。你们男人才没心思听那些家长里短呢。"又往前走了一会儿，她突然站住了，"这么跟你说吧，有钱人的家里，不见得人人都有钱，更不见得人人都乐意去花那份儿钱。明白了？"

我没话说了。

看来，活得窝囊的，绝不仅仅是我一个。

东单菜市场里，已经够热闹的了。

我来这儿的次数不多，只记得春节时被派来买过一次笋干，大概是那时候在脚板子底下留下了一个黏糊糊的印象。这次却发现，在这儿办音乐茶座并不像我想象的那么糟，至少猪头猪脚都老老实实地缩到一块大苫布底下去了。脚底下的感觉当然跟人大会堂没法儿比，倒也没有"拉黏儿"。头顶上挂着一串串彩灯，音箱里还放着基蒂尔比的那支《在波斯市场上》。这曲子搁这儿放还真他娘的正合适，我想。围着菜市场中央那个卖鱼卖虾的"回"字形瓷砖池子，摆了一圈一圈的圆桌，圆桌上还铺了塑料台布。不少桌子已经坐满人了，大多是一对儿一对儿的，也有哥儿几个、姐儿几个一起来的。来这儿的人可真敢花钱，他们比赛似的往自己的桌上端啤酒、汽水、"可口可乐"和冷盘。奇怪的是，麦克风前面的一溜桌子，按说是最好的位置了，现在却只是稀稀落落地坐了一两个人，有的桌子干脆空着。这让人想起有时候剧场里留出的"首长席"。

　　"这是包座儿，"李薇说，"你就在这儿随便坐吧，他们不会每天都来的。"

　　我走到一张没人的桌子前，拉出椅子坐下。不知怎么了，周围的男男女女好像挨着个儿扭过脸来看我。过了一会儿我终于明白，原来他娘的把我也当成包座儿的阔主儿啦。

　　"包一个月至少得一百多。"一个小妞儿在悄悄嘀咕。

　　"哪儿打得住啊！你算吧，一天五块，三十天就是一百五。"另一个小妞儿的声音。

　　"得了得了，别外行了，包座儿就便宜多啦！"陪她们来的一个小哥们儿显然腻烦这个话题。

　　"烧包！再便宜管蛋用！能天天来吗？包子有馅儿不在褶儿上！"另一个小哥们儿简直有点儿怒气冲冲的。

"那劲头儿就是不一样。甭管早晚,来了就得有人家的座儿,还得是正儿八经的好座儿。看,又来了一对儿。看人家!看人家!……"

"就是!人家可不像咱们这么受罪:头没梳完,脸没洗完,就催得像是火上房了——'快他妈走哇,去晚了可没座儿啦!'……"

像是成心要拱那两个小哥们儿的火儿,两个小妞儿你一言,我一语,最后搂到一块儿,哧哧地笑起来。

你要是以为我还挺乐意坐在这儿充"大料豆",那可错了。口袋里有个十块八块的嘛,倒还差不多。到小卖部那边端个冷盘,拎瓶啤酒过来,也可以人五人六的装装洋蒜。可我他娘的镚子儿没有哇!更让人受不了的是,没过一会儿,我的桌前来了一个小妞儿。这小妞儿长得倒一般,不过,她的发型得把全场的妞儿们都给镇个一溜跟头。我也说不出这叫什么发型,只见那乌黑油亮的头发打着旋儿,一耸一耸就上去了,到了顶儿上,又像无数曲曲弯弯的溪水,哗地流下来。如果她穿的不是兔毛套裙,而是露膀子的晚礼服的话,我敢说,那模样和普希金的老婆差不离。我家有本《普希金传》,书我没看过,普希金老婆的照片,我可仔细琢磨过。我倒不觉得她美在哪儿,不过,她也是,那头发闹得人糊里糊涂的。这位小妞儿走到桌前,看了我一眼,就在我的对面拉出了两把椅子。然后她又到小卖部去了,来来回回好几趟,烧鸡、酱牛肉、松花蛋、啤酒、汽水……摆了一桌。她坐下来,把小挎包"啪"地甩到另一张椅子上,像是完成了一件多么艰巨的任务。她倒了一杯"可口可乐",慢慢地喝起来。看那样子,她在等她的爷们儿。

这简直是到我鼻子底下寒碜我来啦!

我扭过身子,把臂弯儿搭在桌沿儿上,手指头随着音箱里正放的《轻骑兵序曲》一弹一弹。我故意不看她,可他娘的肚子和腮帮子

61

不争气呀。肚子咕噜咕噜地叫起来，腮帮子也开始流口水。越是怕它叫，它还越叫，越是想着别咽口水，口水还越是往外流。我后悔透了，干吗偏听了李薇的，坐在这么个倒霉地方。早知这样，缩到哪个旮旯待着不好？

"卢森！"李薇一手提着她的提琴，一手端了杯橘子水，兴冲冲地给我送了过来，"喝吧，这是给演员预备的。喝完了自己去打，就是那个白搪瓷桶。"

她倒大大方方，没事儿似的。我知道自己的脸肯定红了。接过橘子水，偷偷瞥了对面那个小妞儿一眼。她也正斜着眼睛瞟我，抿嘴儿乐呢，我他娘的就差没晕过去了。

九

乐队奏起轻松的小曲子。《小夜曲》啦，《睡美人》啦，包座儿的人三三两两地来了。

人哪，有钱的和没钱的就是不一样，钱多的和钱少的又不一个样儿。这帮包座儿的小子们就跟成心要抖这份儿威风似的，磨磨蹭蹭到这个时候才露脸儿。看他们那派头儿，说他们"气焰嚣张"一点儿也不冤枉。穿西服的、穿猎装的，旁若无人，目不斜视，胳膊上挎的小妞儿一个比一个水灵。一进场，跟那些早到的包座儿们"哥们儿姐们儿"地招呼一通儿，嘻嘻哈哈，逗闷子起哄。这儿好像成了为他们开的专场晚会。

"噢——"他们突然异口同声地欢呼起来。

原来是一个穿着雪白曳地纱裙的小妞儿出来演唱了。

"来个甜的！"

"来个香的!"

"来个软的!"

"来个嫩的!"

包座儿们较着劲儿地吆喝。临时买票入场的人们也跟着"嗷嗷"、鼓掌、吹口哨。不跟着折腾折腾,大概觉得对不起那五块钱。

我要是那个唱歌的,早他娘的把麦克风当手榴弹扔出去啦。

"抽风!"旁边的桌上,刚才怒气冲冲骂"烧包"的小哥们儿,又赌起气来。

"要的就是这个劲儿!你还戳不住这个份儿呢!"看来他的小妞儿今晚成心跟他过不去。

"有什么用啊!有什么用啊!"另一个小哥们儿替老爷们儿帮腔。

"图个痛快!平常老是'瞧一瞧,看一看',这三孙子还没当够啊?有钱了,就得拔个'头份儿'!像你们?!"

"像我们怎么了?"

"顶没起色的就是你们啦!"

两个小妞儿又搂到一块儿,咻咻笑了个够。

两个小哥们儿屁也没再放一个,又蔫头耷脑地喝他们的去了。

"《美酒加咖啡》!唱《美酒加咖啡》!"

"《橄榄树》!《橄榄树》!"

……

包座儿们吆喝得更上劲了。

我真为这个唱歌的小妞儿难受,当然也包括了坐在那儿"锯"着小提琴的李薇。在他娘的这么讨厌的吆喝声、口哨声里,还得强作笑脸——"谢谢。谢谢。"这跟卖唱也差不了多少。那个小妞把话筒摘了下来,攥在手里,故作潇洒地迈着碎步,娇声娇气地唱起了那支顶

63

顶没劲的《美酒加咖啡》。我没想到，她怎么还能装出一副自得其乐的样子。她把麦克风凑到嘴边，唱得寻死觅活。我却觉得她更像是一边溜溜达达，一边啃着一块烤白薯。

不过，我比他们也强不到哪儿去。我为他们难受——还不知道谁为我难受哪。

你想吧，咱们好歹也算个爷们儿，端着一杯"蹭"来的橘子水，一点儿一点儿地在同桌那个小妞儿的眼皮子底下抿着。不端起杯子抿两口吧，总觉得自己像个木头木脑的傻帽儿，可还不敢动真的，真喝光了它，再跑到那个白搪瓷桶前接，没完没了地白喝，让她看见了，我的出息就更大啦。

不知怎么了，越是不愿意在这小妞儿面前出丑，就越是不由自主地想端起杯子来抿。抿得再少，也架不住一次接一次。没多长时间，杯子就见底儿了。我还不能拔腿就走——李薇正在那儿伴奏，我倒不讲究打招呼告别这一套，可我得从她那儿拿几毛钱。现在，乘公共汽车的高峰已经过去了，连蹭车的机会都耽误了。

"您不喝点儿别的吗？""普希金的老婆"看着我，微微笑着，漫不经心地挪了挪面前的啤酒瓶。

"我只爱喝橘子水。"我翻了翻眼皮，又向她龇了龇牙，"再说，我也该走了。"

我为自己直到这会儿还充"大料豆"感到好笑。其实，我猜这小妞儿早把我的尴尬样儿看够了。想来也真惨，甭管怎么说，今天上午我还能在"紫茄子""瓦刀脸"面前镇唬一气呢，现在，连他娘的一个小妞儿都可以出来可怜我啦！

"噢——"不知为了什么，包座儿们又哄了起来。

这帮小子这股子臭狂劲儿，从一开始就拱得我心头一阵儿一阵儿冒火。我得承认，这多半是因为他们叫我越发觉得自己活得太惨了点儿的缘故。你想吧，今儿这一整天，为了去弄那八十块钱，我可就差没吐血了。也不知道这帮小子那钱都怎么挣的，好像全他娘的遍地捡来的一样。八十块钱，还不够他们在这儿订一个座儿的哪。搁谁身上也得憋一肚子气。不过，好像我也生不起这份儿气。人家有钱。人家愿花。人家拿钱打水漂儿。你管得着吗？再说，隔桌那个小妞儿说的倒是这么回事儿，这帮"倒儿爷""板儿爷"们活得也不易，就甭说今儿得哈着工商检查员，明儿得拍着卫生警察了，对哪个买主儿不得龇龇牙呀？也就剩这么个地方能耗耗财、拔拔份儿啦。他们需要这么一溜包座儿，我呢，需要八十块钱，往老爷子面前一拍。说实在的，这心劲儿大概还都差不多呢。

可他们到底还是有这份儿钱，订得起这个座儿，到底还是有这么个地方显显他们活得那么带劲儿。我呢，比起他们，确实惨了去啦！

……

李薇仍然坐在乐队席上，扛着她的提琴，没完没了地"锯"着。

这时候，对面小妞儿等了好半天的爷们儿来了。

我可万万没想到，来的是他娘的"盖儿爷"！

"卢森！"

"蔡新宝！"

他没叫我"鬈毛儿"，我也没叫他"盖儿爷"。要是在两年前，我们早一个比一个上劲儿地叫起外号了。不过，人家现在也确实不能说是"盖儿爷"了。他穿着一身深灰色的西装，领带嘛，俗一点儿，屎黄色儿的，上面还绣着一条花里胡哨的龙。可他的脑袋是真争气了——一丝不乱的偏分头。

"这可太巧啦！""盖儿爷"惊讶地看了看他的小妞儿，又看了看我。他还是老毛病——一说话就挤眼睛,"陆小梅,这就是我老跟你提的,我们班的小文豪卢森啊!他爸爸是报社的副总编,就是那个叫……叫宋为的。前天报上还登了他爸爸的名儿了哪!"

他的嗓门儿可真大,像是恨不能让全场都知道。

"哦——"小妞儿抿嘴儿笑着,冲我点头。一看那神情我就知道,"盖儿爷"这小子没少在人家面前瞎吹,从我吹到我们家老爷子。

其实,我们家老爷子那些文章,他大概一篇也没看过。甚至连那篇拿"馄饨侯"开刀,几乎惹翻了全班同学的《"师道"小议》,说不定他也没看过。当然,即使他看了,也跟着一块儿把我"臭"个够,完了也碍不着他跟人家继续吹牛,说他跟报社总编宋为的儿子在一个班,混得还挺哥们儿。

有他这种毛病的人,在我们班还有好几个。这倒都不愧是"馄饨侯"的学生。不过,即便是今天,我也不觉得他们惹人讨厌。并不是因为我还拿他娘的这个"儿子"当回事儿,而是因为我知道,他们吹吹牛,也就是为了在别人面前挺挺腰杆儿就是啦。

比如这位"盖儿爷"蔡新宝,听人说,他老爹犯过什么事儿,给发配到大西北去了。他妈跟他爸离了婚,又改了嫁,很小就把他扔给了他爷爷。他爷爷是个老剃头匠。蔡新宝的脑袋当然是从来不进理发店的,他的发型就永远是老剃头匠给剃的"盖儿头"了。直到高中二年级,蔡新宝圆溜溜的脑瓜子上,还像是扣着一个黑漆漆的锅盖。光这个脑袋就不知招来那些女生多少嘀嘀咕咕、嘻嘻哈哈了。蔡新宝还整个儿一个傻乎乎。有一回他甚至不自量力,给班里的一个妞儿写了封情书。那个妞儿挨了奸似的把情书撕得粉粉碎,"瞧丫挺的那个'盖儿'!"听说她还对别的妞儿骂了起来。大概蔡新宝这才发现,自己整个儿让这个"盖儿"给糟蹋啦。从这以后,他留起了分头。可

"盖儿爷"的外号,是无论如何也抹不掉了。

在同学们眼里,特别是在那些妞儿们的眼里,我的运道和"盖儿爷"正相反。原因嘛,不说谁都知道。倒也不光因为我的髦毛。说实话,能让小妞儿们多瞥两眼,倒是挺开心的事。可有时候我能凭直觉感到,她们净他娘的故意把我和"盖儿爷"摆一块儿,拿人家穷开心。有一次我和"盖儿爷"一起打乒乓球,那帮妞儿们不知咬着耳朵说了些什么,看看我,看看他,捂着肚子,笑个没完。这可太他妈不把人当人啦!我就是打这儿开始,死看不上我们班那些妞儿了。大概这也是我和"盖儿爷"后来混得确实挺哥们儿的原因。

"嘿,别干看着,给我哥们儿拿双筷子去呀!"

看得出来,"盖儿爷"见了我格外高兴,一会儿又吩咐他的小妞儿去添酒菜,一会儿又让她给点烟,支使得她团团转。

"哥们儿,没想到能在这儿碰上你。真有缘啊!""盖儿爷"举起了啤酒杯。

"你是不是搬家了?怎么在柳家铺北里总没见着你?"

"唔。搬东单这儿来了。三间换两间。"

"铺面房?噢,你开买卖了?发财了吧?"

"发什么财呀!"他点着一支烟,笑了笑,"嗐呀,完了自己倒。先当了一年'倒儿爷',弄点儿钱开了个理发铺子。凭手艺吃饭呗。丽美发廊。不远。出门儿奔南,再向西拐。"

"哦——"我怎么就忘了,这是人家的家传啊,难怪他那个妞儿往这儿一坐,那发型就镇了一片,"行。有你爷爷给你坐镇,你就干吧,现在这比他娘的'倒儿爷'还来钱哪!"

他瞥了我一眼,一下一下地点头。他好像有点儿什么事想告诉我,话到了嘴边,却又咽了回去。拿过一只空碗扣在桌上,专心地把烟灰往碗底上蹭着。

"嘿，瞧我，刚才就想问你，一打岔儿，就忘啦。"他忽然抬起头，看着我，眼睛又开始挤上了，"一见你，我差点儿以为自己看错了人了。说实在的，我这心里还在纳闷儿着哪。你跑这儿干什么来了？这儿，不是你来的地方啊！"

"那哪儿是我去的地方？"

"你要想玩儿玩儿，哪儿不能去啊。人大会堂，民族饭店。让老爷子给弄张票，还不是一个电话的事儿？那才是你们去的地界儿哪。可你……明跟你说吧，来这儿找找乐子的，全是咱这号的。但凡有点儿权、有点儿势的人就不来这儿，人都嫌这儿丢份儿！你可是邪门儿的一个！"

"盖儿爷"到底还是"盖儿爷"。直到现在，他还死心塌地在我面前认怂。我没理他，不言不语地在一边儿剥鸡蛋，闷头闷脑地喝酒。这时候，他的小妞儿被另外一桌上的熟人叫走了。

"既然问到这儿了，我也正好有件事儿，不知你能不能帮上忙。"我说。

"求我？"他的眼睛挤得更凶了。

"是啊。"

"什么事？"

"帮咱找个路子。咱也想挣俩钱儿。"

"你……该不是，该不是成心骂我吧？"他疑惑地盯着我，老半天没言声，终于忍不住嘿嘿笑起来，"你用得着求我找路子？你们家老爷子什么路子没有哇！……再说，你挣什么钱！老爷子还养不活你？再吃一年闲饭，明年考上个大学，一辈子都齐啦！你还要出来挣钱？求我？别逗啦！……"

"我可是正正经经跟你说的。"

他不笑了。

"这么跟你说吧,"我咽了咽唾沫,抬头看了看还在那儿"锯"琴的李薇,"老爷子有钱,不见得我也有钱,更不见得我乐意去花那份儿钱。老爷子有路子,也不见得我乐意去走那条路子。明白了?"

"什么什么什么?"

我又说了一遍。

"不明白。"他挤了好几下眼睛,想了半天,还是苦笑着摇头,"老爷子有钱,你干吗不花?有路子,你干吗不走?我这一辈子,还就恨没赶上你那么一个老爷子哪。"

要跟这小子说通这件事可真他娘的费劲!

"再说明白点儿,我跟老爷子闹翻啦。"

"嗨,再闹翻,他也是你老爷子不是?""盖儿爷"满不在乎地一摆手,"来来来,喝酒喝酒。这下儿我倒明白点儿了。是不是跟老爷子闹翻了,又等着钱花?"

"差不离儿。"

"这好办。"他一招手,从西服里面的胸兜里摸出一沓票子来,拍在桌上,"这一百,拿着!够不够?要不再来一百?不管怎么说,咱哥们儿也不能让你到店里当伙计呀。那可太不地道了。再说,你也不是干活儿的材料啊!"

"你还是把钱收起来吧。"我说,"白花你的钱,我可不干。"

"我说'鬈毛儿',你他娘的怎么这么'轴'啊?这不就是互相帮忙嘛!你还能跟老爷子掰一辈子了?指不定哪天,我还得求着你,指望你们老爷子给咱们撑撑腰呢!"

"那你还甭指望。这么说,你更得把这钱收回去啦。"

69

"盖儿爷"挺起腰,靠到椅背上,举起交叉的双掌,向上画了一个弧,把双掌扣在后脑勺儿上,臂弯儿像两只三角形的翅膀,随着音乐声一扇一扇。

"我就缺八十块钱。你能帮忙找点活儿,我自己挣。没活儿,就算了。"

"你过去不这样。"他迷迷瞪瞪地看着我,像看一个怪物。

他又点着了一支烟,一言不发地抽着。他拱起嘴,舌尖在嘴唇中间像蛇芯子似的一闪一闪,青烟一缕一缕地飘出来。他还时不时抬起眼皮瞟我一眼。这小子还真挺仗义,他一定在想着能让我干点儿什么,好让我收下他的钱。

"你的头发可真不赖。"冷不丁儿的,他来了这么一句。

"怎么,要我给你那个发廊当模特儿去?"这倒也他娘的算个活儿。不过,话一出口,我心里已经有点儿不是滋味儿了。

"哪能让你受这委屈呀!"他笑了起来,又想了想,说,"这么得了,一百块钱,你先拿去,算我帮了你个忙。你呢,也不白要,也帮我一点儿忙,行不?"

"行啊。"

"什么活儿?"

"有个地方,还非得找个人替我去一趟不可。你要是能去,那可太好啦!"

"什么地方?"

"正好,你的头发也该理理了,明儿就去我爷爷那个剃头铺理一回吧。回来跟我说说老头儿怎么样了。别让他知道是我让你去的就成。"

"怎么……你爷爷的剃头铺?"

"老头儿没跟我住一块儿。落实私房,辘轳把儿胡同口上的那间小破房还他了。他回那儿开他的铺子去了。"

"这干吗？爷儿俩还开了两个店？"

"没法儿说！""盖儿爷"苦笑着摇摇头，"按说老爷子这一辈子也不容易，我把他养起来不齐了？可他非要干呀！让他跟我一块儿干吧，也不行，老得听他的。他就会剃三毛钱一位的大秃瓢，四毛钱一位的小平头儿，女活儿一点儿不会，还充内行。这还赚钱哪？连粥都喝不上！"

没想到这小子跟他爷爷也闹得这么僵，各开各的店不说，连去照一面的胆儿都没有了。不过，他是得找个人去看看。他是他爷爷带大的。

"好吧，我去。"我说，"光干这点儿活儿可赚不来一百块，还要干点儿什么？"

"你回来再说吧。"他不以为然地摆摆手。

"你爷爷不会把我也推成个'盖儿爷'吧？"我胡噜胡噜自己的脑袋，嘻嘻笑起来。

"那倒不至于，你又不是小孩儿。""盖儿爷"也乐了，"老头子手艺还是挺棒的。再说，哪儿不满意了，我的'丽美发廊'，还给你'保修'哪。"

"你刚才说的，那剃头铺子在哪儿？"

他告诉我，在辘轳把儿胡同 1 号。

"你顺着老头子点儿。夸夸他的手艺。用好话填他几句。""盖儿爷"一边使劲儿挤着眼睛，一边想着还有什么可叮嘱的。看得出，他有点儿不放心，可又不太好意思吩咐得过多，"记着，千万别把我'卖'出去就行啦！"

……

71

十

说真的，我挺感激这位"盖儿爷"。

也就是遇见了他，我才张得开口求他帮这个忙。要是他也和别的包座儿们一样，吆三喝四的臭狂，我才不能跌这个份儿呢。话又说回来，也就是他，才又掏钱又装尿地哄着我，换个别人，就我这副"大爷"劲儿，还想找挣钱的门道哪，玩儿蛋去吧。我得承认，"盖儿爷"哄得我挺舒坦，接下他这一百块钱，还不让人觉得丢份儿。"你跑这儿干什么来了？这儿，不是你来的地方啊。""求我？你该……该不是骂我吧？""哪能让你受这委屈呀！"……回家的路上，我不止一次想到他那可怜巴巴的模样，忍不住想笑。

可是，我仍然觉得心里的什么地方总有点儿别扭，好像丢了件什么重要的东西，却又想不起来，没着没落的。其实什么也没丢。一百块钱揣得好好的，就连那本捡来的《希特勒和爱娃》，也还装在裤兜儿里。渐渐的我才明白，这别扭劲儿说不定也正是"盖儿爷"那副尿头日脑、可怜巴巴的模样儿招来的。这模样儿一下子使我想起他在柳家铺中学时的倒霉样儿。有一次，我给他一张人民大会堂春节联欢晚会的票，他足足美了一天。而如今，不管他怎么继续在我面前认尿，不管他怎么用"互相帮忙"来哄我，我他娘的也明摆着成了这小子花一百块钱雇来的"小厮"啦。

我一点儿也不怀疑"盖儿爷"对我的真诚，他连半点盛气凌人、志得意满的神色都没露。可事情就是这么一回事。我还没傻到连这个火候都看不出来。还真的让我哥说着了，从小爹妈给了这么一张脸皮，想到自己怎么就成了个"打短工"的，而且还是给"盖儿爷"打"短工"，心里还真他娘的不是味儿呢。

这把我弄到了钱以后心里升起的那一点点得意冲得一干二净。

回到了家,老爷子正在客厅里看报纸,这倒是把八十块钱拍还他的机会。可我哪儿还有这份心思。我一声没吭,进了自己的房间。我把钱扔进了抽屉里。

第二天早上,我还是到辘轳把儿胡同去了。

不知是昨天夜里还是今天清晨下过了一场雨,现在天空还是灰蒙蒙的,太阳被融化成惨白惨白的一片,路面湿漉漉。行道树下,落着薄薄一层枯黄的叶子。

那家剃头铺子就在珠市口大街拐进辘轳把儿胡同的把角儿处。按照"盖儿爷"说的路线,坐 20 路汽车在珠市口下车,沿大街照直走,果然一眼就可以看见胡同口上那两间窗玻璃、门玻璃上写满了"理发"红漆大字的小破房了。窗台下,戳着一只孤零零的煤球炉子,半死不活的样子,看不出是不是还生着。暗红色的小门歪歪扭扭,我琢磨着它一开一关时,整间屋子都得颤悠。门把手周围黑糊糊一层油垢,刮下来称称,不够二两,我死去。要是以前,让我钻进这儿来理发,您宰了我得啦!

走到门口,我犹豫了一下。因为我听见里面怎么还有人唱戏。

  ……
    将酒宴摆置在议书堂上,
    我一同众贤弟叙一叙衷肠。
    窦尔敦在绿林谁不尊仰?
    河间府为寨主除暴安良。
    黄三太老匹夫自夸智量,
    指金镖借银两压豪强……

我对京戏一窍不通。不过,我们家老爷子爱听,所以我也还能听懂几句。特别是听他唱"窦尔敦""黄三太"什么的,跑不了是《连环套》《盗御马》呗。从半敞的小门往里看去,屋里很暗,中间摆着一把也不知哪个朝代的理发椅子。这椅子全是木料,敦敦实实,大概使到驴年马月也还是这副样子。椅子旁站着一个驼了背的老头儿。这老头儿又矮又瘦,眼睛眍䁖了,腮帮子也瘪了,身上挂着一条皱巴巴油腻腻的白围裙。没错儿,这肯定就是"盖儿爷"他爷爷啦。戏不是他唱的。他拿了块抹布,没完没了地在理发椅子的前前后后擦来抹去。唱戏的人在窗户底下坐着,从外面只能看见一个剃得油光光的大秃瓢在得意洋洋地晃着。屋里指不定哪个旮儿里还坐着另一位,因为当"秃瓢儿"唱完了以后,另外还有一个声音和剃头匠你一言、我一语地捧起场来。

"够味儿啊。"剃头匠的瘪腮帮子吧唧了两下,跟真的把这点儿"味儿"咂摸进去了似的。

"老喽!没底气喽!""秃瓢儿"还挺谦虚。

"您客气!"声音里夹着咕噜咕噜的痰声。就凭这,那一位恐怕也是七十岁都打不住的主儿,"谁不知道你们辘轳把儿胡同的'双绝'呀,一是蔡大哥的剃头手艺,一是您忠祥大哥的二黄。今儿我算没白来。头也剃了,唱也听了,'双绝',全啦……"

"您可别这么说。我这两嗓子,跟蔡师傅可没法儿比。我这是玩儿票,人家是正经的手艺!"

"手艺?"剃头匠"哼"了一声。他继续拎着抹布,找他的椅子缝儿,"您就别提什么'手艺'啦。也就是你们老哥儿几个拿我当回事儿。去别处,没人给你们掏耳朵底子、剪鼻毛呀……"

老头儿们一起"嘎嘎"地笑了。

我拉开门。剃头匠上下打量了我一眼,说了声"来啦",又打量了我一通儿。他不再看我,和老头儿们交换了一道疑惑的目光,他们又接着聊起来。

"我看,您就别为您的手艺生气啦。"那位叫"忠祥大哥"的红脸老头儿一副乐呵呵的开通样儿,"再说,我可听文化站的人说了,明年正月,要在地坛开庙会了。白塔寺的'茶汤李'都预备好他的大铜壶啦。您就预备着您的剃头挑子吧,说不定还请您出山哪!……"

"别逗了。没人请我!茶汤儿有人喝,大串儿的糖葫芦有人吃。这年头儿,谁还上庙会剃头去?"

"不管怎么说,您还时不时有个仨亲的、俩近的,就认您这一路手艺,非得求您给剃剃不可呢。我的手艺呢?我的手艺哪儿使去?这会儿,北京还有抬棺材出殡的吗?"

敢情这位"忠祥大哥"是抬棺材的!

"实话,实话。"一说话就痰喘的老头儿坐在一个小板凳儿上,背靠着一根立柱,立柱上挂着两条油亮油亮的荡刀布。他脸上的肉耷拉着,脑袋呢,一样的锃亮,"您不是够花了吗?孙子也给钱不是?您就拿您的手艺当个玩意儿得啦。有老哥们儿来了,剃一个。剃完了,扯扯淡,听一段儿,乐和乐和,还落个闲在呢!"

"对对对,闲在我可不怕。待着谁还有个够呀?"剃头匠无可奈何地点点头。他悄没声儿地收拾了一会儿推子剪子,又看了我一眼,嘟嘟囔囔地说:"可有的事儿也真让人看着有气。您说,我那孙子,弄了个门面,摆上两瓶冷烫水儿,贴上一张美人头,就开上什么'发廊'了。他那两下子,别人不知道,我还不知道吗?也邪了门儿了,这人还上赶着奔他那儿去。烫个脑袋您猜他要多少?十二块!好嘛,

75

我剃了一辈子头了，打死我也不敢这么干呀！"

老头儿们又"嘎嘎"地笑起来。

在一旁听听他们闲扯，倒也挺开心。所以，我才不打断他们呢。不过"盖儿爷"说得不假，要是每天跟着这位剃头匠当好孙子，给老头儿们掏耳朵、剪鼻毛、剃大秃瓢，听他们唱"窦尔敦""黄三太"，那是让人受不了。看来，我要是不来，今天这一上午也就是这俩主顾啦。大概平常是没有什么年轻人来坐那把敦敦实实的椅子的，不然，他们怎么根本不拿我当回事，也不问问我是不是要推头。他们一准儿把我当成路过这儿看热闹的啦！想到这些，老头儿们的笑声里，倒好像更透着一种冷清凄凉的味道了。

我还是不跟他们搭腔。在一旁等着，听着。

"小伙子，不是来剃头的吧？""盖儿爷"他爷爷终于发现我有点儿怪了。

"可不是来剃头的！"

"您？——"

"我怎么了？"

"哟，慢待了，慢待了！"他慌里慌张地拿过一条白单子，往理发椅子上"啪啪"地抽着。一边把我往椅子上让，一边还是像看什么怪物似的打量我。

"您看我面熟？"

"不不不。来，您往下坐点儿，再往下坐点儿。"他把单子围在我的身前，"您推分头？大点儿小点儿？……像您这一辈儿人，到这儿剃头的，可有日子没见啦。嘿嘿，少见就多怪不是？"

我说："萝卜青菜，各有所爱。您还别老自觉着冷清了。手艺搁在这儿哪。要不，大老远的，怎么就知道了您的铺子？怎么就奔您来了?"

反正"盖儿爷"也嘱咐了,咱挣着那份儿钱哪,就捡他娘的好听的,足给他招呼吧!

"您听听,您听听!我骗没骗您?"抬棺材出身的那位"忠祥大哥"先来劲了,"艺不压身!有认主儿!"

"实话,实话。"那口痰还在另一位的嗓子眼里咕噜着。

"盖儿爷"他爷爷没言语,脸上也没反应。可你得看他捏小梳子的那只手。手背上虽说爬满了青筋,这会儿,手指却像个花旦一样张成了兰花形。右手呢,袖口捋得高高的,胳膊弯儿也举得高高的,悬着腕子捏着那把推子。"嚓嚓嚓嚓嚓……嚓嚓嚓嚓嚓……"他探着脖子,不错眼珠地盯着我的头发梢儿。这姿态就像个大书法家在那儿运腕行笔,作擘窠大书。

"啧啧啧,您瞧,从这镜子里看您这姿势,比看电影还带劲!"我也够坏的,越是这时候,越想成心跟老头儿开逗。

"您过奖。我能多活十年。"老头儿终于绷不住劲儿了,晃了晃脑袋,吧唧了几下嘴,又咧开来,露出一个黑洞,发出呵呵的笑声。

"盖儿爷"算是没找错人,哄哄这老头儿还不跟玩儿似的?几句好话就把他揉搓得像只脱骨扒鸡了。对我来说,这事儿嘛,干着也还有点儿意思——解闷儿呀。把老头儿逗开了牙,坐这儿就听吧。他从民国三十年怎么从宝坻老家进京当学徒说起,"学来这点子手艺可不易。我住的那地界儿,虱子多得能把人抬起来!"说到他的"剃头挑子",他索性撇下我,回到里屋倒腾了好一会儿,真的把他的剃头挑子给我倒腾出来啦,"不容易呀小伙子,不信您挑挑看,这么沉的一挑儿家伙儿,寒冬天儿,三伏天儿,走街串巷……"我越是时不时给他一句"敢情","没错儿",哼哼哈哈地顺杆儿爬,他就越上劲,还一点儿也听不出来我在跟他逗。

其实,他这手艺呀,怎么说呢,味儿事儿!至少现在,让他理这个发我罪过受大啦。也不知道是因为他眼神儿不济了呢,还是因为这次总算逮着一个毛儿多点儿的脑袋了,有心理得好一点儿,露一手,反正他抱着我的脑袋,跟他娘的抱着一个象牙球在那儿刻差不多。"嚓嚓嚓",剪了一茬儿,"嚓嚓嚓",又剪了一茬儿,东找补一剪子,西找补一剪子,剪得我满脑袋头发茬子。他还有支气管哮喘,呼哧呼哧,我觉得自己的耳朵就跟贴在一个大风箱上一样。

要说我多么腻烦他,那倒没有。我只是觉得好笑。再说,跟老头儿这一通儿穷逗,我还真长了不少嘎七杂八的见识呢。我算是明白为什么老说"剃头挑子一头儿热"了,原来这"一头儿",是个烧洗头水的小炉子。我又知道了戳在炉子边上的木棍叫"将军杆",是清兵入关时,"留头不留发,留发不留头",挂脑袋用的!我还知道了过去来剃头的人都得自个儿端着那个小笸箩,好接剃下来的头发,免得让人踩了,给自己找倒霉……

你还别说,我这个脑袋还真他娘的挺值钱。老头儿抱着它,足足摩挲了半个钟头。他总算把剪子放下来了,又把它按在一盆温水里涮了涮,拿过那只铝壳的大吹风机给我吹风。要说老头儿全是老剃头匠那一套,倒也不对,人家到底有这么一个吹风机呢。"呼——呼——"他那只手在我的头发上捋来捋去,这手刚刚在水里泡了一会儿,所以手指头像一根根鼓胀的胡萝卜。这使我忽然间想起了在自由市场上见过的那个捏面人儿的老头儿。经他这么三捋两捋,我真的像一个面人儿似的被"捏"出来啦。"行嘞,您还是少劳这个神吧!"我心里暗暗发笑。他还没罢手,我已经发誓,一出门就得把这脑袋给胡噜了,不然,这也太他娘的像个"傻青儿"啦。

老头儿关上吹风机,解开我胸前的布单子,"啪啪"一抖,歪着脑袋朝镜子里左右端详。看那眼神儿,我还真成了他这辈子捏得最漂亮的一个面人儿。

"怎么样?"他像只缩脖鹦鹉似的把脑袋一抖。

"那还用说吗?您的手艺——誉满全球!"

我可没想到,逗他这么一句,又把麻烦招来啦。

"取取耳吗?"

这意思好像是问我是不是挖挖"耳底子"。这可挺悬——就他那哆哆嗦嗦的样儿,他要是往我的耳膜上捅那么一下子,那我可完了。

"朝阳取耳!"嗓子眼儿里老转着一口痰的老头儿先替他吹了,"小伙子,这还不取?!我可是奔着蔡师傅这一手儿来的。"

"不够交情,我可不敢给您取。您要是上卫生局奏我一本呢?"剃头匠眯起眼睛,笑着对他的老主顾说。

照这意思,老头儿这还算是给我面子呢。得啦,您不就是高兴了,想在我这儿露一手儿吗?也该着我倒霉,谁让我把您那点儿得意劲儿煽起来了呢?取吧。

老头儿把理发椅子挪到窗边,让我坐好,然后,揪着我的耳朵找窗户外面透过来的亮光。敢情就他娘的这么"朝阳取耳"啊!他拿过一把三棱刮刀似的玩意儿,探在我的耳朵眼儿里转来转去。

"哎哟,您这干吗?镟耳朵?"

"傻小子!我得先用铰刀把耳朵里的毛铰净!嘿嘿……"他那黑洞洞的嘴巴里扑出一团热气,喷在我脸上。

先是铰,再是掏,最后用一把毛茸茸的"耳洗子"把耳朵眼儿刷干净。我这耳朵也真他娘的给他作脸,让他掏出了一大堆。两个捧臭脚的老家伙又像欣赏珍珠玛瑙一样,盯着这堆耳屎,"啧啧"了半天。

"瞧您刚才犹犹豫豫的，还不想掏呢！"剃头匠背着手，弓着背，在屋里来回走着。不知这是休息，还是成心等着我们把他的"战果"欣赏个够。

"蔡师傅，有句话不知该问不该问。"那位"忠祥大哥"说，"您年轻那会儿，当然是没有拿不起来的活计了。可这会儿，不知有的活计还干得了干不了……"

"您说的是'放睡'？那是咱的饭辙。"蔡老头儿不当回事儿地笑了笑，"有什么干不了的！您没看我每天都揉搓那两个保定铁球？"

"嘿，那可真够意思了啊！"

"够意思！我也早想问您哪，可看您也呼哧带喘的了，就没敢开口……"

这回的麻烦可不是我招的了，我他娘的连"放睡"是什么都不知道哪，可这麻烦还是落我身上了。其实，拿这俩老头儿中间的任何一位练一练，他都得美得屁颠儿屁颠儿的。瞧他们那个巴望劲儿。可这蔡老头儿大概对我的光临格外高兴，所以他特别问我乐意不乐意"放放睡"。

"敢情！"我也豁出去了，跟他逗闷子逗到底了。我装得和真的一样，"您没问问，我奔什么来了呀！"

"哦？您哪儿疼？"他的眼皮子耷拉下来。

"哪儿都疼。"

他扯过一把小板凳，让我坐了下来。又搬过来一只高点儿的方凳，坐到了我的背后。抬起一只脚蹬在我坐的小板凳上。"靠过来！"话音没落，他已经拉着我靠在他的腿上了。这叫他娘的什么"放睡"呀，就是晃胳膊捏脖子！哎哟哎哟哎哟，这老头儿手劲儿还真大。

"不使点儿劲儿，病能好吗？"老头儿得意一笑，眯起眼睛，像在专心听着我骨节儿的声音。他一会儿揪着我的胳膊没完没了地抡圈儿,一会儿又把这胳膊抓起来,一屈一弹。"小伙子,放心!闪腰岔气,落枕抻筋,包好!"

"家伙!我还以为您没这气力了哪!"

"现今的大理发馆里,可见不着您这一手儿喽!"

"年轻的干不了哇,您不信问问蔡师傅,他孙子干得了吗?"

"他?他见都没见过!"

……

"怎么样?松快了没有?"

把我浑身上下捏捏捶捶了一大通儿,他总算松开我,站了起来,长长出了一口气。

"松快了!松快了!松快多啦!"

我赶快站了起来,咧着嘴向他点头。我出的那口气一点儿也不比他短。

"谢谢您啦,真是太谢谢您啦!"

"您还别客气!今儿我是高兴了。不是我夸您,这年头,遇上个知好知歹的年轻人还真难得哪……"

没错儿,全北京也没第二个人像我这么"知好知歹"了,心甘情愿把您这点儿"绝活儿"全领教一遍。理了个"傻青儿"脑袋还不说,本来我他娘的哪儿也不疼,让您这么一通儿捶打,骨头架子都差不离儿酥了。不"难得"怎么着!

"您笑什么?"

我真该向他宣布:要不是你们家"盖儿爷"让我来哄哄您,我才不受这份儿洋罪呢!——假如真的来这么一下子,那可太逗了,老头子还不得当场"弯"回去!

81

当然，我不会真的这么干。甚至连老头儿左瞄右瞄理出的"傻青儿"脑袋，我也没按原来想的给胡噜了。因为我脑子里突然冒出了一个念头儿——我得留着它，让"盖儿爷"看看，他爷爷把咱哥们儿糟蹋成了什么模样儿。

我立刻坐上 20 路汽车，奔东单去了。

十一

"盖儿爷"那家"丽美发廊"在东单很是显眼。在遇见"盖儿爷"之前，我对它已经有很深的印象了。它在东单路口的西北侧。不知为什么，这一侧的地势比长安街的路面高出一截，所以，常从长安街过的人很容易就发现，这儿昨天刚变出个什么"江苏商店"，今天又多出了一个"金房子"服务中心。"丽美发廊"也属于这突然"多"出的花样儿中的一个。

"发廊"的门面倒不大，顶多也就四五米宽，可装修得还挺洋——门窗框架是一水儿银灰色的铝合金。茶色的大玻璃门两边，是直落地面的玻璃窗。一边，高高低低地摆着粉红色、浅黄色、乳白色……各色各样的冷烫精、护发素、乌发乳、定型水；一边，是使着飞眼儿的、露着膀子的、拧着脖子的……一个比一个"浪"的小妞儿们留着各种发型的照片。透过橱窗和玻璃门，可以发现发廊里面的墙上全是镜子，这使它更添了几分豪华……柔和的灯光。音箱里发出的迷迷瞪瞪的歌声。进进出出的，因为漂亮而傲气十足的小妞儿们，时不时飘过来的香味儿……你还别说，我不止一次从这儿走过，有时候想起了西苑饭店新楼的酒吧，有时候想到了电视广告里飘飘悠悠、哆哆嗦嗦地占满画面的披肩发，有时候还勾起了一点儿挺流氓的想入非非。比如它为什么偏叫"发廊"？名称本身似乎就有那么一种莫名其妙的挑逗味儿，就甭说那些小妞儿们的大照片了。就说那些粉红的、浅黄的、奶白的"蜜"们、"霜"们、"露"们，看一眼，好像也和见了妇女用品商店橱窗里那些越做越招人胡思乱想的乳罩们、连裤袜们一样，心里有一种难以形容的感觉呢。不过，我可一次也没想到，这样一家"发廊"，会和"盖儿爷"——总是可怜巴巴地挤眼睛的剃头匠的孙子——有什么关系。

临近"丽美发廊"时，我的心情变得很坏，刚才在辘轳把儿胡同和蔡老头儿逗闷子落下的那一点点开心劲儿，早没影儿了。倒不是因为刚才在公共汽车上，这个"傻青儿"脑袋招得好几个小妞儿偷偷地抿嘴儿调脸儿。尽管这也挺让人恼火，可这就跟浑身上下让老头儿捏得骨酥肉麻后的感觉一样，品品这种哭笑不得的滋味儿，也挺有意思。有时候，人是很难解释得清楚自己为什么忽然就烦躁起来的。这回我却知道，和昨天晚上回家时一样，全是因为当了"盖儿爷"的"短工"的缘故。比起昨天来，今天是真的给人家干上了。干的结果，是真的当上了名副其实的"傻青儿"——比当年的"盖儿爷"强不了多少的"傻青儿"。所以，比起昨天来，更他娘的觉出了一种实实在在的屈辱啦。

我推开发廊的茶色玻璃门，"盖儿爷"正在里面忙着。昨天在音乐茶座上见到的那个小妞儿，也穿着一件白大褂，走来走去地忙活。我用手指在玻璃门上弹了几下，他扭过脸，朝我扬了扬手，随后走了出来。

"去过了？"他看着我的脑袋，嘻嘻笑起来，然后有点儿后悔地摇摇头，说，"忘了叮嘱你一句，让老头儿少推点儿，留大点儿呀。现在，底下推得太干净，想找补都难了。"

我说:"行了行了老板,用不着您可怜我。不是让我去哄哄老头儿吗?哄完啦,老头儿活得挺好,您就放心吧!"

"卢森,你可真够哥们儿!"他没听出我话里有气,还在嘻嘻笑着,"老头儿提起我了没有?气儿还挺大吧?"

"没气儿啦。我他娘的一个劲儿给他上好听的。他觉得自己的手艺誉满全球,美着哪!"

"对!就是这路子!老头儿我可太清楚了。鬈毛儿,真有你的!"

"行了行了老板,"我苦笑了一声,"您还别夸。我倒要谢谢您呢,什么'朝阳取耳''剃头放睡'的,老头子搂着我的脑袋,像是搂着个宝贝蛋,把那点儿绝活儿全给我用上啦,他还只要我三毛钱,多给他死活不收。咱落个省了钱,还享了福,他娘的福分不浅呢!您哪,还有什么活儿,快吩咐得啦。"

"盖儿爷"的眼睛又开始一挤一挤的了。

"哥们儿,你今儿是怎么了?左一声'老板',右一声'老板',叫得人怪难受的。"他迟迟疑疑地看着我,"咱哥们儿可没有花一百块钱雇你干活儿的意思。你要是这么说,可就见外啦。"

倒也是。可我他娘的这火儿都不知道找谁撒去!

"您是没这意思,可我有这意思。"我说。

好半天,我们俩谁也没说话。

"昨天晚上我就说了,缺钱花,拿去。哥们儿不乘人之危。再说,你也不是干活儿的材料。你不干呀,非拿个要自己挣这份儿钱的架势。说实在的,老同学了,你放得下架子,我还拉不下这张脸呢,哪儿能真把你当雇来的小工儿使唤!"盖儿爷"把一包"万宝路"凑到嘴边,从里面叼出一支来,眯着眼睛,慢慢地抽着,"咱哥们儿没对不住你的地方呀,可你倒好……"

他越说，我也越觉得自己是有点儿不算个东西了。白送你钱吧，你不干；给你找点儿活儿吧，你又干不来。也真够难为这兔崽子的了。这哪儿是我给人家干活儿哪，纯粹是人家伺候着我哪。

想到这些，心里的火儿倒好像压下去点儿了。

"你他娘的怎么这么多心！我刚才说啦，你没那意思，我也没什么不痛快的。"我一扬手把他嘴里叼的烟摘下来，叼到自己嘴里，"别废话了，派活儿派活儿！"

"你他妈的回家待着去吧，没活儿！"他又嘻嘻地把嘴咧开了。

"那你说，今儿这一趟，值多少吧。剩下的钱，还你！"

"值一百！回家待着去吧！"

"哦，变着法儿'赏'我啊！"我冷笑了，"等着，我回家拿去，钱还没动哪，全还你！"

"我操你姥姥！你丫挺的怎么还这么'轴'啊？！""盖儿爷"一副哭不得、笑不得的模样儿，眉头皱着，眼睛挤着，嘴巴咧着，"我还没受过这份儿罪哪。都说挣钱不容易，谁想到往外扔钱也这么难。比他娘的养活孩子都难！"

他长长地呼出了一口气，又从那包"万宝路"里叼出一支。

"你要是偏要较真儿，那也行。"他看着我，想了想，说，"活儿嘛，还是这个。每月帮我拿一百块钱，上邮局去，寄给老头子。然后，去辘轳把儿胡同理一回发，哄哄他。报酬嘛，每月二十块吧，你再去四次，行不？说定了，你他妈也别老觉得我是成心'赏'你啦！"

我看着他，没说什么。那个小妞儿从发廊里出来，催他回去。他弹了弹烟灰，朝我点点头，把手向天上一扬，做了个告别的手势，匆匆忙忙钻回那间玻璃房子里去了。

我站在"丽美发廊"的门口，老半天没运过气来。逗了半天强，却落下了这么一个结果——合着我成了兔崽子每月给他爷爷送去的那盒点心啦!他还觉得挺照顾了我的自尊心了呢!

这盒点心当的,我还他娘的一点儿没脾气——再拽着"盖儿爷",说我干不了吧,他非得以为我得了精神病不可。真的每月就这么去挣"二十块钱"?今天去这么一回,我还只是因为当了"盖儿爷"的"短工",脸上有点儿挂不住,别的我还没怎么多想。要是真的每月专职就是赔着笑脸,去哄老头子,这就跟"盖儿爷"他们家养的婊子差不了哪儿去啦。

……

我顺着脚下的水泥路,朝公共汽车站的方向走着。

我是一个命里注定的可怜虫。

今天是星期一,街上的人还是这么多。这儿靠近王府井。谁他妈都比我活得滋润。

一个小妞儿,穿着高统小马靴,挎着个亮晶晶的小皮包,小屁股一扭,一扭。一对老夫老妻,一人一根拐棍儿,四只脚板子,在路面上一蹭,一蹭。枯落的杨叶,还夹杂着几片冰棍儿纸,可怜巴巴地蜷在马路牙子下面,挤在树根窝窝儿里,窸窸窣窣地响着。

我助跑了两步,摆出马拉多纳罚点球的姿势,甩开右脚,"啪",朝一块冰棍儿纸踢去。膝盖抻得生疼,我却只是蹭着了它小小的一个角。"金房子"服务中心门口那个推冰棍儿车的老太太,咧着鲇鱼一样的嘴巴,无声地笑起来。

"你这玩世不恭的态度真让人讨厌!"老爷子如果在边儿上,他又得这么说了。

"森森,你什么时候才能学学你爸爸,认认真真地做人啊!"老太太也少不了当应声虫。

这年头儿，不管活得是不是真的那么庄严、那么伟大、那么认真，大概都得拿出那么一点子认认真真的神气。

其实，依我看，像我们老爷子这样的，倒未必活得认真。别看我这副德性，我比他活得可认真多啦。他娘的甚至太认真了，不然我也不会闹得这么惨。但凡有那么一点儿不认真，我也早他娘的像我哥似的，在老爷子面前装王八蛋啦。至少，我犯不着为八十块钱拍这个胸脯。犯不着拍了胸脯还真的要去争这口气。犯不着非得撕了那张彩票，也犯不着非得买下那张彩票。犯不着在人家"盖儿爷"面前充好汉。当然，也犯不着觉得每月去一次辘轳把儿胡同哄哄老头子有什么不好……

我得承认，顺着这路子想下来，有那么一小会儿，我算是他娘的想开了。折腾了好几天，原来全是我自己跟自己过不去！其实，除了昨天中午在体育场外面吃的那顿烂葱包子以外，我哪天在家里也没少吃。我倒真拿拍了胸脯当回事儿呢，那八十块钱，不给了又怎么着？不要说老爷子不可能追着我要，即使他借着这事开口笑话我，我给他龇龇牙，他又有什么办法！不是说我"玩世不恭"吗？来真的，就这个！"盖儿爷"那一百块钱呢，照拿。不拿白不拿。这小子发的财还不少啊？有便宜不占，王八蛋！让我给他爷爷当"点心匣子"？玩儿蛋去！我才不伺候呢！……不是嫌我活得"不认真"吗？这回，我可真的要当一个彻头彻尾、彻里彻外、死皮赖脸的浑蛋啦！

这念头让我舒坦透了，松快透了。我发现我这几天整个儿在干傻事。我甚至奇怪自己干吗要没完没了地算计，那笔钱是拍给老爷子，还是扔还"盖儿爷"。最妙不过的法子是：替我自己也买个放音机呀。想到这些，我有点儿庆幸昨晚没把其中的八十块拍还老爷子了。

回到家，打开我的抽屉，取出了那一百块钱，揣在兜儿里去王府井，我还非买那种放音机不可！哪怕出了百货大楼的门儿就摔成八瓣儿了呢，也出了这几天憋在我心头的这口窝囊气啦。

这可真巧，出楼门的时候，看见了我们家老爷子。

"砰"，他甩上了那辆"皇冠"的车门，抱着一堆文件、材料，朝我这边走来。

想躲开，已经来不及了。

一抬头，他看见了我。

"森森，你妈在家吗？"

这可少见，真是太少见啦。他居然叫起了我的小名儿——森森，他的眼神儿不再像以往那样，斜楞楞地懒得瞥我，反而温柔得像一只老山羊，还没完没了地盯着我。

"森森，别走别走，先回来一下，先回来一下。"他用空出的那只手扳我的肩膀，简直是搂着我回到家里的。

他把我按在那条长沙发上，微笑着从皮包里拿出一小听雀巢咖啡，说这是外宾刚送他的，我要是爱喝，尽管拿去。这可真他娘的让人奇怪透了。他这股子热乎劲儿，总不会只是为了送我一听咖啡吧？想变一变"思想工作"的方法了，怀柔怀柔？我爱搭不理地任他在那儿跟我套近乎。我拿起那听咖啡，看那上面的说明。

"你的头发是在哪儿理的？不错。这精神状态就对头啦！"

噢，怪不得他这么热乎，怪不得他老盯着我看，原来是为了我的头发。他以为我这头发是为了他剃的哪。

"其实，你们这一代人本质是好的。"他开始发表"社论"，"……火气嘛，大一点。我也是从年轻的时候过来的，谁没有一点火气？没有火气了，还叫年轻人吗？……"

我翻了他一眼,突然想笑。我绷起嘴唇,磕头虫似的点头。我想起了他在演讲比赛的主席台上点头的样子,我想试试学得像不像。他点头不像一般人那样是"点"头,他"点头"不如说是探着脖子在"招下巴",一下一下的,显得那么"深思熟虑"。

我这一"点头",他更来劲儿啦。

"就说你的头发吧。前天批评了你,你还不通嘛。当然,我也有缺点,态度急躁。不过,火气一下去,你还是能分清是非美丑的嘛,这就证明……"

本来,我只是觉得好笑,这乐趣大概和上午哄那位蔡老头儿时的感觉差不多。可是,看着他这神气活现的劲头儿,我可笑不出来了。这些日子憋在心里的那股火儿,又"呼"地冒起来。

"行啦行啦行啦,您别这儿没完没了啦……"我站起来,到他对面的一个小沙发上坐下,从兜儿里摸出那沓钞票,一张一张地数着。我把八张十元的票子捻成了一个扇形,摁在茶几上,"我可真纳闷儿,您干吗老跟我这头发过不去?您瞧,这是八十块钱,给您搁这儿啦。前天,我已经说过了,往后,脑袋,是我的脑袋;头发,是我的头发。我是梳大辫儿还是剃秃瓢儿,您都免开尊口吧……"

他一声没吭,坐在那儿发呆。

"您呀,整个儿的,猴吃麻花儿——满拧!"我胡噜了几下脑袋,笑嘻嘻地说,"我要是一五一十地告诉您,我怎么就剃了这么个脑袋,那得另找工夫,得等我高兴了。反正这么跟您说吧,至少,这和您那些废话没有一点儿关系!"

说完,我就走了。看来,我还是当不了彻头彻尾、彻里彻外、死皮赖脸的浑蛋。

我还是活得太认真。尽管这个世界上说不定只有我一个人这么看。

唉,那么,"盖儿爷"那儿呢?下个月还去不去辘轳把儿胡同1号剃脑袋了?

明儿再说吧。

找　乐

第　一

"找乐子",是北京的俗话,也是北京人的"雅好"。北京人爱找乐子,善找乐子。这乐子也实在好找得很。养只靛颏儿是个乐子。放放风筝是个乐子。一碗酒加一头蒜也是个乐子。即便讲到死吧,人家不说"死",喜欢说:"听蛐蛐叫去啦!"好像还能找出点儿乐儿来呢。

过去天桥有"八大怪",其中之一叫"大兵黄"。据说当过张勋的"辫子兵",也算是"英雄末路"吧,每天到天桥撂地儿开骂。三皇五帝他爹,当朝总统他妈,达官显贵他姐,芸芸众生他妹。合辙押韵,句句铿锵,口角飞沫,指天画地。当是时也,里三层,外三层,喝彩之声迭起,道路为之阻绝。骂者俨然已成富贵骄人。阔步高视,自不待言。听者仿佛也穷儿暴富,登泰山而小天下了。戳在天桥开"骂"和听"骂",是为一乐儿。

自打乾隆五十五年"四大徽班"进京以后,北京人很少有不会两段"二黄"的了。蹬三轮儿的,卖煎灌肠儿的,把车子担子往马路边上一搁,扯开嗓子就来一段。这辈子想当诸葛亮是没指望了,时不时"站在城楼观山景",看一看"司马发来的兵",倒也威风呢。要不,就"击鼓骂曹":"平生志气运未通,似蛟龙困在浅水中。有朝一日春雷动,得会风云上九重。"撒一撒胸中的闷气也好。就连那些押去二道坛门吃"黑枣儿",吐"山里红汤儿"的犯人们,背上插着招子,被五花大绑地扔在驴车上,也要唱一嗓子,招来一片喊好声呢。唱这一嗓子和听这一嗓子,也是一个乐子。

咱们北京的百姓们,素有讲个脸面的传统。"耗财买脸儿",更是一个乐子啦。口袋里镚子儿没有呢,别着急,只管往"大酒缸"里泡就是了。别看不过都是扛窝脖儿的,打执事的,引车卖浆者流,那大爷的派头儿也足着哪。围在酒缸沿儿上,二两烧刀子下肚,哥儿几个便对着拔起脯儿来啦。这位只管说自己如何过五关、斩六将,那位尽管说他的长坂坡。如果素昧平生,刚刚相识,更来劲儿了,反正都是两眼一抹黑,加上一个个喝得红头涨脸,迷迷瞪瞪,只顾沉醉在自己的文韬武略之中,你就是说自己上过月亮,别人也会哼哈哼哈地应和。酒足饭饱之后,气宇轩昂地站起来,即便锦囊羞涩,也要端出一副腰缠万贯的神气,吩咐一声"抄"!伙计们赶忙清账,写水牌儿,道一声"记上!"言犹未落,人已经高掌远跖,雍容雅步,踱将出去。这不又是一乐儿吗?

……

这些,都是老事儿了。世道变了,北京人的日子过得顺心顺气儿了。可又不能说人人顺心、个个顺气儿不是?所以,"找乐子"的"雅好"还是继续下来了。就说街上那些往蛤蟆镜上贴外国商标,往劳动布裤子的屁股后面钉洋文铜牌儿的伙计们吧,那也是一种"找乐子"的法儿,"此处无声胜有声"罢了。我认识的一位小伙子呢,正相反，整天拎个录音机在街上晃，哇喇哇喇招人。问他这干吗哪，他说："没这个录音机，更没人拿正眼儿睞咱们啦！"这又算一种乐子吧？

不过，老事儿也好，新事儿也罢，在高雅之人眼里，都是可笑的。人家也自有人家的道理。本来嘛，你是缝穷的，你就是缝穷的命，唱段"王宝钏"就成"相门之后"啦？扯淡！你是蹬三轮儿的，你就得认头，你说你拉过杨小楼，你还跟他怄了气，把他给摔阴沟里了，治了——人家还是杨小楼，出殡时六十四杠。你呢，还是蹬三轮车儿的，那会儿你要是也出殡，不闹个"穿心杠"就算便宜！甭说把商标贴眼镜儿上，就是贴脑门儿上，你也是"城根儿"的儿子，你也到不了国外！混得不怎么样吧，还老想找点什么乐子找找齐儿，这不瞎掰吗？大概因为这个原因，"找乐儿"者流，就难免不被人引为笑柄了。

其实，你再往深里想想，这有什么可笑的呢？混得不怎么样，再连这么点儿乐和劲儿也没有，还有活头儿吗？据奥地利心理学家阿德勒的说法，拿破仑因为个儿矮且有牛皮癣，不顺气儿，所以才有了振长策而御宇内，君临天下之举。北京的平头百姓们还没想着往拿破仑那份儿上奔呢，只求哥儿几个凑到一块儿，或位卑言高，称快一时，或击节而歌，乐天知命，又算得了什么呢？

由此看来，出辘轳把儿胡同南口向西不远，豌豆街办事处文化活动站那里，每天晚上聚集了一帮老头儿们（也间或有几个老太太来看热闹，几个中年、青年人来凑热闹），一会儿来一折《逍遥津》，一会儿唱一段《打登州》。唱累了，又杂以神吹海聊，他说他是高庆奎的徒弟，他说他和马连良一块儿坐过科……这不仅有民俗的渊源，而且还有心理学上的根据哪。

93

第 二

豌豆街办事处管着周围的十几条胡同，辘轳把儿胡同也在其中。这儿的文化活动站也没有什么更多的活动，就是唱。活动站的排演场是过去的仓库，自然是很简陋的，连顶棚也没有，抬头就能看见房顶的椽子像肋条骨似的一根一根码着。水泥地面已经坑洼不平了。顺着四周的墙根儿，一圈一圈地摆着条凳，不管唱的还是听的，杂坐其间。房子中间留着一块巴掌大的空场，又让个火炉占去了一块儿。剩下的地方，只能站下仨俩人儿了。所以清唱还可以，"起霸"，一个人也凑合，如果是"双起霸"，两个人就得撞一块儿去。要是"趟马"，您得留神炉子。好在来"找乐子"的人大多是老头儿，身段就不能讲究啦，满脸的褶子，扮相也罢了。因此，这里从来就没有彩唱过。顶多了，来个"清音桌"，角色多了，有的人还得在座位上唱。别看条件差，您要是往这儿一坐，闭上眼睛听一听，有板有眼的，唱得真有那么点子味儿哪。

老头儿们有点儿爱神吹，这不假。可他们的神吹毕竟还是沾点儿谱的。比如他说他跟马连良一块儿坐过科，那是得一块儿混过几天，至于后来嗓子"倒了仓"，他唱不了了，卖大碗茶去了，那就得再说了。他说他是高庆奎的弟子，说不定也确实，至于以后抽上了大烟，玩物丧志，则另当别论。正因为如此，大多数都是对梨园行门儿清的主儿。听一耳朵，便知道这是"梅老板"，那是"麒麟童"。没吃过猪肉还没见过猪跑吗？因此还真不能小看他们。你看这位裹了件大棉袄，双手揣在袖筒儿里，厌头耷脑不是？一张嘴，正工青衣，音宽嗓亮，落落大方，地道，梅老板！你看这位鹤骨鸡肤，腰弯背驼，其貌不扬吧，那唱的可是正经的"杨派"，行腔柔稳，清雅脱俗。还真有些老戏迷们听不惯时下剧团里青年演员那两嗓子，总觉不够味儿，专程跑到这儿来过瘾的。褒贬是买主儿，不服不行。

按理，能把这伙儿"戏篓子""戏包袱"们玩儿转了的人可不是凡人，您得下过几天"海"，至少，也得"票"过几场。要不，人家不服你，镇唬得住吗？不过，在豌豆街的文化站里却是一个例外——在这儿"统领群芳"的，竟是七十出头的老杠夫李忠祥！

李忠祥住在辘轳把儿胡同10号院儿，方头阔脸，声洪如钟，走起路来步子不大，挺胸腆肚收臀，有点儿"外八字儿"，一看便知是当过杠夫的主儿。他毕竟老了，眼角耷拉了，可脸色还是通红的。没错儿，喝大酒喝的，已是杖国之年，可还是像年轻时一样，性喜自鸣得意。

其实，在这帮唱戏的人中，比李忠祥能唱能演的人有的是。这里有在正经科班里学过的，有在名师门下调理过的，甚至还有正在剧团里当演员的呢。李忠祥呢，当过杠夫，拉过洋车，跑过堂儿，事儿倒干过不少，可没有一件是和唱戏沾边儿的，退休前倒在剧团当门房来着，可那是话剧团。他倒张口"长华"，闭口"长华"的，听那口气，好像他跟那位名丑萧长华不是连襟也是师兄弟。唉，他跟人家萧长华也就是"馄饨交情"罢了。

那会儿他在馄饨铺当伙计，想看戏，又没钱，心里痒痒得猫挠似的，便拎着个食盒儿，里面搁碗馄饨，到戏园子门口生往里闯。"干什么去？""给角儿送馄饨！"看门儿的竟然信以为真了。常来常往的，人家居然认定萧老板演戏时每每要吃这家铺子的馄饨，只要见他拎着食盒过来，问也不问啦。其实，这馄饨哪回也没进了萧长华的肚子。进了戏园子就不见这位伙计了——他找一个旮旯，一边吃了这碗馄饨，一边听戏。用这一招儿，他可听了萧老板不少好戏，连梅老板的戏也听过。这么听，傻子也能喊两口了。他甚至能把萧先生演蒋干时说的那几句苏北话学得惟妙惟肖，让人喊好。所以，现在他也有资格说："嗨，当年咱们不是穷吗？不是买不起行头吗？要不，咱们早下'海'啦，今儿个，也'新艳秋'啦！"他说归他说，内行人一看便知，如果说那位新艳秋天天在戏园子里偷艺，学程先生学得不赖，可比起程砚秋来总还差那么一尺半寸的话，这李忠祥比起萧长华来，可差着十万八千里还得出去了。

不过，李忠祥这性子挺投戏迷票友们的脾气，大伙儿也就跟他逗乐子，称他为"新长华"了，还随带着封给他萧长华在"喜连成"班的职称，称为"总教习"。他本来就喜欢大包大揽，"总教习"尊号既得，更端起一副当仁不让的架子，真的正儿八经地主起事儿来啦。

豌豆街，特别是辘轳把儿胡同的老住户们对李忠祥是太熟悉了。他当杠夫的时候还年轻，天麻麻亮，就穿上那件绿色的褂子，戴上那顶插着鸡毛的毡帽儿，坐在永安杠房门口的条凳上等差事，路过杠房的人常在那儿和他聊天儿。后来，他又在裕昌馄饨馆当伙计。可没一年，就因为老端着馄饨去"蹭戏"，丢了差事，只好每天早起泡野茶馆，等零活儿干，奔饭辙。后来他搬到了辘轳把儿胡同10号院儿，更是低头不见抬头见了。

不过，老人们记得最清楚的是，民国二十四年的春天，一直破衣烂褂的李忠祥忽然"发"了。其实，说是"发了"，是过分之词，捡破烂儿、缝穷的人们眼浅而已。可那些日子，李忠祥确实不像以往那样饥一顿饱一顿的了，也穿起补丁少点儿的裤褂来了。据李忠祥说，他在野茶馆认识了一位江先生，江先生三天两头儿要扯着他聊天。聊完了，给他一天干活儿的工钱。这对辘轳把儿胡同的百姓们来说，不是让人眼馋的事吗？好烟抽着，好茶喝着，神吹海哨谁不会呀，一天的饭辙就有着落了！人们都说他一定遇上贵人了，今后必发不可。李忠祥倒不认为江先生是什么贵人，因为他很偶然地发现江先生穿的那棉袍的里子也是碎布拼的。可他还是逢人便说自己的纳闷儿："这位江先生可真怪，又不是钱多了烧的，干吗要花钱找人聊天儿？"

……

江先生的确不是什么贵人，李忠祥也没发起来。卢沟桥的炮一响，江先生没影儿了。李忠祥还得去蹲野茶馆等差事，今儿去给人修修门脸儿呀，明儿给人往城外坟岗子抱抱死孩子呀……李忠祥的"奇遇"，也渐渐让人淡忘了。

可解放以后，江先生是贵人的预言倒真的应验啦。那时候李忠祥已经蹬三轮儿去了，那一天在剧场门口等客，天上下了雨，没人坐车，他把车停在剧场的广告牌檐子底下。闲得挺无聊，听见人来人往进场的人说，今儿演的戏说的是杠房的事，他心里一动，反正待着也待着，进去开开洋荤吧！买了张票，进去看看这场话剧，看了半截儿他就愣啦：这演的不全是他跟江先生说的事儿吗？赶快一打听，编戏的可不就是江铁涯江先生，敢情人家现在是剧院的院长啦！散了戏，他推着三轮儿直奔后台，找江先生去了。江先生还记得他，自然又是好烟好茶招待。李忠祥说："江先生，我不想蹬三轮儿啦。您不是在这儿当官儿吗？我跟您这儿干得啦！"江先生说："您能干点儿什么？""我跟长华那儿偷过两手儿，上台也不憷。"江先生笑了："那是京戏，我这是话剧。"他说："甭管什么戏，反正我是喜欢上您这戏班子啦，替咱老百姓说话。让我来看门房儿也行。"就这么着，李忠祥真的当上了这家赫赫有名的剧院的门房。这在辘轳把儿胡同可成了了不得的新闻，据在剧院门口看过他的人说，他这回是真的"发"了。

97

开演之前，穿一身笔管溜直的中山装，在剧院门口张罗、让人，和那些从小卧车里钻出来的人物握手，混得可神气极啦！

嗨，还是别哪壶不开提哪壶吧。李忠祥爱说、爱吹，可你听他讲过剧院的事吗？他是置了一身笔管溜直的中山装，每逢新戏初演的几场，必穿上它在剧院的大门口张罗、让人，和那些从小卧车里出来的人物握手——"欢迎欢迎！""多多指导！""您往里请！"……以至于不少人误以为他是剧院的院长或是本剧的编导，这都是确实的。他觉得这有什么，他是江先生介绍来的，他是给江先生当"门脸儿"来了。所以，他和以前干他喜欢干的事儿一样，欢欢实实地忙活起来。可后来他发现，不对啦，剧团里的人拿一种什么眼神儿看着他啊！小青年们拿他"开涮"，叫他"李导演""李院长"，这倒也罢了，就连江先生好像也嫌他站的不是地方了。每次首演日，当他兴冲冲地换上那身中山装，到剧院门口准备张罗时，江先生总找个话茬儿把他从身边支开。让他去端花盆啦，去看看贵宾室安排得如何啦，一来二去的，他明白啦：穿着中山装，在门口握手、寒暄，那是高雅之人干的事，那不是自己欢实的地方！可他又有几分伤心，莫不是因为自己到那儿站着了，你们就该翻白眼珠儿，在话音儿里掺粉子味儿吗？人哪，得将心比心，替人设身处地。他喜欢剧院，他为它得意。他想起自己是剧院的人，就觉得挺提气。站的不是地方，你们就不能明说吗？别人不知道我，江先生您应该知道我的呀！

知道你？你不能老找着机会把心窝子掏给别人吧？你就是真掏了，人家知道你了，又怎么样？

他四十岁出头才娶了个"二锅头"，没两年，老婆生下德志，得了产后风，死了。老婆死了几年没续上，说老实话，谁能不动点儿凡人之念呢？更何况每天看着那些如花似玉的女演员。有一天他从楼下走过,听见二楼上水声哗哗,女人的笑声话声传来,他想起这是女浴室,女演员们刚下戏,在洗澡。他也不知道自己那是怎么了,走不动了,放慢了脚步,仰起脸儿,看着那扇打开的窗户,好像巴望着从那上面看出点儿什么来,其实什么也看不见。可这成毛病啦,每回路过那楼下,他都忍不住放慢了脚步,仰脖儿看两眼。没想到,不知被谁反映上去了。

大概因为他最服江先生,所以,还是江先生找他谈的话。说真的,江先生也知道那看不见什么,他要是一口咬定没看,这事便过去了。可他说:"我错啦。我是想看来着,可看不见。"他觉得这有什么,谁能没有点儿邪念?咱不再存这心思就是啦。唉,这回人家倒是知道你了,结果呢,整个儿屎盆子给你自己扣上了,反倒给人当笑料儿啦。那些漂漂亮亮的女演员们本来"李大叔""李师傅"的叫得甜着哪,脆着哪,这一下倒好,全撤嘴啦。小伙子们那话就更损了:"老李头儿,玻璃店里卖镜子啦!"……他们还都是识文断字之人,都是文雅高贵之人呢,他们要是真像人家柳下惠,坐怀不乱,倒也罢了。可他们有的人一边取笑他李忠祥,一边又"搞破鞋",这不装孙子吗?

李忠祥蔫儿了,再也不像以前,今儿"萧长华",明儿"杨宝森"了。从这以后,有人给他介绍过几个后老伴儿,如果是以前,很可能是一句话的事儿,"成"或者"不成"。可现在,他也不知道为什么给自己立下了一个规矩,非把那事儿告诉人家不可,纯粹是为了考考人家似的。有几个就因此吹了。吹就吹吧,正好。找个娘们儿回家,天天当着你的面,假模假式的装孙子,谁受得了!

"文革"临开始那年,他和剧场卖票的鲁桂英好上了。那年他五十五岁了,鲁桂英五十岁,是个寡妇。别的心思没有,老了老了,找个伴儿,有个说话的人儿,也互相有个照应。两个人平常关系不错,可真把这事儿摊开的时候，李忠祥立刻说："我得明告诉你，我在剧院里名声不好。有一档子事……""别说啦别说啦，"鲁桂英打断了他，"八百年前的事儿啦，我知道。再说呢，都从那个岁数过来的，谁还能没点儿上不得台盘儿的心思！"

在这之前，因为鲁桂英有仨孩子，李忠祥还有点犹豫，可听了这句话，心里一热，齐啦！这么多年，没人跟他说过这么一句话，好像人人都是正人君子，就他是他妈小人！其实，躺被窝儿里摸着自己的心窝子想想，真的就没有一点儿上不得台盘儿的心思？……咳，还生这份儿气干什么？这不有一个鲁桂英吗？真能找着这么一个能说上话的人当老伴儿，也就不错啦。可是，他和鲁桂英的事到底还是没成。鲁桂英的婆家挑着孙子孙女跟他们的妈妈闹，自然少不了关于他的很难听的话。桂英怕伤他，只是说，孩子们都长大了，也快熬出来了，就算啦。其实，真正原因他已经从别处听到了。

李忠祥老了。"文革"结束那年，已经六十五了，他该退休了。可临到眼前，他又有点儿舍不得了，特别是舍不得那出写杠夫的戏。那是剧院的保留剧目。一听人提起这出戏，他就心动。虽然他再也不会鲜衣华服，凑到江先生身边，在剧院门口迎宾了，也绝不会再提一句民国二十四年江先生如何在野茶馆找他聊天的事。剧院伤了他的心。可如果不是因为后来他又忍不住干了一次蠢事，又伤了一次心的话，他还想在剧院多待几年，多看几遍那出戏哪。

"文革"中，他是"救"了江先生一命的，江先生不知道就是了。那时候江先生挨整，报纸上点名，广播里批判，看来是要不得了。有一天他路过康乐酒家（那会儿改名儿了），在大玻璃窗外看见江先生一人在里面闷头闷脑地喝酒，桌上摆了好几样菜。他心说不好，跑回剧院，偷偷写了个字条，大意是说：我们爱您的戏，您想开点儿。扫盲班的文化，多了，他也不会写了。名字他可没敢落上，只好写"革命群众"。写完了，回到饭馆门口，托一个进门的人捎进去了。"文革"后，江先生又上台了，在重排《杠夫》的动员大会上说，因为一个观众的那么一张条子，使他决定活下来了，他说得老泪直流。散会以后，李忠祥特意和江先生握了握手。当然，他是不会说出那字条的根梢的。又过了些日子，《杠夫》重演了。那天，他忍不住从箱底里找出那身中山装，穿着上剧院了。他早就学会了该往哪儿站啦。他还可能和江院长站一块儿欢实去吗？可江先生啊，他见到了他，打量了他一眼，立刻说："李大爷，后台那儿缺人。您到后台去照应照应好不？"……

唉，他要退休了。这回，他是一定要求退休了。

现在，他家的墙上，还端端正正地挂着那张红底烫金的"光荣退休"证书。他还记得剧院为他召开的"欢送大会"，还记得江先生如何用自己坐的那辆"上海"卧车，把他送回了辘轳把儿胡同10号。江先生和剧院的其他领导到他的小屋里坐下的时候，他觉得湿漉漉的泪水顺着脸上的褶子沟流下来了，流到了嘴角上，咸津津的。他不好意思，赶紧给擦了。他开始后悔了。人哪，怎么禁不起一点儿委屈呢？解放前，拉洋车、抬棺材，多少委屈你都得受！可现在，他觉得自己是太金贵了，好日子催的！饱暖生闲事！江先生忙啊，能什么都照应得那么周到吗？能整天琢磨着怎么对你的心思吗？再说了，你站在不该你欢实的地方瞎欢实，就对吗？你存着看人家女澡堂子的心思，就对吗？

……

这些，都是旧事了。那次送走了江先生他们，李忠祥觉着自己这辈子算是快到头儿了。待着吧，吃点儿好的，喝点儿好的，这就算个

101

乐子啦，还有什么？他可没想到，豌豆街那儿竟然有一伙子老哥们儿在那儿吹拉弹唱，在那儿神吹海聊！

那是些扛大个儿的、蹬三轮儿的、卖煎鸡蛋的出身，上不得席面儿的人物，可都讲实理儿，不装孙子。他到了这儿，没三天，又"活"啦！在剧院的时候，他老得留神着，别带出脏字儿来，让人家笑话。说话得留一手，别让人家以为你吹。再往后呢，处处认屄，蔫头耷脑。再说了，人家一张口，都是这个"斯"，那个"基"的，他也不能插嘴啊。敢情该着他欢实地方在这儿哪！他开始唱，开始聊，开始忙活。唱得挺开心，忙活得也挺开心，好像四十年前那个爱吹爱聊、爱逗爱唱的杠夫又回来啦！他知道这伙子老哥们儿里可有的是能人高手，高手怕什么？都是找乐子来了，谁还能挑谁的理儿不成？这不，他们说他是"新长华""总教习"。"总教习"就"总教习"，不就是张罗张罗吗？也该着，谁让他是扮"丑"的呢，您看过去那些戏班子里，不都是扮"丑"儿的张罗呀！

第 三

李忠祥因为来到了文化站，和这一帮子戏迷、票友们一块儿混，"活"了。这帮子戏迷、票友们呢，也因为李忠祥的到来，"欢"了。李忠祥大马金刀地忙乎，昨儿宣布了排演的时辰，今儿开始分派角色。明儿，他领来个"须生"，后儿呢，说不定又领来两位"花脸"。找办事处议定是不是应该挂个什么剧团的名目啦，是不是再添置两件"家伙儿"啦。因为他屁颠儿屁颠儿地交涉，文化站至少由每月的逢单日开门，改为天天大门洞开了。文武场面的"家伙儿"也齐全了。过去这伙子人里缺个小生，像《穆柯寨》啦，《群英会》啦，老得找个人反串,不那么带劲。辘轳把儿胡同26号的郭森林,那是在正经的京剧团里演小生的,戏校毕业,大伙儿早就托人带话儿去请他过来玩玩儿。别看郭森林在剧团里扮过最牛气的"角儿",也不过是当过"十八棵青松"里的一棵而已,他还真不给面子,不甘与这帮"糟老头子"为伍。李忠祥说:"我豁出去啦,撕破脸皮啦!"三顾茅庐,花说柳说,诱以"挂头牌""挑大梁"之类,愣给拉来了。还有现在这位琴师老李先生,人家可正经是徐兰沅的弟子,买了张月票,天天坐一小时的汽车往返,给大伙儿拉弦儿吊嗓儿,这也是李忠祥与他在天桥汽车站萍水相逢,一见如故请来的……所以,尽管这位李忠祥大哥也时不时在排戏时瞎指挥,摆摆"总教习"的威风,招得大伙儿时常要和他抬抬杠、开开心,说他"假花脖子",实际上,在大家的心里,他的功劳不小呢!

不过,最近大伙儿嘴上不说,心里却在嘀咕:这位李大哥有时也未免热情得过度。开始的时候还不错,往唱戏的伙计们中间拉俩能人,大伙儿一块儿唱着也开心不是?可后来,也不知怎么了,他还不光在辘轳把儿胡同,就是走在大街上,也总想往那些蹲在商店门口晒太阳、坐在酒铺里喝闷酒的老哥们儿身边儿凑,巴巴甑儿的打听人家有点儿什么"灾",什么"愁",只要一听说这个,嗓子眼儿就痒痒,非跟人家说说这每天晚上凑一块儿,唱两嗓儿该有多么乐和、多么得劲儿,好像他们也只有跟他去,用这一招儿才能消愁解闷儿,这都成个毛病啦。

那一天,他把他的对门儿,辘轳把儿胡同9号的赫老头儿领来了。一本正经地宣布:"这位赫大哥是唱旦的!"赫老头儿,大伙儿是久闻其名的,文化大革命中被抄了家,而后金银细软又被折成了钱,还回来了。他的儿子二臭骑着一辆摩托车,吵得满街不安。可谁也没听说过这老头儿有这一手儿哇！其实，连他自己也都是那天临来才在李忠祥的煽呼下，知道自己有"这一手儿"的。

那日李忠祥正出门儿，看见他在对面的墙根儿底下蹲着哪，"赫大哥，怎么跑这儿偎窝子来啦！"赫老头儿叹一口气，没言声儿。李忠祥追问了一句，才知道老头儿跟家里那台新买的彩色电视怄气哪："……不定什么时候就亲上嘴儿啦，要不，就演两口子在被窝儿里扯臊。再不价，男男女女，光着大腿，胡萝卜似的，跳哪！和闺女、小子坐一块儿看，能不臊得慌？！不看吧，怕漏了好的。看吧，就怕它来这个！"李忠祥这就来劲儿啦："得嘞，您跟它生这份儿气干吗？跟着我，找别的乐子去吧！""唱戏？我不会。""您别蒙我。您是在'旗'的。在'旗'的没有不会的。看您这手，瞒不了我，您练过旦，年轻时扮相儿差不了。不信您来两口我听听。"他居然把赫大哥的兴致勾起来了，当即唱了一嗓子。咱们的"总教习"也不知道是怎么听的——"您行！跟我去吧，跟着弦儿，吊两天再看。您这嗓子，不让梅老板！"……嗬，还"梅老板"呢，赫老头儿一开口，大伙儿全乐啦：好嘛，不扑弦儿！

这种事儿，有一回也就差不多了。您该长长记性儿了吧？他不。没过几天，他在小酒铺里喝酒时碰见了一位"老兄弟"——素不相识，可聊得挺对路，于是转眼的工夫就成"老兄弟"啦！——知道了人家有那么点儿不顺心，在家受儿媳妇气了。他又把人家揽过来了："老弟，听你大哥一句，一唱解千愁。跟大哥去！大哥在那儿主事儿哪！不会？不要紧。听听也解闷儿！"——我的天，就像北京的老头儿们动不动就劝人吞人丹，广州的老太太们动不动就劝人抹驱风油一样，他也不管人家得的什么病，全开这一个方儿："跟我去，唱两口儿！"

……

一而再，再而三，豌豆街的文化站因为李忠祥而红火，也因为李忠祥而过于红火了。屋子里又加了两圈条凳，中间的空场儿也就连"巴掌大"都够不上了。这下倒好，清唱的人也甭想裹着大棉袄，把手揣袖管儿里了——站在那儿，几乎等于搂着火炉子唱吧。更让那些老票友们哭笑不得的是，像赫老头儿那样的，因为让李忠祥的几句话给捆上了"轿子"，抬着，有点儿犯晕，还真以为自己"吊两天"，真能"不让梅老板"哪，练唱的劲头儿十足，一段接一段，整个儿晚上净听他一人在那儿号，真正的内行反倒给晾那儿了。这倒也罢了。戏迷们中间，既添了那么多肚里委屈、心里憋闷的老头儿们，难免不借题发挥。唱完一段《乌龙院》，有人骂自己的"娘们儿"，唱完一段《四进士》，就有人感叹"宋士杰少哇"，又扯开自己或自己的朋友或自己的朋友的朋友有什么冤屈啦。由《连升店》而论势利眼，由《三关排宴》而骂"不争气的儿子"……家长里短，海阔天空，一时间，文化站里唱的唱，聊的聊，可有点儿乱营。老伙计们都碍着面子，对他们的"总教习"，也不好说什么。对赫老头儿们，更不能说什么啦。

倒是那位准备来"挂头牌""挑大梁"的"青松"郭森林，耐不住性儿了，跑去找负责这文化站的街道干部汤和顺老头儿嚷嚷起来："您拿把刀宰了我得了！您这是让我唱戏来了还是受罪来了？明儿啊，咱可撤啦！"

汤和顺大高个儿，总爱佝偻着，可这非但不显矮，反倒使他像只大虾米了。老头儿们和他厮熟，叫他"虾头儿"。汤和顺小时候学过旦，看那脸庞便可知，扮相儿不错。可他后来个头儿猛蹿，上了台比蹬靴的花脸还高半头，只好改唱清音。有人解放前在劝业场对面的"首善第一楼"听过他唱，唱得不错，尤以偷气换气功夫为一绝，所以唱起来总是声气不竭，游刃有余。谁承想，没几年他又"塌了中"，

105

心想这辈子是没有吃这碗饭的命啦。幸好还粗通文墨,在街上摆摊儿代写尺牍讼状之类。

解放后,他一直干街道工作,凭着梨园出身的那点儿底子,组织个"街道清音社",倒也可以算是旧业重操了。更没承想"文革"中又因此罹祸,得了个组织"裴多菲俱乐部"的罪名,挨了红卫兵一顿臭揍,他算是彻底伤心认头了。如果不是吃着"官饭",他是恨不能听见锣鼓点儿就撒丫子的。说是"绝不再搞运动了",谁敢说呢?再说,他算是明白了,这辈子和"戏"字无缘,沾边儿就倒霉,索性离远点儿。可每月还拿着公家几十块钱不是?一点儿不干也不落忍。要是退休呢,几十块钱不又白扔了?所以,他还得勉为其难,当这文化站的"虾头儿"。不过,别的他一概不管不问,只管两件事:第一,他得不断留神着每天的报纸,看看是不是又要"批"什么了。目的呢?用他的话来说,"得把门脸儿弄干净"。其实,方法倒也简单,文化站大门的东边,有一个壁报栏。他看报纸上提什么口号了,裁一条纸,写一个"通栏"贴上去。"批判资产阶级自由化"啦,"清除精神污染"啦,"通栏"底下,贴的全是剪报。他又何尝不知道,"门脸儿"弄来弄去,里面唱的还是《八大锤》《玉堂春》。不过,他还是要这么弄,要不然心里不踏实。第二,他得编点儿唱词,老段儿新唱,计划生育啦,晚婚晚恋啦,打击刑事犯罪啦,都得预备出几段来,赶明儿区里调演的时候,要什么有什么。区里评选"文化活动先进街道",才不听你的《西厢记》哪,有那么一段《结扎好》,齐了!

本来,汤和顺是乐得李忠祥大包大揽的。甭说将来有个什么闪失,能有个人替他扛着了,也甭算计省了多少工夫、多少精气神儿了,光是茶叶他就省了不少。可现在,看这样子,是得出来管管了,再由着这位老哥抡圆了膀子干下去,招来的杂人太多,惹事儿不说,

106

就这屋子也装不下了呀。

可李忠祥还没有醒过味儿来。每天晚上和老伙计们一块儿，唱一段儿，聊一会儿，横论天下，纵叹人生，还觉得自己的"总教习"当得不赖呢。及至听了汤和顺的话，才觉得这确也算个事儿，不过转念一想，又有点儿不服气：唉，但凡到这儿来的，不都是为了找个乐子嘛，他郭森林还真的想到这儿当个角儿不成？您要是真想当角儿，还是到别处当算啦……

"唉，你这个老李哥呀，说您胖，您就鼓腮帮子。说您'总教习'，您倒好，也要办个'喜连成'！可瞧您拉来的这些人，也办不成'喜连成'啊，办个敬老院差不多啦！"汤和顺比李忠祥小四岁，平常两个人就爱开玩笑，所以这回也直言快语，"您行行好行不？您请来的那老哥儿几个，唱不了的，别这儿添乱了，该干吗干吗去得了！"

汤和顺不过说说而已，其实他也没非要这样。可李忠祥听了，心里好不受用。想到自己请来的几个伙计得让人撵出去，面子在其次，让他们回到商店门口蹲着，跟儿子怄气，和老伴儿憋火儿，心里真不落忍。他半天没吭气儿，终于，耷拉着眼皮说："行了行了，就这么凑合着唱吧，你能让谁来，不让谁来？"想了想，又叹了一口气，"唉，都是这个岁数的人了，骆驼上车，就这么一个乐儿啦！"

李忠祥这句话，在北京的小辈儿人里，大概很少有人能听得懂了。

过去北京的骆驼多，所以才留下这么一句话。骆驼上车，那就是这骆驼死了，拉作坊开宰，进汤锅去啦。辛苦了一辈子，只有坐这么一趟车的乐子，这玩笑开得未免太令人心酸了。不过，这话是李忠祥这样的人过去常说的——给人家出了殡回来，累了一天，往烧酒铺一坐，二两"烧刀子"端着，叹口气："嗨，骆驼上车，就这么一个乐儿啦！"这种感叹在他这一辈子已习以为常，所以是不能苛求的。再说,对于那些被他拉来唱戏听戏的老头儿们来说,说不定这真是最后一个乐儿啦!

汤和顺倒也通情达理,他知道这位老哥们儿的心思,想了想,说:"这么着吧,已经来了的人就算了,咱们也别轰人家了。没有来的人呢,您也别满世界给我招了。再招,这儿得爆炸了!"

"好嘞!"李忠祥痛痛快快地一摆手儿,"我也长个记性儿,我再给你招一个来,我爬着走,怎么样?"

第 四

发誓,是顶没用的东西。比如这位李忠祥,三天还没过,又给戏迷、票友们领来了一位。您真的能让他"爬着走"?当然,他自有他一套理由:"谁让咱们赶上了呢!皇上二大爷的事儿我可以不管。我这位万有兄弟的事,我得担着。人家对我有恩哪!"

乔万有比李忠祥小十岁。李忠祥在杠房混饭的时候,乔万有还是个孩子,他十二岁上死了爹,没了饭辙,去给办丧事的人家打执事,举个雪柳啦,打个"肃静""回避"啦,每回弄几大枚,聊补无米之炊。李忠祥光棍儿一人,对他常有接济。民国二十二年,乔万有他妈害了"鼓胀病",李忠祥典衣买药。人死了,又是李忠祥拉上几个哥们儿,去求同仁堂赊了一口薄棺材,帮助乔万有送走了老人。这些,对于李忠祥来说,都是"哥们儿应当的","谁还没个求人的时候呢?"所以,如果说"有恩",倒是李忠祥对乔万有有恩在先,不过,他自己已经忘了就是了。

过去,北京有个撒纸钱儿的,外号"一撮毛",因为下颏有痣,上有几根长毛而得此称,真名倒很少有人记得了。"一撮毛"过去也是个打执事的孩子，在同行中挣得少，被人挤对，于是发狠练得一手撒纸钱的功夫。据说，"一撮毛"撒纸钱的时候，左臂胳肢窝儿底下夹着一把，臂弯儿处夹一把，手里捏一把，扬起右手，唰唰唰，三把纸钱儿打着旋儿转着圈儿飞上去，能高过西四牌楼，雪片儿似的满天飘，落在地上，愣找不出两张粘在一块儿的来。就这一手儿，九城闻名啦，听说袁世凯、黎元洪出殡时，都是他撒的。每回多则一百现大洋，少则也要二十现大洋，此外还能赚一身孝服。没多久，"一撮毛"就发啦，自己还开了买卖。乔万有也有志气，也学着"一撮毛"的样子，练出一手撒纸钱儿的绝活。"一撮毛"一死，就看他的啦。当然，他挣的是怎么也顶不上"一撮毛"了，每回几块现大洋吧。不过他不像别人。他不仅不抽、不喝、不嫖、不赌，而且还挺会算计。比如吧，他找了一帮孩子，每回出殡，他在前面撒，那帮孩子们呢，在后面捡。捡回来交给他，换根糖葫芦。他把这些纸钱儿用绳穿起来，洒点儿水，用木板一夹，下回还使它。这就把办事人家买纸钱的钱都赚下啦。几年过后，乔万有倒是攒下了俩钱儿，娶了媳妇，买下了辘轳把儿胡同10号这个"三合"院儿。这时候，李忠祥还在野茶馆等零活儿，吃的接不上顿儿，穿的换不下季来哪。屋漏偏逢连阴雨。没多久，李忠祥的土房子又塌了，连个窝儿都没啦。乔万有闻讯，来请忠祥大哥搬过去，一块儿住。李忠祥不去。唉，混了一辈子，连个窝儿都混没了，还要到人家小老弟门下，难免臊眉耷眼的。可又一想，不去又上哪儿呢？就这么着，也搬到了辘轳把儿胡同10号院儿。哥儿俩你推我让，最后还是乔万有一家住在北屋，李忠祥住在西屋。东屋租给了挑挑儿煎灌肠儿的李家。现在，"灌肠儿李"老两口儿随儿子享福去了，房子由闺女女婿住着。女的叫李玉芳，从街道领些纸盒回家来糊，男的叫贺鑫，是个"右派"，新近"改正"了，回到北京一家大学里教书。他们的闺女叫圆圆。

掐指算来，李忠祥和乔万有一块儿住在10号院儿里也有四十来年了。除了文化大革命这十年，北京的私人房产全缴了公，李忠祥和乔万有一样，向房管所交房租，心里还算踏实点儿以外，他的心里一直别扭着。他跟万有说过，是不是该给他点儿房钱。话没说完，平时脾气平和、少言少语的乔万有就红了脸："您这是骂我！"他不敢再提了。他说乔万有对他"有恩"，就是说的这回事儿。不过，不是说这几块钱，说的是这个情分。相比之下，他对人家的情分就太浅啦，不找个机会报答一下，心里总是不舒坦。

这天中午，李忠祥正在家里喝酒，乔万有推门儿进来了。哥儿俩有穿堂过室的交情。李忠祥家又没有女眷，所以，乔万有是毫无顾忌的。

"德志呢？"

德志是李忠祥的儿子，每天去农贸市场摆摊儿裁衣服。可今天，他是出去玩儿去了。

"这小子，搞上对象了吧？"

"也该着啦，三十三了。"李忠祥给万有拿过酒盅，斟上酒，摆上筷子。他在豌豆街口碰见过儿子和一个姑娘结伴儿走。那姑娘他是早见过的，时时在文化站那儿露个脑袋，脸盘儿挺漂亮，身材也是个样儿。不过，谁敢担保是不是对象呢？

乔万有老了老了倒不像年轻时那么较真儿，有时也端起酒盅，喝几口了。他个儿不高，精瘦，眼窝子有点儿眍䁖，鼻梁细高，却鹤发童颜，一副心地平和、与世无争的模样。这种脾性的人在过去所谓"下九流"出身的人里是难找的。他平日言语不多，但在李忠祥这儿还是从来不闷儿着的。可今天也不知怎么了，心事重重的，什么也不说，只顾低头啜酒。

"唉——"他终于叹出口气来了，抬起头把李忠祥的屋子上上下下扫了个遍，"忠祥大哥，还是您这儿好哇。您没再找个老太婆算是对啦，至少，闹个清静！"

李忠祥说："穿鞋的都看着光脚的舒坦，凉快！可光脚的还看着穿鞋的眼馋哪！不瞒你说，我现在要不是每天晚上能去唱两嗓儿，找了个乐子，说不定还真得找个老伴儿哪。"

乔万有又不说话了。

"万有，这是怎么了？有什么犯难的事儿，跟哥说一声儿，能搭把手也好。"李忠祥可熬不住这腻腻歪歪的劲儿。

"你可帮不上忙。"乔万有苦笑了，"明说了吧，明儿法院要来人调查了——传生和秀莲打离婚哪。"

秀莲是万有的女儿，传生是女婿，两个人是一个厂子里的工人。传生家里没房，结婚就在老丈人这边过了。可他们结婚才半年啊。李忠祥一听这个，火了："兔崽子想干什么？！"

"怨不了人家。要是换我身上，也没法儿过一块儿啦！"乔万有又叹气了，"算啦算啦，家丑不可外扬。说实话，我都发愁，明儿法院来人，叫我怎么张口！"

李忠祥不再深问了，他知道这位老弟是个讲脸面的人，既然不说，是不该再逼人家的。可说实话，乔万有心里那股火憋了有日子啦，再说，别看他平时没话，却是个沾酒便来话的主儿。几盅"北京大曲"下肚，好像反倒生怕肚子里那点儿事捂馊了，非抖搂出来不可，你不听都不行啦。

乔万有的老伴儿姓何，过去是天桥卖"瞪眼儿食"的。"瞪眼儿食"这东西现在是没了。其实，就是各饭馆的"折箩"——北京人又叫"杂和菜"，文词儿叫"残羹剩饭"。这是专为穷苦百姓预备的吃食：大桶里有大块儿的肥肉，也有鱼头鱼骨，花生皮、瓜子皮、牙签棍儿、香烟头儿……全啦！卖时一大桶搁在那儿，您就看着下筷子吧，甭管什么，您夹五筷子，得给一大枚，您可不得瞪圆了眼珠子挑肉？老板娘呢，她得给您数着，夹五下，拿过来一片竹片儿，那眼珠子瞪得也不比您小，故有"瞪眼儿食"之称。解放后就没这买卖啦，所以何老太太就一直在家侍候老头儿了。

这几年，街道上公益之事很多，从老太太老头儿们上街宣传计划生育到讨论"异化"问题。当然，有的当时说是"完全必要的，非常及时的"，其实呢，是"完全没必要的，非常糟糕的"，而有的，确实实在是"完全必要的"了。还有的，也许对干部啦，对知识分子啦，是完全必要的，对老太婆们来说，则无可无不可了。所以不能等同视之。不过，不管干的是什么，何老太太永远是积极分子。最近，为了抓坏人，打击刑事犯罪，她戴上了红箍儿，满街里巡逻，被小痞子们小流氓们恶毒攻击为"小脚侦缉队"，显然是居心叵测。中国此种老太太还是太少了，若多几个，"五讲四美"则指日可待矣。当然，何老太太大概也未免养成了一点儿"管事"之瘾。您多管管公益之事是没错儿的，可您别什么事儿都管呀。乔老头儿曾经爱养鸟。"烧的！一天两毛钱肉侍候它！你再养，我买两毛钱'敌敌畏'，喂了它！"乔老头儿只好去种花。"告诉你啊，水钱我这儿可不给开支！"就连老头儿吃饭时塞了牙，找根牙签儿剔两下，她都能甩出话来，碎嘴唠叨地说上半天。"瞪眼儿"的传统她倒是一点儿也没糟蹋，全继承下来了。可您要是在哪儿都"瞪"，也够让人憷头的。我不是说啦，乔万有是平和之人，所以也就不与她一般见识了。不过这一回，她连闺女、女婿两口子的事都管上了，乔万有的脸面也实在是挂不住了。

北京人把最小的孩子叫做"老小子"或"老闺女"。秀莲就是乔老头儿和何老太太的"老闺女"。俗话说老闺女是当妈的"贴身小棉袄",足见当妈的何等心疼了。秀莲结婚不走,把姑爷招来,当妈的自然高兴。可结婚的前几天,何老太太把闺女、姑爷招到一块儿,一本正经地说:"你们不是要结婚吗?要是不在我这儿过嘛,我管不着。既然在我的眼皮子底下过,我可告诉你们:'那事儿'啊,不顶饭吃,一个礼拜来一次,得了。别没完没了,对你们谁都没好处!再说了,你不心疼我闺女,我还心疼我闺女呢!"这叫什么事儿!她还有邪的哪。您想吧,人家小两口吃的都是大米白面,又是燕尔新婚,就难免有不按"既定方针"办的时候。小两口的新房和他们老两口儿的卧室又只隔一扇木隔断,这位老丈母娘在这儿也当上"小脚侦缉队"啦。她倒真惊醒,听见隔壁有点儿什么动静,甭管真的假的,有事儿没事儿,她总得敲那木隔断,冷言冷语损一顿,搁谁身上受得了?就甭说人家小两口儿因此拌嘴干架闹离婚了,就连乔万有如此能忍之人,也不免粗了脖子红了筋了:"你怎么这么出息!管天管地,拉屎放屁,全他妈管!……"

何老太太呢,当街当院儿的,扯开嗓子回了一句,差点儿没让乔老头儿背过气去:"我不管?明说了吧,你们男人知道我们娘儿们的苦处吗?当初你们乔家把我娶过来的时候,白天,得给我婆婆干活儿,晚上,得给他妈你干活儿,熬我的鹰。妇女解放啦,不能让你们欺负啦……"

乔万有一边说,一边喝,本来顶多二两的量,看看喝了三两也出去了,话也有些颠三倒四了:"唉,一……一听她开……开口,我……我的脑……脑仁儿疼!""丢脸,丢脸!真……真他妈丢……丢尽人啦!"说到最后,颠来倒去的也就是这两句了。

113

李忠祥看着这位老弟,心里犯开了愁。你说,你有点儿什么难处不好!没钱,从我这儿拿三百五百的也拿得出来。要出力,我一个,我儿子也算一个,不够,咱们还可以找!可你这事儿,我……清官还断不了家务事呢,老夫老妻了,我总不能撺掇你们也去打离婚吧?……可这位老弟呀,这么多年来也没跟咱诉过苦、张过口,当大哥的我依傍了人家多少年,这会儿连个宽心的主意都拿不出来,也未免太"那个"啦。

李忠祥一时着急,加上多喝了点儿,也就顾不上什么发过誓没发过誓的了。就像北京的老头儿这会儿自然还会想到"人丹",广州的老太太还会想到"驱风油"一样,他想了想,一把夺过了乔老头儿的酒杯,说:"万有,古话说,'自得其乐'。你呀,别这么愁啦。也别去听咱们的弟妹在那儿扯臊了。跟着老哥哥我,唱唱戏,乐和乐和去得啦。"

"唱戏?……"乔万有眯着眼睛,一下一下地摇头,"我……不……不会。"

"那你就来个场面!"

"场……场面?"

"是啊,敲个锣,打个镲,拉拉二胡,会不?"

"那……那也……不会。"

"那你就学!我就不信你学不会!当初那两手撒纸钱儿的功夫怎么学会的?"

"唔。"乔万有不言语了,想了想,点点头,叹了口气说,"反正,甭管怎么着,听戏也比听骂强不是?跟着您,我的大哥,试试吧!"

……

当天晚上,李忠祥不知从哪儿给他的万有老弟淘换来了一把旧二胡。第二天傍晚，领着他到文化站来了。当然，咱们的"总教习"因为自己的"食言"，大概也感到一点惭愧了，所以还特意从自家拎来了一把折叠凳，把他的撒纸钱儿出身的老弟安排在一个旮旯上。

自此，每天晚上，你都能看见一位面容清癯的老者坐在"排演场"东边的旮旯里，膝上架着把二胡，微闭着眼睛，摇头晃脑，和那些拿着京胡、二胡、月琴、檀板之类的老头儿们一道，为生旦净丑做"场面"。这就是乔万有。

不过，您得听仔细了，二胡的声音可不是从他那儿发出来的。即便到了后来，老在那儿跟着拉，熟了，他也顶多会拉一段极简单的"小开门"而已，这还常常跟不上趟儿。

第 五

您可别以为咱们的李忠祥就知道大包大揽，就知道把人往他那个"戏班子"里拽。那可就错了。大包大揽，那得看是谁。

自从李忠祥那次"食言"以后，老哥们儿更拿他开心了。

"李老板，您看看您那条辘轳把儿胡同还有老哥们儿没有，一块儿'解'来算啦，省得一趟一趟瞎耽误工夫。"

"忠祥，你们胡同29号门前那对石狮子，我看这两天可不那么顺气儿啦，要不，你给领来唱两口？"

李忠祥知道他们并无恶意，有时回敬两句，有时一笑了之。不过，转念一想，也觉得确实难怪他们开这种玩笑。掰扯着手指头算吧，辘轳把儿胡同的老头儿们，除了去给待业青年自办的旅社当"顾问"的，去给人家看材料场，挣"补差"的，除了动弹不了的，剩下的呢，好嘛，全让这儿包圆儿了。哦，还有一个韩德来，来过两次，唱得不错，可借着反"精神污染"，他又扯天扯地地吓唬大伙儿，大伙儿连损带挖苦，反倒把"精神污染"的帽子给他戴上了。从此再也没影儿了。辘轳把儿胡同再来唱戏的，说不定是得轮到那一对石狮子啦。

可这天晚上，和他同一个院儿，住对门儿的贺鑫来了。这他可万万没有想到。

您说怎么就这么"寸"——正唱《秦香莲》哪，他来了。穿着那身蓝的确良卡其的中山装，架着那副黑边秀琅眼镜，戴着那顶棕色的前进帽。他沉着脸，跟谁也没打招呼，坐在那儿，悄没声儿地听戏。人多，李忠祥也不知道他是什么时候进来的。

"好嘛，我们10号院儿的老爷们儿全跑这儿聚齐啦！"李忠祥给乔万有递了个眼色，又瞟了瞟贺鑫，心里暗暗笑了。心里这么说，可马上又觉得纳闷儿起来。他知道，这地方是不该贺鑫来的，你要是满脸褶子，一把胡子了嘛，那还差不多，你四十来岁，正当年，又是知书达理之人，你跑到我们这儿混个什么劲儿！

贺鑫在辘轳把儿胡同的百姓们眼里可够唬人的。就是李忠祥，和他住在一个院儿，也有二十来年了吧。一年前，当贺鑫的老婆李玉芳美不滋儿地告诉他：贺鑫写了一本书，砖头那么厚，得了四千多块钱稿费的时候，也吓了他一大跳呢。李忠祥倒是知道他过去能耐不小，清华大学毕业的，后来当了"右派"，到一个厂子里当技术员了，经人介绍认识了李玉芳，也没正经办什么喜事儿，搬过来，就算是结婚了。这二十来年里，这位贺鑫不显山，不露水，看着也没啥新鲜的啊。白天，去街道厂子里上班。下了班呢，通通炉子，哄哄孩子。那会儿，水龙头在大街上，要不，他就去挑挑水。他那"砖头厚"的书，是从胳肢窝儿底下变出来的不成？甭管怎么说，这是实打实凿的！这从李玉芳不再糊纸盒子也能看出来啦。那些日子，贺家的事，你就是不想听，李玉芳也会跑来告诉你。院门口停过几次小卧车。李玉芳说，那是接贺鑫去讲学的。贺鑫不上班了。李玉芳说，他调回大学了，不用"坐班儿"了。再往后，李玉芳终于把那"砖头厚"的书拿出来了。上面真真儿的印着贺鑫的大名，再翻开里面，好家伙，图啦，表啦，洋文啦，看着都眼晕！

不过，没多少日子，李玉芳不美了，两口子闹腾起来啦——打离婚！都住在一个院儿，一西一东，整天脸儿对脸儿似的，李忠祥当然知道。可谁的理多，谁的理亏，他就不知道了。在李忠祥看来，李玉芳那娘儿们也要不得。甭说夏天里，一个才四十来岁的娘儿们，穿着汗背心儿在院子里晃，那两只奶子像两片鞋板儿，在里面逛荡，他已经觉得好不受看了。你再听她和她爷们儿吵架的那个泼，那个野，那个村，这娘儿们就不是善主儿。可李忠祥又想，李玉芳再不善，古人说，贫贱之交不可忘，糟糠之妻不下堂。这贺鑫混壮了，要打离婚，换老婆，也不是好鸟儿。这不是陈世美，也是王魁呀！再想想两口子的那个女儿圆圆，李忠祥的气儿更不打一处来了。不看糟糠之妻的面儿上，也得心疼孩子呀，成心让孩子没爹，更不地道啦！你来这儿解闷儿来了？也好也好，趁这工夫让你也长长记性，让你知道咱们虽然不像你，"砖头厚"的书写着，几千块钱拿着，小卧车坐着，人五人六的，却也知廉耻、明大义、守伦常，所谓人穷志不穷！等包公铡了陈世美，咱们扮个王中，来一折《义责王魁》让你听听吧……

嗨，人哪，谁也保不齐有犯糊涂的时候。就说咱们的李忠祥吧，按说这一辈子是认准了这么个理儿的：得把人往好里想，往情理上想，不能糟毁人。可这一回倒犯晕啦。只想起王魁休妻的无理，忘了朱买臣休妻的有理了。《秦香莲》一折唱罢，他站起来了，真的反串了一段《义责王魁》：

> ……千言万语劝不醒，
> 一旦富贵失掉了魂。
> 高官厚禄把良心昧，
> 千秋万世你留骂名……

颇有麒派韵味，苍劲厚重。李忠祥唱得动情动容，也不知是因为真唱得好，还是因为有人也知根知底儿，故意恶心贺鑫，这两嗓子，居然招来了喊"好"声呢。

十点半钟的时候，唱戏的人散了，三三两两，各归其家。天上纷纷扬扬下起雪来。李忠祥和乔万有一道，在辘轳把儿胡同里走着。那个贺鑫呢，走在他们的前面，孤零零的一个人，也怪可怜的。要是在往天，李忠祥会余兴不尽，哼一段，聊几句，乔万有呢，跟着哼哼哈哈。可今儿个，李忠祥忽然觉得别扭。都住在一个院儿里，都去唱戏听戏，干吗要分了两下子走？再往下想，心里更不是滋味儿。他知道就是那段《义责王魁》闹的。这干吗呢？他不好，有法院处置，有他们单位找他算账。人家说不定心里挺难受，正想来解解闷儿哪，我干吗还要挤对他，糟毁他？……贺鑫先走到了，在前面开了街门儿，却不走，扶着街门，等他们过来。"劳驾劳驾。"乔万有说。"别客气。"贺鑫把他们让进去，关上了街门。李忠祥虽然一言没发，心里却更难受了。

第二天，贺鑫又去了。这天当然不会唱《秦香莲》，也不会唱《义责王魁》了。不过，他还是沉着脸，一言不发，听了一晚上。散场的时候，李忠祥有意快快当当地收拾了，三个人总算走到了一块儿。

"贺老师也喜欢唱两口儿?"李忠祥还为昨儿的事难受,想找点话儿套套近乎。

"不不,不会唱。"

"爱听?"

"呃……凑合吧。"

还说点儿什么?没话啦。

不过,从这以后,每天傍晚,吃过晚饭,只要李忠祥和乔万有一出屋,贺鑫也就出来了。三个人一道往文化站走。晚上十点来钟,又一道回来。可他还是没多少话,问一句,答一句,一副心事重重的样子。看那模样儿不是去听戏,像是去受罪。

渐渐的,李忠祥看出来了,这个贺老师呀,整个儿一个外行!还问他会不会唱两嗓儿呢,瞎掰!他连"听"也不是"凑合",他根本听不懂!

那天晚上,大伙儿决定来一段《苏三起解》。崇公道自然是李忠祥的,这是长华的拿手儿嘛。苏三呢,由赫老头儿来扮。赫老头儿的嗓子吊了些日子,虽说比梅老板比不了,倒也不至于荒腔走板儿了。苏三唱完"低头离了洪洞县"那段"西皮流水",和崇公道三说两说,崇公道便起恻隐之心,得替她向幕后问"有往南京去的没有"了。当然啦,得随便找个人答一声:"往南京去的前三天就走了。"崇公道又要问了:"如今哪?"这个人还要答一句:"就剩上口外热河、八沟、喇嘛庙拉骆驼的啦!"这不是但凡听过点儿戏的人都会说的吗?李忠祥看贺老师老在那儿闷坐,挺不落忍,又想起他第一天来时自己"义责王魁"的事来,所以,临开始前招呼他:"贺老师,一会儿替我应那么一嗓子,怎么样?"贺鑫慌忙站起来说:"我……我不会。"李忠祥说:"嗨,老听戏的了,帮个忙儿吧。等我问'有往南京去的没

119

有'，你就应一句就成啦！"他到底要人家"应一句"什么，也没说出来。当然了，这还需说吗？这下可好，苏三起了解，想她的"三郎"了。崇公道帮助问道："有往南京去的没有？"这位贺老师倒是尽职尽责的，大概竖起耳朵就等着这一问哪。崇公道话音没落，他"噌"地站起来："有！"金口一开，大伙儿全乐啦。

……

闹的这个笑话，丝毫也没有影响贺老师去听戏的积极性。他还是每天傍晚和李忠祥们一道出门，散场时一道回来。还是和以前一样，不言不语，蔫头耷脑。这可让李忠祥心里犯嘀咕了：听嘛，听不懂。唱嘛，更不摸门儿。学吧，看那样子，他又不想学。他去干点儿什么不好？哪怕再去写一本"砖头厚"的书呢。

"贺老师，有句话不知该问不该问。"

一天晚上，三个人一块儿回院儿的时候，李忠祥终于忍不住了。

"什么事？"

"我可不是轰您，可不是反对您去听戏。"顿了顿，李忠祥指了指他的万有老弟，说，"我们，都是行将就'火'之人，又是'下九流'出身。每天晚上唱两口儿，寻个乐子嘛，情有可原。可您……您说，您老跟我们一块儿哄什么呢？……再说了，您要是个戏迷呢，我倒也明白了。可您……您能耐大，我知道。可您要是演戏呢，怕是扮个'来人有'，也不够格儿啊……"

"来人有"，就是龙套。老爷喊："来人！"家院应一句："有。"此即"来人有"。

贺鑫苦笑了一下，没言声儿。

乔万有说："说实话，我们都是顶没出息的主儿。我们要不是知道您能写书，也不心疼您。您干吗要把自己糟毁了？"

乔老头儿这话不说则罢，一说，贺鑫几乎要落下泪来。

说实话，他会三国外语。他研究的是计算机软件，现在，正是该着他大干一番的时候。他打算写的，也不止一两本书。可现在，他哪还有这心思啊！李玉芳没有多少文化，只看得见鼻子尖下这一点点，脾气暴得冒烟儿。甭说现在了，就是他贺鑫落魄的时候，也常常回忆起被打成"右派"以前交的那位女朋友，这不是人之常情吗？要说他见了那些文雅、漂亮的女人不动心，那也是瞎话。可他从来也没生过外心，李玉芳再不好，在他当"右派"时敢跟他敢爱他，为他生了圆圆，操持了家务，凭这一点，混得再好，也不能忘了。所以，他一直想的是，日子过好了，和玉芳好好商量安排生活，安排工作，安排学习，他们之间的距离，不也是可以尽量缩小的吗？……他怎么能想得到，因为那封信，只因为那一封信，一切都乱套了，一切都断送了。

信，是他过去那位女朋友写来的。连他自己都闹不清为什么要把那封信留下来。是因为它给他带回来了挺多蛮有味道的回忆，还是因为她在信里讲了她现在家庭生活的苦闷，这使他也想起了自己的苦闷？甭管为了什么吧，得承认那封信让他动了心，所以他没舍得烧掉它，把它锁在了抽斗里。可是，他干了什么对不起玉芳的事了吗？没有。他既没有按信赴约，也没有回信。他是理智的，他甚至太理智了。他曾经犹豫了一下，是不是给玉芳看一看，可他没有这样做。她没有理解这件事的能力。他知道那结果必然是她杀上门去，把人家"破鞋""骚货"的骂个够，保不齐还会撒泼打滚儿。何必拿这封信去激怒她，又让她去伤害另一个"她"呢？他唯独没有想到的是，当这封信被李玉芳翻出来，攥在手里以后，他就是浑身是嘴也讲不清了。解释，澄清，发誓，甚至承认了自己感情上那一点点波澜的"卑鄙"。

121

那管什么用？这下倒好，她不光自己要杀上门去骂街，还非要拉上他一块儿去不可："你不是没外心吗？跟我去骂那骚货去呀！……不去？本来嘛，给你个胆子你也不敢去！姑奶奶可不怕。明说了吧，我得让那些骚娘儿们知道知道我的厉害。想把你从我这儿弄走？门儿也没有哇！"打这以后，凡有女人来家，不管是同事也好，学生也罢，一律得受这位夫人的脸子，再不就摔门。劝她？越劝越醋："得罪了你的人了是吧？心疼了是吧？你心里还他妈有你老婆没有？……"完了呢，哭天抹泪儿，四邻不安。别说一个想一心一意干点儿事业的男人了，哪个丈夫也禁不住这么闹腾呀："算啦算啦，要不，咱们离婚算啦！"他贺鑫自己也不知道这话是怎么说出来的了。他烦了。书，看不下去，工作，没心思，成果，出不来。他想一了百了。一辈子净为这件事折腾来折腾去，啥时算个头儿啊！没想到这更惹事啦，闹到了妇联，闹到了工作单位。甭说啦，一个是秦香莲，一个是陈世美，明摆着哪。

……

"嗨，我跟您说这些管什么用！您也不一定能理解。"贺鑫苦笑了，摇摇头，点上一颗烟，默默地抽起来，又过了一会儿，他长叹了一口气，"您二老的心思我知道了。可您说，我上哪儿写书去？在家？那娘儿们闯进门，见纸就撕，见笔就撅：'我让你写！我让你写！越写越当陈世美！还不如他妈一块儿吃糠咽菜哪！'……上单位？'又去会相好的去啦？'您说，别说我没地方了，就是有地方，我还有写书的心思吗？说实话，跟您二位去听戏，算是她最通融的啦：'跟着听听去吧，听听包公是怎么铡了陈世美的！没良心的都是这下场！'不信您二位明儿留心着，我一出门儿，她肯定在窗户边儿上戳着，要不是和您二位一块儿出去，看她不追出来，跟我打一架才怪！……"

李忠祥和乔万有一边听，一边叹气。贺老师说完了，三个人鸦默雀静地戳在路灯底下。李忠祥想起这位贺老师如此学问高深之人，每天杂坐在将就"火"的老头儿们中间，硬着头皮听那听不懂的《苏三起解》，心中升起几分凄然。再想起自己在贺老师初来时的无礼，更是后悔不迭了："贺老师，老夫有所不知。那天唱《义责王魁》，不该，不该呀……"

"什么《义责王魁》？"

"就是您去的第一天，我唱的那段儿。"

"那不挺好听的吗？"贺老师迷迷瞪瞪地看着他。

李忠祥叹了一口气，心里更酸酸的了——他从一开始就没听懂，也罢。

他们又鸦默雀静地待了好一会儿。

"贺老师，"李忠祥忽然说话了，"我是个粗人，抬棺材的出身，说话没个尺寸，请您给包涵着。我这个人哪，就盼着热闹。特别是有点儿愁有点儿闷儿的人，我都想给人兜着。我这脾性，想来您也听过一耳朵？可我寻思着，您这愁，您这闷，可不是我能兜着的啦……"

"不不不，"贺鑫忙说，"每天跟着您二位，我还是挺开心的。"

"别价，您可不能在我们这儿开心了。您要是在我们这儿开心了，我们可就对不起公家了。"李忠祥把胳膊架起来了，"明说了吧，我这儿不能留您。我这儿不是您欢实的地方。我得轰您走。您别怨我不顾街里街坊的面子、情义。您在我这儿就毁啦……我，万有，说真的，太没能耐啦，遍体生牙，满街里去替您说明白，说您不是陈世美，您也用不着。您是豁达之人不是？去替您把那娘们儿揍一顿，让她长长记性儿，知道知道她爷们儿是多么通情达理的人？也犯法。打坏了，您赔了心疼还得搭上药钱不是？！我就琢磨个歪办法算啦——每天她

123

不是在窗户里盯住了您吗？就让她盯着去。您还是和我们一块儿出院儿。出了胡同，我们走我们的，您哪，走您的，咱们各得其所。我们也相信您不会去会相好的去。您哪，好好儿的，找个地界儿，再给咱们国家写本'砖头厚'的书，行不？……"

这回，该轮到贺老师心里发酸啦。

就这么着，李忠祥和乔万有在每天晚上去找乐子的同时，又添了个乐子：护送他们的骄傲——贺老师，出胡同，让他去他们大学的图书馆里，去写他那"砖头厚"的书。

第　六

每天傍晚，六点半钟，"虾头儿"汤和顺就拎着那串钥匙，打开文化站的大门。然后，他要么到隔壁王山家下棋，要么就到阅览室里剪报去了。踩着他的脚后跟儿来到的，一定是一摇一晃的李忠祥，旁边跟着乔万有，拎着的那把破二胡，宝贝似的装在蓝斜纹布做的套子里。两位老头儿进了门儿，沏茶打水码条凳，一通儿忙活。陆陆续续，人马凑齐，锣鼓铙钹一响，精神振奋。尤其是那些有点儿愁事的，儿子不孝顺啦，老伴儿啰唆啦，去他娘的吧，此间乐不思蜀！

人是很容易知足的，像李忠祥这样的，就更加知足了。古人说，知足者常乐。李忠祥又加了一句：常乐者知足。两头儿全让他给占了。回到家里，儿子孝顺，床底下老戳着五瓶"北京大曲"，喝完了一瓶，儿子立马给补上一瓶。拉开抽斗儿，里头老摆着一条"恒大"，抽到还剩下一半的时候，儿子又给补上了一条。这不得知足常乐吗？每天傍晚和万有老弟、贺老师结伴出院儿，到胡同口各奔东西。他和万有一方面得丝竹之乐，一方面得助人之乐，这不常乐知足吗？所以，李忠祥那脸膛子喝得更红了，"外八字"一颠一晃更神气了，神吹海聊得更没边儿了。当然啦，每每看到有年龄相近的老哥儿几个在那儿蹲墙根儿，闷坐闷抽，心中还是难免有"遗珠之憾"，可甭说发的誓在管着他，就是文化站那地盘儿，也管着他哪。再转念一想，也明白了自己的可笑。天底下的道儿多着哪，提个笼、架个鸟、下个棋、品个茶、练个功、耍个拳、遛个弯儿，各得其乐，你操的哪门子心？！

李忠祥替别人操的心的确是太多了，可他自己大概从来也没想到过，他也未必能"常乐"的。

春节前的一个傍晚，戏迷、票友们还是和往天一样，哼着唱着、摇着晃着到文化站来了。大门倒是敞开的，可水没打，茶没沏，条凳零零乱乱地撂着。李忠祥没来，乔万有也没来。老伙计们未免有些纳闷儿，随后心里越发觉着不是滋味儿了。过去，在老哥们儿里有一位唱铜锤花脸的，不到七十岁，黄钟大吕的嗓音，厚实、透亮，有金少山的味儿。昨儿个还唱得好好的哪，今儿个没来，一打听，脑溢血，撂挑子啦。打那以后，老哥们儿中间有谁没来，大伙儿谁也不问了。

一会儿，乔万有来了，大伙儿的心里总算踏实了一点儿。

"万有，忠祥呢？"有人终于忍不住了。不过，提起李忠祥，平日里大伙儿全玩笑着叫他"总教习"或者"新长华"，今儿不那么叫了。

乔万有把二胡架在腿上，吱吱呜呜地调弦儿，待了老半天，慢吞吞地说："今儿他不合适。不来啦。"

"怎么个不合适？"

"嗨，头疼脑热的呗。"

乔万有不愿说出真情，怕丢了忠祥大哥的面子。

其实，刚才和往天一样，他们高声大嗓地叫上贺老师，一块儿从院子里出来了。可在胡同口和贺老师分手以后，李忠祥耷拉下眼皮，没精打采地说："伙计，今儿您一人儿去吧。我不去啦。"

乔万有好生奇怪。这位忠祥大哥还从来没有落空的时候，今天是怎么了？

"我今儿……不合适。"

乔万有慌了："那您跟着出来干吗？还不快回家躺着去！"

李忠祥摇摇头，苦笑着，磨蹭了半天，说："实话告诉您吧，刚才吃饭那会儿，德志回来了。他不让我去啦。"

"为什么？"

"他说，干点儿什么不好？在家里看看电视，听听广播，干什么不比去那儿号强！让人家笑话……"

"他……他也这么爱管闲事儿？"

"我不早跟您说了？人家搞对象啦。那女的就住豌豆街，好像就是穿着紫格呢子外套，时不时来文化站探探头儿的那姑娘。大概是那女的跟他说起什么来啦。嘻，也难怪，在姑娘小伙儿们眼里，咱们可不都是老疯魔？！我寻思着，德志是怕人家知道，这群老疯魔里挑头儿的是他爸，嫌寒碜啦！"

"唉，还没娶媳妇呢，就忘了爹啦！你偏去！她嫌你，别过门儿啊！"

李忠祥一笑。他说儿子也够可怜的了，二十五岁才插队回城，又得了肺结核，工作、对象全耽误了。这两年读了些日子"大生缝纫学校"，学了点儿手艺。白天，到农贸市场代人裁剪，要是夏天的晚上，路灯底下还得干。总算找了个不赖的饭辙，撑起了这个家。细想吧，儿子哪儿没孝顺到咱呀？好烟好酒伺候着。三十岁才搞了这么个对象，好声好气儿地让爸爸别去唱了，还没敢把对象的事儿说出口。人哪,得将心比心,就算是您儿子吧,也得想想他的难处不是?

"行啦行啦,您就快去吧。要不,老哥儿几个非以为我是听蝲蝲蛄叫唤去啦!"

李忠祥摆摆手,把乔万有轰走了。

因为李忠祥的缺席,戏迷、票友们好像都觉得挺扫兴。本来,街道办事处说好的,春节时,老哥儿几个要凑一台清唱。李忠祥不来,连个张罗的人也找不出来了。这帮老头儿们哪里知道,他们的"总教习"并没有在家躺着——他掉了魂儿似的,在辘轳把儿胡同口上站着哪。

站在这儿,能把文化站里吹的、拉的、弹的、唱的,听得真真儿的。他们在唱《锁五龙》。一听就知道扮单雄信的是金老头儿,自称和金少山沾点儿亲的那位。唱得有几句像金少山,又有几句像裘盛戎:

……一口怒气冲天外,
大骂唐童小奴才。
胞兄被你父箭射怀,
兵发洛阳为何来!
今生不能食尔的肉,
你坐江山爷再来……

唉,可这段"快板"唱得可栽透啦!气口也不匀,吐字也不清,像含个热茄子。裘盛戎是这么唱的吗?那气口,那板头,匀溜、稳当、一丝不乱!……李忠祥真想进去挖鼻子捣眼地数落他两句,就凭这,还和人家金少山攀亲哪,一边待会儿去吧!

越听,咱们这位李忠祥也就越显得可怜啦。远远的,听得心痒技

127

痒,恨不能立马过去示范一番——尽管平常在他示范完了以后,伙计们常常给他个"大窝脖儿":"瞎掰,还不如我这两下子哪!"说不定他那"两下子"也确实有限,可现在不让他来那"两下子",就像把一个人四马攒蹄儿捆在那儿,真是太受罪啦。

李忠祥正在胡同口转磨,忽然看见儿子德志和一个姑娘从豌豆街里出来了。没错儿,就是那个姑娘,穿一身紫格呢子外套,家住文化站边上。这俩人儿是搞着对象哪。儿子今儿穿得也够"派"的,天蓝色的羽绒服,尖皮鞋。唉,儿子,别看你跟你爸面前老实得猫儿似的,敢情到这个时候,也和别的小伙儿一样,不害臊,大街上就敢伸手搂着人家姑娘家的腰!

儿子和姑娘向西边走了,一人提一个草编的袋子,口上露出了亮锃锃的冰刀。看来,是一块儿上陶然亭滑冰去了。

李忠祥忽然挺高兴。昨晚上他跟老哥儿几个说好的,今儿他得来一段《连升店》。再说了,春节演的那台清唱,还没个着落哪,趁这工夫,进去得啦!可他犹豫了一下,反倒随着儿子走去的方向,奔陶然亭去了——他得看看他们几点散场。

说实话,李忠祥活了这么大岁数,他见过孩子们在护城河上溜冰,见过什刹海在冬天里凿冰,往冰窖里拉冰,可还从来没见过这么多年轻的男女,穿得漂亮、利索,身轻如燕,在镜儿似的冰场上转呀转呀。音乐声儿挺有点儿洋味儿,可是不浪,轻轻的,挺好听。姑娘们脸上都红扑扑的,很多人被小伙子牵着,笑得挺脆,挺甜。转呀,转呀,两条腿那么灵巧,倒来倒去,像箭一样蹿过来,又像箭一样蹿出去……李忠祥看呆了,有点儿晕乎。他已经忘了打听散冰的时间了。唉,自己年轻那时候,有这地界儿吗?兴许有。可那会儿自己是抬棺材、抬花轿的命。自己这一辈子,从来也没像他们这么欢实过一次呀！想着想着，他又恨起儿子来了。兔崽子，这一辈子，你且能欢实哪，可你爸唱那两口，真真儿的是骆驼上车的乐子啦……

从陶然亭出来，他觉得有点儿饿了。晚饭时，因为儿子的话，胸口堵得慌，只喝了两口酒。公园门口有一家新开张的夜宵店，人们进进出出的，挺热闹。咱也进去吧，来碗馄饨。

夜宵店里坐着的，是一对对从冰场出来的男女。座位底下放着他们装冰鞋的提包、草袋。不少姑娘们戴着红的蓝的绒线小帽儿，身上发散着香水的气味儿。他们在喝汽水儿，喝啤酒，一对儿一对儿，低声细语，好像在这馄饨铺里也可以谈恋爱似的。李忠祥一推开门，浑身顿时不自在起来。虽然谁也没有留意他，他却觉得自己和这些人那么不搭调。他松开门，退回去，走下台阶。儿子一会儿也要和那姑娘来吧？两个人也是一样，脸上红红的，身上香香的，一瓶啤酒、两瓶汽水儿、两碗馄饨，低声细语，眉来眼去，扯臊！你眼红怎么着？他忽然想起那个鲁桂英来了，说不定早已嫁人啦。唉，当初鲁桂英说"算了"的时候，你怎么也就松了口呢？别人不明白，我们俩不都挺明白的吗？怎么就做不了自己的主呢？窝囊，真他妈窝囊透了。一直窝囊到今天！

李忠祥一脚把路上的一块石头子儿踢到一边，顺着陶然亭公园围墙外的便道，往回走着。

前面在修马路，红色的标志灯横在路中间。便道上，架起一口大锅，底下柴火熊熊。修路的小工人们大概在等着锅里的沥青化开，在柴火旁扎成一堆，吆三喝四地喊叫着："迎头！把'车'迎头！""哪儿呀，撤'马'！得撤'马'！"——他们在下棋。

李忠祥对这不感兴趣。从旁边走过的时候，他很随便地瞄了这伙人一眼。可看这一眼不要紧，差点儿没撞在那口沥青锅上——他看见了，贺鑫贺老师也围在人堆儿外边看棋哪！

贺鑫也看见他了，扶了扶眼镜，嘴唇动了动，却又没说什么，那神情尴尬透了。

两个人慢吞吞地往回走着，好半天没话。

"您这是去回来了，还是没去哪？"李忠祥忍不住了。

"哪儿？"

"哪儿？我们老哥儿俩每天陪您出来，让您去哪儿啊？"李忠祥使劲儿拢着心里的火。

贺鑫低头走了一会儿，又扶了扶眼镜，说："不瞒您说，我……我有日子不去啦。"

"哦，合着，合着……"李忠祥憋了半天，想不出更文雅点儿的词儿了，"言重了，您可别挂不住。合着我们老哥儿俩一片好心，全他妈扯淡啦……"

"唉，"贺鑫叹口气，又闷头闷脑地走了一段，"我开始去了两天，可后来没心思啦。明说了吧，单位里把我的课题组长给我撤啦。说我道德品质有问题。我还干什么呀我……"

"您说实话，是不是真的跟别的女人瞎着来的？"李忠祥是很信任"单位"的。

"我要是有那事儿，我跑这儿看下棋干吗呀！"

"那您就不会说清楚：不是您不要那娘儿们了，是那娘儿们跟您胡搅蛮缠，您熬不住了……"

"我说了。可我……我告诉您，不是您讲什么，人家就信什么，也不是您讲什么，人家就全能理解。我是陈世美，她是秦香莲，那倒好理解。那戏唱了大概有上百年啦！"

李忠祥不说话了。这位贺老师说的倒是实情。就说他自己这一辈子,能让人理解多少呢?在剧院门口穷张罗,那点子得意、美气,谁理解呢?在女澡堂子的楼下动了点凡心,除了鲁桂英,谁理解了?就是你的亲生儿子,一把屎一把尿拉扯大,他知道你每天晚上去喊两嗓儿的乐和吗?

两个人悄没声儿地朝前走着。天不冷,却有点儿风,尘土、纸屑沿着马路牙子卷过去,窸窸窣窣地响。

快走到院门口的时候,李忠祥说:"贺老师,甭管怎么说,也就只有一个法儿啦。想开点儿,等着。现在的好多事儿,不是讲究赶个'点儿'吗?您看咱们对门儿,赫家的二臭,骑摩托车,一下让人罚了二十多块,赶'点儿'上啦!可我们德志呢,自行车上没铃儿,劝他去买,他说:'不买。熬过这个月就没事儿啦。'果不其然,上个月出门儿,净穿小胡同了,过了'交通安全月',可不没事儿啦!您这事儿,也赶'点儿'上啦,等到什么时候,赶上轮到咱们老爷们儿说说理的'点儿',大伙儿也就明白您啦,您呢,又能写您的书去啦……"

李忠祥说的话,有时也胡说,是不必当真的。所以读者诸君也大可不必就上面一派胡言跟他论是非。反正他的一片好心贺老师是理解了,当下点点头,苦笑一下,开开院门儿回屋去了。

李忠祥回到屋,儿子还没有回来。他坐在椅子上,一眼瞥见了床底下撂的五瓶"北京大曲"。往天,一瞥见它们,心中不免自得。有老朋友来了,提起儿子,还忍不住指给人家看。可今儿也不知怎么了,一股无名火儿拱起来啦。哦,你小子,敢情是把我当菩萨供着哪,几瓶"北京大曲",几条"恒大",就把我给"供"顺溜了?我是你爸爸!……像贺老师那样窝囊吧,情有可原,谁让他让人管着呢。我可受不了。爸爸治治儿子,还有点儿富余呢!他想好了,等儿子回来，开口就让他把他的酒、他的烟"请"走。我他妈不是泥菩萨，这玩意儿我不要。我就要去豌豆街唱两口儿。跟你那娘儿们明说去吧，唱两口儿，不丢人。民国二十年，北平市的市长周大文，还在西柳树井的"第一舞台"彩唱了一出《汾河湾》呢！……你爸爸没溜过冰，也没和姑娘家去喝过啤酒，去吃馄饨，老了老了，不兴我去唱两口儿？门儿也没有哇！

……

快十一点的时候，儿子回来了。

什么话也没有了。

"爸，您今儿……没出去？"儿子带回来一只烧鸡，看来是特意为他买的。

"唔。"

"爸，您要是闷了，就打开电视看看。我想好了，再过几个月，咱们买台彩色的。"儿子好像要想尽办法弥补爸爸的缺憾。

唉，李忠祥还能发火吗？这样的儿子上哪儿去找！再说了，那个戏，不唱就没命了？

"爸，要不您养只'百灵'吧，我给您淘换去，跟对门儿赫大爷那只压压口，叫起来可好听了。"

"……"李忠祥闷头儿抽烟。

"爸，要不，给您……给您弄几条热带鱼来？……"

"……"李忠祥还是不说话。

"爸，要不……"

"我要钓鱼！"李忠祥截断了儿子的话头儿，高声吼起来，"去！给老爷子买两根海竿儿来！得一百块钱！别心疼！"

第 七

"找乐子",是北京人的俗话,也是北京人的"雅好"。北京人爱找乐子,善找乐子。这乐子也实在好找得很。养只靛颏儿,是个乐子;放放风筝,是个乐子;一碗酒加一头蒜,也是个"乐子"。即便讲到死吧,人家不说"死",喜欢说"听蛐蛐儿叫去啦"!好像还能找出点儿乐儿来呢。

这,我已经说过了。

所以,每天傍晚,从辘轳把儿胡同10号院儿里还是走出他们三个人:李忠祥、乔万有、贺老师。至于他们这回该上哪儿了,除了唱戏以外,他们还会找到什么乐子?以北京九城之大,以北京人之爱找乐子、善找乐子,这是不必担心的。

不过,他们肯定没有去钓鱼,虽然德志的海竿儿早就买来了。

耍叉

一

没事的时候，这老爷子爱往宏远宾馆那边看。

隔着一人高的铁栅栏，那边，是宾馆；这边，是老爷子管的停车场。

给老爷子遮阳的大太阳伞，就绑在铁栅栏上。伞底下的阴影里，摆着两个方凳，一个，他坐，另一个，放他的大茶缸。

活儿，就是在停车场这边看汽车，可眼睛，却没少了往栅栏那边瞄。

这谁也拦不住，那边的景儿招人。

好嘛，多高的一栋楼，山似的。这山，还是用银白色的玻璃板一块一块拼起来的，太阳光一照，就成了一根见棱见方、笔管儿溜直奔天上去的水晶石啦。白天，它闪银光；晚上，一层一层的灯光亮了，它又闪起了金光。锃光瓦亮的小卧车一辆接一辆，开过来，开过去。车上下来的人，肥的、瘦的，美的、丑的，黑头发的、金头发的，浑身香气噎人的、胳肢窝臭气熏天的……就冲这，搁谁，眼睛不过去，鼻子也得过去了。再说，谁想拿老爷子干的活儿说事儿，也说不着，人家这边什么也没耽误，出出进进的汽车，哪辆也没少了交停车费。

您还能拦着不让人家往边儿上瞄两眼啦？

辘轳把儿胡同的街坊们，没人不说崔老爷子找了个美差。

"您说，就咱这岁数，您还图啥？图啥？瞧您，大把儿缸子一端，每天，大宾馆门前看新鲜事儿，月底了还给您点三百来块，舒坦不？乐和不？这活儿，打灯笼难找！"没事就组织戏迷票友们吹拉弹唱的老头儿李忠祥说。

"老哥哥，自打您去了大宾馆，您的学问可透着见长啊！"那天他骑着那辆小斗三轮车出胡同去上班的时候，又碰上了胡同口剃头的老蔡头儿。

"别这么说，您可别这么说，咱跟大宾馆不沾边儿。咱在人家的脚跟儿底下看车哪！"崔老爷子哪回也忘不了纠正这一条。他不是蒙事儿的人，决不往高枝上靠。可真怪了，谁还都把他往那儿扯。

"看车？您可别小瞧看车。一拧脖子，把学问全看眼里啦！"

"对对对，学问大了去啦！"他不这么说，还能说什么？

要说街坊邻居的，这么说也沾边儿。不这么着，他能见着鬼子打架吗？好家伙，俩鬼子，一白一黑，从旅游车上扯着揪着就打下来了，黑的揪白的脖领子，白的揪黑的袄袖子，嘴里骂骂咧咧，边儿上一个挺漂亮的洋妞儿在叽里咕噜地喊着，劝着，拉着——没跑儿，花案。洋相，洋相，这可真的成了洋相啦！净他妈说中国人跑外边散德性，这老外不也到中国散德性来啦？这回回去，不得开除党籍？坐在这儿，不光见着了老外们抢妞儿，还知道老外里也有穷要饭的呢：背着一个背包，骑着一辆租来的自行车，脚蹬在马路牙子上，向宾馆门口出出进进的老外们要钱。他觉得开眼的是,这要钱的老外那派头儿还挺大,没从自行车上下来不说,说话那神气哪像个叫花子呀,顶多了,像是跟人家商量个事。如果不是有的老外给他掏了钱,他还以为是问路的呢。看了有一会儿,嘬了嘬牙花子,心想,这老外们说到底还是有钱,要饭的跟他一商量,就把钱包掏出来了。要饭的他见过呀,过去,要骨头的,要俩钱儿,在买卖人家的门口,"呱哒哒,呱哒哒",不唱哑了嗓儿能要出钱来?哪儿跟这位似的……

光是这"洋相",回来说两条,就够街里街坊开一阵子心的。

何况,崔老爷子见着的,还不止这些。

"您说,北京有这地界儿没有:到时候您就去,也不管生熟脸儿,越是生脸儿还越好,伸手,一准儿有您两张儿,递您手里。有这地界儿吗?"

也没少了在住的那个大杂院里,考考同院住着的老少爷们儿。

大杂院里的人们,甭管老的、小的,全得给问成个哑巴。

这秘密还真的只有成天坐在遮阳伞底下,把宏远宾馆那边的人和事一点一点琢磨个透的老爷子,才能发现。

开始崔老爷子只是见着这事有点儿好奇:每天中午和晚上,总有一位穿戴漂亮的丫头走到栅栏那边停靠的小车中间,手里拿着一沓十块一张的票子,东看看、西望望。这时候,小车司机们就三三两两地凑过去啦,说了句什么,一人从那丫头手里接过两张儿。

隔着栅栏打听,这才恍然大悟:坐车的,进去吃席了,这是给开车的发饭钱哪!

车夫的饭钱打进了那桌席里,发钱的,是餐厅的小姐。

这,已经让崔老爷子觉得够开眼的了。一会儿挺自豪地想,真是工人阶级当家做主的天下,要在旧社会,哪有这事?一会儿又算计着这些个车夫们，虽说吃不上席，也够赚的啦。每月要赶上这么几次，也百儿八十块地挣着呢……慢慢的，发现更新鲜的事还在后头：敢情还有那么几位，比那些车夫们更滋润，人家连车夫都不是，和吃席的也八竿子打不着，可到时候，大大方方地领钱来啦。

　　这是他对发钱的场面琢磨多了以后才忽然发现的。有那么一阵儿，他觉得有那么一位渐渐地有些眼熟，隔三差五的就见一面。开始，心说这车夫还真是个福将，赶上给一位吃主儿开车，便宜可不少，后来发现不对，这位哪是开车的呀，他是按点来领钱的呀！——中饭前来一次，骑辆自行车，远远的，靠在马路牙子上，晃晃悠悠的就走过来了。宾馆的大门口，那会儿正是车来车往，一会儿张局长下了车，一会儿李司令迎过来，握手，招呼，乐乐呵呵……您就瞅那位吧，东瞄一眼，西听一耳，这干吗哪？大概是得听听里面进去了一位什么人物，宴会安排在什么厅吧，其实，他也是以防万一，到了发钱那会儿，谁问啊。吃席的进去了，发钱的就出来了。那位也大摇大摆地走过去，大摇大摆地领出两张来，司机们领了钱，都开了车，自己奔饭去了。那位呢，回到马路牙子那边，骑他的车，回家。有几次，老爷子甚至看见，当天的晚饭，那位又骑着自行车来了一次，车夫们一拨儿一拨儿，流水似的，谁认得谁？发钱的小姐又不总是一个人。再说了，你就是随便说个张局长李司令的，她又怎么知道今儿来吃饭的有没有张局长李司令？就算起了点子疑惑，反正又不是由她掏钱，她干吗管这闲事？……

　　"您瞧，我没蒙您吧？"崔老爷子给街里街坊的交了底，没忘了跟每次一样，和老少爷们儿逗逗闷子，"我说，各位爷，这哪是一家饭庄的事儿啊，您就可北京找去吧，看去吧，哪家馆子能少了席啊！有胆儿，您也骑上辆车，可北京敛钱去吧，一准儿，过不了仨月，小康？'老康'的日子都过上了！"

大杂院的街坊们，当然没人冒这傻气，虽说都听着有点儿眼馋，可但凡有脸有皮的，还真的跟那位似的，可北京地转，饭庄子门口敛钱奔小康？不过，因了崔老爷子这一段儿，倒给了大家伙儿一个开心的话把儿。

"老爷子，今儿又充车夫去了吧？领回来几张儿啊？"越是年轻的，就越爱跟他逗。

等到崔老爷子把值夜班时见着那些"野鸡"怎么拉客的景儿跟这帮小子们都侃出来后，这话把儿就更让他们攥得紧了。

"老爷子，您可好，领来那几张儿，连看都不叫咱看一眼，当晚儿就给造啦？……钱是好挣的，您那身子骨儿可是您自己的，悠着点儿！"

"滚！看我抽你！"老爷子骂他们。

……

其实，这是老爷子最开心的时候。

这时候才影影绰绰地觉出来了，他在那栅栏边儿上是没白待，长了学问不说，回来，这学问还有用武之地。

这年头儿，老头儿们说的事儿，能他妈让人家当事儿，这就不易。

人哪，老了老了，能找着个长学问的地方，还能找着个抖搂这学问的地方，人还图什么？您说，人还图什么？

二

不过，老爷子还是觉得，甭管胡同里的老少爷们怎么说，日子也不全像他们说的那样，全那么让人觉得舒心。

别的就甭说了,光说坐在栅栏边儿往东边瞄吧,不知为什么,真的到了这时候,和坐在大杂院儿里神侃,那心气儿好像还是不一样呢。

往远处多走几步,宏远大厦跟老爷子看的停车场的对比,就显出来了。

大厦有自己停车的地方,就在大堂前面的空场上。空场的中央是一座七星连环形的喷水池,布局有些像北斗七星,展开了像一个弯弯的勺儿。四周,停着"奔驰""皇冠"之类的卧车,顶次了,也是面包车、旅游车。淡黄色的栅栏把这空场围了起来,朝南的一面,留出一进一出的缺口。来饭店的车辆进入广场向右手拐个弧形的弯儿,可以进到大堂前一片缀满了射灯的廊子,看门的四个小伙儿中的一个,立刻会迎上来,替来客打开车门,问候,把客人让进大堂……黑莹莹的"奥迪"来了,蓝幽幽的"雪佛莱"走了,大厦前面,好像老是流彩溢辉。到了晚上,从廊子顶上垂到广场中央的瀑布灯亮了,在那灯光的映照下,来来往往的车辆,越发像一条光斑明灭的河。而咱们的老爷子照看的收费停车场,在这位雍容华贵的芳邻对比下,显得格外寒酸和冷清,就像一个被世态炎凉冷落在一旁的平头百姓。是的,停车场的确和它的阔邻居毫无关系,这是区里的治安部门管辖的地方。来这儿停驻的,更多的是外地进京的车辆。就像是平头百姓家里来的几个穷亲戚:获得特许进京运货的卡车,拉着河北山东一带的人进京旅游的大客车、小面包车……车身上溅着泥点,落满了尘土,它们连洗都不洗,就那么蓬头垢面地趴在那儿,懒洋洋的,没精打采。

一天中,会有那么几辆车开进来,也会有那么几辆车开出去。开进来的,崔老爷子会懒洋洋地迎过去,等司机停稳了车,从驾驶室里下来,他就撕给他一张停车费的收据,从他手里接过几块钱。开走的,老爷子坐在太阳伞下,远远地看着,连动也不动。到了晚上,停车场上就更冷清了。如果值的是夜班,崔老爷子会在十点钟以前到。骑着那辆带斗的小三轮车,里面放着夜里挡寒的被褥。他把那瘦瘦的一卷儿夹起来,送进角落上那个木板钉成的小房子里,又走出来,仍然到他经常坐着的地方,在宏远大厦瀑布灯的余晖里,默默地吸烟,张望。

那个木板钉成的小房真的是太小了,刚好齐齐地放下一张行军床。对身高膀大的崔老爷子来说,简直是成心跟他过不去。有一次早起,他从小房里出来,正赶上一位去上班的从门外过。"哟,这里还能把您搁进去哪!"那人惊讶地说。他这才明白,为什么好几次从门里一钻出来,都把门外路过的吓一跳。

"没错儿!把我给搁进去啦,跟他妈棺材似的,严丝合缝儿!"老爷子对那人说。

因此,除了值夜班,熬不住了,得进去忍一觉,他绝没有进那"棺材"的兴趣。

"这东西,"崔老爷子曾经站在那小板房的边上,斜眼瞟了他的"棺材"一眼,对一位路过闲聊的老爷子说,"这东西他娘的就像那兔崽子下的一个蛋!"

说到"兔崽子"的时候,他眼睛瞄着威风十足的宏远大厦。

气不忿儿。别看老爷子在大杂院儿里说起这东西时非但没气,还有点儿津津乐道,可这会儿,真的面对这"兔崽子"了,倒是越想越气不忿儿了。

听这口气,这"兔崽子"不塌了,这气不忿儿就没个完。

最气不忿儿的,是天天看见的,在宾馆的大堂门口戳大岗的四个小伙儿。

你瞧他们,脸皮白净净的,一水儿的高个头儿,一人脑袋上顶着一顶红呢子做的、绣着金边的大壳儿帽。他们那身衣服也是红呢子的,肩膀上还扛着肩章。那肩章的四沿儿,还哆哆嗦嗦地垂着金穗儿。也不知道为了什么,右边那胳肢窝儿里还偏偏要套上一圈金晃晃的绳索子。这身儿行头穿上去,好嘛,怎么看怎么是奔着金圆券上"蒋委员长"那威风去了。就这,够老爷子嘬一阵儿腮帮子的了。按说,这差使也他妈尊贵不到哪儿去呀,不也就和我年轻时干的那差使差不多,都是看家护院的把势吗,怎么到了这年头儿,就玩儿得这么花哨啦?

晚生五十年,我一点儿也不比你们"鼠霉"。老爷子想。

时而又想,花架子管他妈什么用?看家护院戳大岗,养兵千日,用兵一时,还能指望花架子了?就你们这身板儿,还吃这碗饭哪,也就是今儿吧。

想到这儿,又巴不得小伙儿中过来一个,跟他眼面前拔拔份儿,那他就得跟他"盘盘道"。哼,他们,一准儿,戳一指头就得趴下!

用不了多会儿,就会从这白日梦里醒了来,呵呵地在心里笑自己。又往宾馆那边看看,心里道歉似的给那边递过一句:小哥儿几个,咱们谁跟谁呀,说了归齐,全是看家护院的命,威风?威风在哪儿啊!

崔老爷子老说自己认命,可他却长着一张死不认命的脸。

谁也说不清,是因为他那鼻子还是他那嘴,才让他那脸上老透出那股子死不认命的神气来。是因为腮帮子大了点儿?可您就在北京城找吧,大腮帮子多了去了,人家怎么就不显山不露水的,唯独这位,偏偏就显得那么蛮。特别是横在俩大腮帮子中间的两片厚嘴唇,紧紧地那么一抿,腮帮子上立马凸起两块疙瘩肉。就凭这两块疙瘩肉,您就得认定鬼神不能近他。不过,您再看看他那双眼吧,您肯定就不会说老爷子的神气全是腮帮子的功劳了。说句不好听的,那是一双真真儿的目空一切的眼睛。大小姑且不说,反正总好像是眯着一半,把这世界全都扁着往瞳仁儿里搁。

崔老爷子这神气,大概和他少小习武大有关系。家住京门脸子外边的大红门,六七岁上就和村里的小哥儿几个舞枪弄棒。开始,是大人们撺掇的:四月初一上妙峰山进香,"五虎少林会"是全村老少献给碧霞元君娘娘必不可少的礼物。慢慢的,他就吃起这碗饭来,十六岁那年,长成了铁塔似的大个儿,练就了闪展腾挪的功夫。

艺高人胆大,眼睛里就生出了精气神儿。

不过,人活到今儿,七十岁上了,才算是说出了一句丧气的话:神气,也就是自己觉着神气吧,全是瞎掰。

恰恰因为习的是武,这一辈子,就是看家护院的命啦。

精气神虽然还有,心里早就认了命。

年轻时可不这样,十六岁上进了永定门,到瑞兴钱庄当了护院。

没两下子,当不上那护院。当上了那护院,更是好生了得。

眼睛就越把这世界往扁了里看。

护院最警醒的时候是三更。听见了动静,他就提了那把大片儿刀,把身子戳到了当院儿。

"塌笼上的朋友,不必风吹草动的。窑里有支挂子的,远处去求吧!"

甭管是当院儿站着的他,还是房上蹲着的那位,谁的心里都门儿清,吃的都是武林的饭,一个走白道儿,一个走黑道儿就是了。走白道儿的,叫"支挂子",走黑道儿的,叫"暗挂子"。哥儿俩既然碰上了,有话还不是好商量吗?

当然,用的,都是把势间的行话,这话的意思是说:房上的朋友,甭投石问路了,院儿里有本护院的在呢,您请别处找食儿去吧。

142

他崔宝安的声音，暗挂子们是无人不知的，除非是个初来乍到的新手。一般来说，那位蹿房越脊的朋友不会找不痛快，肯定就得朝院儿里拱拱手，到别的家偷去了抢去了。这时候，他崔宝安就从腰间把东家早给准备好的两块一封的现大洋掏出一包来，冲那朋友喊道："顺风！""嗖"地扔将过去。

房脊上影影绰绰的那位一探手，接了，又回了一揖。

他那会儿的感觉，跟自己就是那赏钱的东家一样。

如今是明白了，瞎掰！

人这一辈子呀，好像还真是打前世就把你的差使给定下来了。你说巧不巧：解放后，到物资局的一个厂子当工人，分的啥活儿？管库，还是看家护院的差使呀！六十岁退了休，没病没灾的身板儿，待着不也是待着？再说，陕北插队的儿子得回来，得花大把的钱不是？找活儿吧。等到托的那位街坊把帮忙找到的活儿一说，他乐了：好嘛，这是老天爷安排好的，没错儿，宏远宾馆旁边的停车场？不还是和看家护院差不离儿？

要是把崔老爷子搁一个四邻不靠的仓库去看摊儿，也罢了；要是这收费停车场没挨着这么漂亮的一座宏远大厦，也罢了；要是宏远大厦没有四个天天为月挣八百多而得意，为一身行头而自豪的傻小子，也罢了；老爷子说不定能踏踏实实，守着这"看家护院"的老行当，干得挺知足，挺顺心。人都认命了，还有什么好说的？可谁又让这老爷子天天看着这水晶石似的大厦，看着那四个人五人六的傻小子呢？

"操，看家护院都他娘的得赶上时辰！"老爷子也曾经瞄着那四个傻小子，气不忿儿地冒过这么一句。

其实，这也和老爷子站在小木棚前看着宏远大厦运气一样，也就是有点儿气不忿儿而已，碍不着谁，也得罪不着谁。您还能拦着不让人家气不忿儿了？您就让他这么气不忿儿下去吧，顶多了，今儿，气儿大点儿，明儿，没气儿了；在这儿，气儿大点儿，回辘轳把儿去，没气儿了。即便过上一百年，也就是个气不忿儿而已。

可您得记住一条——别招他。

三

宏远宾馆门外的四位，洋人管他们叫侍应生，中国人管他们叫服务员。说实在的，人家跟看家护院不沾边儿。要说看家护院的，宾馆里倒也还有，可他们第一已经不叫这名儿，第二也没有必要到门口戳大岗。在哪儿哪？在监视室里看荧光屏哪。宏远宾馆的每一条楼道，都在摄像机的监视之下。现如今，看家护院，还跟您老人家当年似的，手里拿把大片儿刀，竖起耳朵听响动，贼眉鼠眼瞎转悠？再说，看荧光屏也不光为了看家护院，还为了看看客人什么时候离开了房间，以便通知客房服务员去打扫。咱们的崔老爷子哪儿知道这些啊！要说他糊涂到以为现在看家护院的还使大片儿刀，那是玩笑话，不过，他见宏远宾馆门口的四位成天在那儿戳大岗，愣按照自己的那一套，把人家说成"看家护院的"，这是确实的。

这四位"看家护院的"，都不是省油的灯。

现如今，年轻、英俊，这就已经有了睥睨一切的资本。更何况还穿得那么漂亮，还会涮两句"Good morning！""Good evening！"好生了得？

哥儿四个刚刚从饭店办的职业高中毕业。

瘦高瘦高的一位，负责替出门的客人招呼出租车。稍矮稍壮的一位，负责为停在门前的车子开车门，向他们问好，帮助客人们把行李提进大堂，另外两位是一对双胞胎，白白净净，模样挺甜，分别站在自动门两侧。这两位的任务，就是在这儿戳着，纯粹是为了装点门面。

宾馆办得挺红火，值白天班，开车门关车门的哥儿俩没有消停的工夫，戳门面的哥儿俩那挺挺儿的胸脯也没有松一松的时候。再说，就在身后，自动门里，坐着眼珠子四处踅摸的大堂经理，哥儿四个谁敢龇毛儿？

值夜班就不同了，到了夜里十一点以后，进出的客人稀稀落落，大堂经理也从那宝座上离开了，哥儿四个开始是身不动，脚不移，仍然老老实实地戳在那儿，嘴皮子却先"练"开了。嘴皮子练一会儿，绷得直挺挺的身腰就松了下来。最后，闹不好，有那么一位就敢架起了胳膊，有那么一位还敢把脊梁靠到门框上。到了夜深人静，哥儿四个索性扎成了堆儿，肆无忌惮地山侃起来了。

"嘿，刚刚过去那位，穿一身白的，留神了没有？"

"就他妈你眼尖！不就跟一个老黑过去了吗？"

"没错儿，给她包房的老板回台湾去啦，丫挺的还不趁机揽点儿外活儿！"

"搂草打兔子，捎带手儿。"

"磨刀不误砍柴工，嘻嘻……"

"你他妈知道个屁啊，这叫第二职业，中央都允许了，懂吗？"

"操，小丫挺的，说不定裙子里连条裤衩都没穿，勾搭上就进屋，进屋就点'替'，点'替'就上床……"

"你眼馋？你也来呀？你还没这条件呢！"

"孙子！你丫有条件，你丫有条件……"

"……"

别看给老外开车门关车门的时候，嘴里涮着"GOOD MORNING"

145

"GOOD EVENING！"的时候，都那么文雅、风度，也别看和小学初中的同学们聚会的时候，张口"马爹利"，闭口"曼哈顿"，透着那么高贵，其实，一听话茬儿就明白，铁栅栏那边的崔老爷子说得没错儿，哥儿几个也比老爷子尊贵不了多少。不过，有一条，要让老爷子知道，老爷子说不定得背过气去：您老爷子在铁栅栏那边可没少了琢磨人家，人家呢，侃个昏天黑地了，那话题也和您老爷子不沾边儿——哥儿四个压根儿就没拿那边那老爷子当回事儿！

"嘿，那边那老头儿跟咱们招手哪！"

直到这天夜里，崔老爷子跟人家招了手，哥儿四个的目光，才往栅栏那边瞟了瞟。

老爷子在栅栏边儿上冲他们招手，走的，是北京城里所有值夜人的规矩。

停车场对面副食连锁店里值夜的季老爷子，拎过来了几瓶啤酒，几样下酒的冷荤。

过去的北京人，好像还有点儿夜生活，不信找老北京问问，前门的夜市啦、戏园子的夜戏啦，都说得有滋有味儿。可也不知从什么时候开始，北京人夜里变得没精打采了，早早儿的，关灯睡觉。这几年，当局一劲儿想辙，让北京人夜里欢，可还是欢不起来。有了电视，北京人窝在家里，更是踏踏实实的了。老辈儿人不愿离开家，那是理直气壮的——哪儿比得上家好？吃喝拉撒，样样方便。守个电视，啥都见着了，谁没事天天晚上出去花钱买累受？年轻的呢，有的是不忍离开家——家里有老有小，你抛撒得开吗？家里也惦记着你呢，你能不管不顾天天晚上出去疯。有的是不敢离开家——把老的小的给扔家里，你们小两口出去欢？不让老辈儿的戳脊梁骨？……因此，长亮广场吧，卡拉OK吧，这些洋派儿、南派儿的玩意儿，兴许能把北京人拽出来，新鲜几天。新鲜劲儿一过去，也没什么新鲜的了。就说新鲜这几天，也超不过十点去。十点一过，北京人就往家奔。不奔？不奔末班车就没啦……就这么着，到了今儿，北京人里说得上有夜生活的，也就是有数的人，那些泡酒吧、泡舞厅的大款而已。

北京大概很少有人想起，其实，倒是有一拨子人，每天都少不了"夜生活"的，那就是像崔老爷子这样的，看库房、看商店、看停车场的守夜人。

全是爷们儿。老爷子居多，也有中青年。

说他们每天少不了"夜生活"，并不是拿他们干的差使开心。不信您找他们中的一位问问，每天夜深人静时，他们都干什么？都那么老老实实在库房里、商店里待着？都把那俩眼儿瞪得溜儿圆，等那小偷儿上门？……头一两天兴许是这么过来的，第三天就觉得憋闷，就得站到门口东张西望，能不跟马路对面西瓜摊儿的小老板儿搭上了话？出不了半个月，看连锁店的，看饭馆的，看菜棚子的……反正左近一带，守夜的老少爷们儿就全有了交情。今儿您过来聊一段，明儿我过去侃一会儿，远远的，能瞄着自己照看的门脸儿就成呗。聊，侃，哪有干聊、干侃的呀？您不是看西瓜摊儿的嘛？您能不抱俩瓜过去？您不是看菜棚子的嘛，拿几根黄瓜，到对面的饭馆，拌一盘黄瓜，和那看饭馆的老哥喝二两吧。您是那看饭馆的，您能光看着看菜棚的老弟拿凉拌黄瓜下酒？得嘞，油盐酱醋，荤的素的，哪样不是现成的？老哥哥给你掂两勺，露一手儿吧……我敢说，类似的"夜生活"，不说天天有，隔三差五也有一回。靠山吃山，靠水吃水，对于饭馆、菜棚来说，守夜的吃几根黄瓜，掂两勺小炒，算得了什么？何况也不是一人独吃，左邻右舍的，拉上点儿交情，有什么响动，也好有个照应。

说来惭愧，咱们的崔老爷子干的这活儿，既拿不出冷荤，也拿不出啤酒，甚至也给不了左近的哥儿们什么方便。好在既成了朋友，是没人计较这些的。这么长的夜，能找着个老哥说说话，已是难得。

对面连锁店的老季头儿，新近才入了看家护院的道儿，白天和崔老爷子搭上了话，这天晚上，就拎着连锁店的"特产"溜达过来了。

崔老爷子和季老爷子的节目，就在栅栏边儿上进行。因为这儿离老季头儿的连锁店近一点儿，老哥儿俩喝着聊着，闹不好一干就是仨钟头。为了老季头儿喝得踏实，崔老爷子就把客人引到了这儿。今儿没月亮，天气还挺闷，栅栏边儿上，又透着开阔风凉，宏远宾馆的灯光照过来，不算亮，也不算暗，还挺有点子洋味儿。

老哥儿俩在各自的方凳上坐定，一斜眼，崔老爷子看见了宾馆门外的小哥儿四个。

招招手，算是发了个邀请。

都是看家护院的，夜深人静了，在人家的眼皮子底下喝着，能不让让？

这小哥儿四个但凡懂点儿北京人的老理儿，也不难明白崔老爷子的好意。可说实话，这年头儿，把人家的意思往好里想的人，还有几个？

"那老头儿想干吗？别是招呼哥们儿过去喝二两吧？"双胞兄弟中的一个，还算是善解人意。

"扯淡！成心气咱哥们儿哪，老帽儿，就显摆丫挺的过得滋润……"同年同月同日生，而且还是同一个妈所生，另一位就把好心当成了驴肝肺。

"没错儿，明知咱不能过去，老丫挺的，这不成心气人吗？"瘦高个儿说。

"你真他妈傻帽儿!"矮壮的一位开了口,善解人意的,成了被嘲笑的对象,"你过去喝去吧,去呀!"

善解人意的没词儿了,愣了好一会儿,说,"操,要不是怕老板看见,炒了我,我真他妈过去了!"

"有种儿你就过去,过去呀,老头儿等着你哪!"

……

嘻嘻哈哈,老爷子勾起的那火儿,好像倒被岔开了。

栅栏这边儿,崔老爷子压根儿就不知道自己的好心被当成了驴肝肺,招完了手,算是这厢有礼了,看那边没反应,料那哥儿四个不会过来了,只管坐了下来,和新结识的季老弟喝酒聊天儿。

如果俩老爷子在栅栏边儿上就喝这么一回酒,倒也没什么,就算你们天天在那儿喝,你崔老爷子不再那么多事,还要朝那哥儿四个招手,也罢了。谁承想,两位老爷子自从今儿开始,还相见恨晚,喝个没完,聊个没够了。不说天天聚会吧,也是隔三差五的就到栅栏边儿上喝那么一回。更绝的是,别看平时崔老爷子老瞧着那哥儿四个眼晕,到了喝酒的时候,还回回忘不了老理儿,总要朝宏远宾馆门口戳大岗的小哥儿四个招招手。

他哪儿想得到,越这么着,越是让宾馆门口的哥儿几个撮火。等到他们在栅栏边儿上又喝上了那么几回,又朝哥儿几个发出几回邀请的时候,哥儿几个已经忍无可忍,骂骂咧咧地商量着,得找个啥法子出出这口恶气了。

四

现如今,北京的老少爷儿们就这样,都跟不想过了似的,有事没事爱找气生。过去的北京人可不这样。过去的北京人就怕活得别扭，活得窝心，活得不舒坦。为这，北京人修炼了不知多少年，才修炼出那么一点儿道行来。这道行说起来也简单，北京人爱把人家往好了想。即使人家不那么好，他也得变着法儿给人家找找辙。北京人老爱说"话又说回来"，就是愿意替人家找辙的证明。您可别小瞧这一招儿，没这道行的人永远明白不了，这能让你活得多么顺心，多么松快，多么舒坦。可这会儿，完啦，明白这事的人是越来越少啦。不信咱们就看看崔老爷子，连崔老爷子这么大岁数的，也一阵儿一阵儿气不忿儿呢，这北京人还有救儿吗？话又说回来，也多亏了崔老爷子有那么一点儿老北京的道行，所以不管怎么气不忿儿，也还讲个外场儿，不到万不得已的时候，是不会和谁过不去的。可那四个小伙儿，就连个外场儿也不讲了，一句话不对付，一件事看不过眼，也不问个青红皂白，就琢磨着拉开架势跟老爷子过招儿，这就是彻头彻尾的"八十年代新一辈"的风格了。

这天晚上又轮到了崔老爷子值夜班。十点钟的时候，骑着那辆小斗三轮车，又按时来到了停车场。

连锁店的季老爷子已经在这儿等他了。说实在的，崔老爷子上了一星期的白班儿，可把这位季老头儿给憋坏了。他不是没跟值夜班的杨老头儿"套磁"，可不管说什么，全不对榫。想跟他喝二两吧，杨老头儿说自己是高血压，不敢喝；想跟他聊聊天儿吧，杨老头儿老是迷他手里攥着的那个小收音机……季老爷子只好回他的连锁店"糗"着去了。要说也可以去找别处值夜的老哥，可那又看不见连锁店的门脸儿，还真的不敢往远了去。没法子，熬着吧。不难想象，这一星期，季老爷子天天晚上都是怎么过的。也不难理解，听说崔老爷子今儿又值夜班来了，季老爷子早早就拎了酒，到小木棚边儿上等他。

哦，季老爷子还带来了一副象棋。一周前老哥儿俩聊天时抬起了杠，叫开了板，这回就甭废话啦，谁英雄谁好汉，走两步就明白啦。

崔老爷子听杨老爷子交代了些什么，算是接了班，他一手拎起一个方凳，领着季老爷子往栅栏边儿上走。

"今儿我拿的可是二锅头啊。"季老爷子说。

"干吗？壮胆儿？"没等季老爷子往下说，崔老爷子抢着把贬损的话说出来了。

"我不跟你逗。到时候用得着壮胆的，还不定是谁哪！"

……

两个方凳并一块儿，上面就摆上了棋盘。老哥儿俩蹲在栅栏边儿上，好像连打开酒瓶倒酒，打开包花生米的纸包捏几粒的心情都没有了，只听啪啪一阵棋子响，当头炮拔马跳拱卒飞象之类的仪式，已经举行完毕。

不过，在横炮跳马之前，崔老爷子还是没忘了老理儿，冲灯火如瀑的方向扬了扬手。

一盘棋下得正来劲儿，老哥儿俩被残局熬得五脊六兽的时候，忽听呜呜一阵柴油机轰响，只觉一个巨大的阴影缓缓推了过来，把棋盘，把他们老哥儿俩，整个儿地遮在了下面。

栅栏那边，一辆高高的旅游车，屁股上喷着黑烟，正一点儿一点儿地往栅栏边儿上倒车，这王八蛋跟一台推土机似的，像是恨不得要把横在前面的栅栏、方凳、老哥儿俩通通拱到一边儿去。

它到底还是在离栅栏二尺远的地方停下来了。

崔老爷子瞪了它一眼，心中闪过了一阵疑惑。在他的印象中，宏远宾馆东边的空地，才是停这种旅游车、大轿车的地方，而这西栅栏的边儿上，停的都是小轿车。今儿是怎么了？东边也不是没有空地啊。歪了歪脑袋，瞟了栅栏那边那铁家伙一眼，心里觉得挺堵。

不过，心里也就别扭了那么一下而已，低下头，心思还在棋盘上。阴影里，棋子上的字看得不太真切，好在棋盘上剩的子不多了，季老头儿一马一车直逼城下，至少，他得解了围，才有心思考虑往亮处挪窝儿的问题。

谁想得到，没走几步，围还没解开，又听见一通"呜呜"响，又一辆一模一样的旅游车，并排推到了栅栏边儿上。

宾馆那边瀑布灯的光，算是彻底被挡了个严实。完啦，这下子，不挪窝儿是根本看不见啦。崔老爷子歪过脸，朝旅游车斜了一眼，他又站起身，顺着栅栏往前走了几步，朝宾馆那边看。不看还好，一看，肺都要气炸了：王八蛋，敢情是你们四个小子成心跟我过不去呀！只见那四个小子中的两个，正站在宾馆大堂前指挥停车，这边过来了两辆还嫌不够，第三辆一模一样的旅游车，正在他们的指挥下，又开始往栅栏这边倒着，还有第四辆，正一边等着哪……

要说除了这儿，没别的地方可停了，也罢，谁还能说什么不成？明摆着，你们是宁可把停旅游车的地界儿空着，也得在我老崔头儿的眼皮子前面码上堵墙啊！要说是我没茬儿找茬儿，冤枉你们了，我都是孙子！你瞧你们站在门口看热闹的哥儿俩，美得，乐得，还跟我这挑指头哪！俩指头！挑吧，转吧，谁他妈还不知道你们想说什么了？胜利不是？欢实不是？瞧他妈你们那德性！我崔宝安哪儿对不住你们小兔崽子，街里街坊的，就算我死看不上你们，也没少了礼呢，合着我客客气气的把那礼递过去，全他娘的白搭，你们倒好，真他妈丫挺的了……

崔老爷子越想越气，要是在年轻那会儿，他早就蹿过栅栏，揪过一个脖领子，骂"操你妈"了。可这会儿，他也就站在栅栏边儿上，运了运气而已。人老了,精气神还有,他也自信这会儿真的蹿过去,那四个小白脸儿也未必是对手。可犯得着吗?再说,他崔宝安也活了一辈子了,也多少知道"师出有名"的道理。你真的蹿过去打一通儿,闹不好还落个没理哪。人家怎么啦?不就是挨着栅栏停了几辆车吗?人家的地界儿,爱停哪儿停哪儿,你生的哪门子气?想到这儿,又运了运气,蔫头耷脑地回到棋盘边儿上来了。

"走,挪挪!"一弯腰,端起了摆棋盘的方凳,挪到了十几步以外。

季老爷子也拿起了花生米、二锅头之类,跟了过来。

季老爷子并不知道,崔老爷子这一声"挪挪"里面有多大的委屈,他的心思还在那残局上。挪了地方,在棋盘边儿上蹲了下来,仍然把那俩眼儿瞪得溜圆,心里一遍一遍地合计,"你横炮,我落士;你跳马,我塞车……"崔老爷子却已然没了这兴致,有一搭没一搭地走了两步,把个本来有救的残局,拱手让了出去。

"臭了吧,您哪儿能不跳马呀?就这一步,您要是跳了马,我可就毛了。您拉炮干什么?"噼噼啪啪,季老爷子一边把那几个棋子放回原位,一边高声大嗓地说了几句,随后又把全部棋子扣回到棋盘上,兴致勃勃地将它们各归其位,说:"走!"

这一局走到一半,季老爷子才看出,老崔头儿的心思根本就没在这棋盘上。

"琢磨什么哪?下不下啦!您这是打发我哪!"

"我不是想打发您,"崔老爷子阴沉着脸,斜眼朝栅栏那边瞟过去,不紧不慢地说,"我是琢磨着,我要是不把这口冤气放出来,我还不得他娘的生疮长癌,活活让小兔崽子们气死……"

"老哥哥您这话怎么说的?跟他们认这份儿真干什么!不就是挡了咱的亮儿吗?咱挪,咱挪,挪这儿不照样儿?有什么呀……"

153

"他们他妈成心!"崔老爷子雷一般吼起来。

"谁呀?"

"您是没瞧见,兔崽子们在那边儿乐哪,美哪……您可是回回都看见的,我老崔头儿对他们怎么样,客气不客气?到了儿到了儿给我玩儿这一套!"

倘若栅栏那边乐呀美呀的小哥儿四个也就是趁着调车的机会,气气老爷子一下,不再得寸进尺,也就罢了。崔老爷子骂归骂,骂过了以后,肯定会被季老爷子劝住。实际他已经让季老爷子给劝住了——季老爷子说,他们是什么?是他妈不懂人事的狗,有娘生没娘教的东西。您跟他们较劲?高抬他们啦!您再过去跟丫挺的打一架?输了,您丢份儿,赢了,您也不长脸。不就是几个吃洋饭的小崽子吗,狗仗人势,您还能跟狗撕扯一架?……不管怎么说吧,反正是把崔老爷子心里那点子气,撒了一大半儿。崔老爷子呢,点了头了,甚至在棋盘前又坐了下来了。谁承想,这时候,四个坏小子兴犹未尽,趁着给宾馆前的广场洒水的工夫,又把那水龙头冲栅栏这边滋过来了。

公平地说,那水并不很大,就算是滋身上,也没什么了不起,可这明摆着是骑到人家老崔头儿的脖子上拉屎啊!只听见几辆旅游车的那一边响起了哗啦啦、哗啦啦的水声,突然,一股水越过了旅游车,"哗"地扬过来,"噼噼啪啪"地落在两个老头儿刚刚挪开的地方。紧接着,水又收回去,忽然,不经意似的,又扬了过来。谁都看得出来,这是成心跟老爷子们斗气。

"跟他妈我耍叉?"崔老爷子蹿了起来,"我操你们个姥姥!"

这回,甭说一个老季头儿了,就是有十个老季头儿,也拦不住他要跟小子们玩儿命了。

现如今的北京,"耍叉"这词已经很少有人用了。这词的本意,指的就是崔老爷子年轻时干过的那行当：赤着膊，露一身腱子肉，一杆亮闪闪、响哗哗的钢叉在那腱子肉上飞舞，朝山进香由它开路，撂地儿卖艺靠它打场。不过，后来北京人所说的"耍叉"，已远非所指了。"娶了媳妇不要妈，要妈就耍叉，耍叉就分家"，说的什么意思？要浑犯嘎，无事生非呗。说实在的，在北京，大凡沾"耍"字的行当全不是好惹的。"耍骨头""耍布人儿""耍狗熊"……和那"耍叉"一样，或成了死皮赖脸、不可理喻的代名词，或成了混迹市井、无所事事者的尊称。当然，古人说，衣食足而知礼节。就说干过镖局、当过护院的崔老爷子吧，如今真要拿把钢叉让他练一道，也未必不成，可真让他拿出当年江湖卖艺的那股子"耍叉"劲儿，还是那样横着走道儿，有事儿没事儿打一架，放放血？他还真的拿不出来啦。

不过今儿倒有意思：四个大概连"耍叉"为何物都一无所知的小毛崽子，倒跟他崔宝安这耍叉老手耍起叉来啦！

崔老爷子蹦了起来，骂了一句，并不过去接着骂。他跑回休息的小屋，拿出一把铁钩子，到停车场边上，把那消防栓的井盖钩开来，弯腰下去，拽出了一盘高压水带。老爷子的消防技术，是他当年干物资仓库管理员时练过的。只见他拎起那盘高压水带一甩，那水带就像一个车辘轳，直溜溜地滚过去，一直铺到了栅栏边儿上。

"您……您别玩儿邪的，何必！惹大发了，咱担待不起！"季老爷子拽他拉他。

"我他妈杀了人，也和您没关系！"崔老爷子说着，趴到了地上，把脑袋探进井里，拧开了消防栓的开关。只听"砰"的一声，那直溜溜的消防水带立时鼓胀起来，喷水枪带着起头的一段水带飞舞着，甩打着，活像一条拼死挣扎的巨蟒，忽而把它脑袋甩向天空，忽而又砸到地下。那巨蟒口中喷吐出的水柱也东西南北毫无章法地扫动，发出

"嗵嗵""哗哗"阵阵乱响……老爷子站起身，跑过去，用脚踩住了那飞舞的水带，又顺着捋过去，抓住了喷水枪，这下他总算找着个得心应手又解气的家什啦。水柱越过了横在栅栏那边的旅游车，在空中画了个弧，稀里哗啦地落在宾馆门外的七星池里，他听到了四个小崽子丢了魂儿似的叫声。他又把喷水枪往大门那边歪了歪，水柱就直奔那繁星密布的廊子去了。可惜的是，四辆大旅游车把他的视线全挡上了，不然，他就能见识见识小子们哭爹喊娘的德性了，那他非得让水柱直奔他们来一下子，给兔崽子们洗个澡不可。哈，谁想得到，四个小崽子巧巧儿就送到眼面前来啦！崔老爷子端着水枪正滋得开心，忽听最南头的旅游车那边传过来一片吆喝声，原来是那四个小子站到栅栏边儿上，朝他嚷嚷哪。他们喊的是什么，全让水声给盖住了，老崔头儿根本听不清，他也不想听。看他们中有人好像冲他作揖，他明白他们大概是想休战了。噢，你想休战就休战？门儿也没有啊！我还没玩儿够呢！崔老爷子把水枪往他们那方向一拨，只听"嗷"的一声，哥儿四个立时没了影儿。老爷子又把水枪往高一挑，只见那水柱直奔天上去了，又直直地朝旅游车的后面落了下来。那边又传过来"嗷"的一声，哥儿四个又不知往哪儿躲去了……

宾馆保卫科的头头儿听了报告，气急败坏地赶到现场，站在栅栏边儿上喊了几嗓子，也遭到了水枪一通儿劈头盖脸的扫射。他们只好去砸街道治安办公室的门，把管停车场的治安警察小梁子从床上拽起来。等小梁子赶到现场，崔老爷子的水枪大战已经停止了。他累了。消防水带还没盘起来，蔫头耷脑地散铺在水汪汪的地上。蹲在地上，和蹲在对面的老季头儿一起，守着棋盘上放着的一包花生米，一瓶"二锅头"，那架势活像一对刚刚打完日本鬼子，在田间地头儿歇歇气儿的老八路。

"……耍叉,耍他妈我头上来了,逗不?"对着酒瓶吹了一口,又把酒瓶放回了方凳上。

"那是!年轻嘛,不知道好歹!"季老爷子说。

"明儿啊,还得劳驾您,过去递个话儿,咱不这么练也成……问问他们,走钉板儿,成不?要不,下手进汤锅捞钢镚儿?嘿,那活茬儿,我年轻的时候可都练过,要不,能干上看家护院的差使?……这会儿?这会儿也不憷。谁要是眨巴一下眼皮,谁都是孙子!可也得让那几个小兔崽子明白,他们要是没这个胆儿,就别跟我这儿龇毛儿!"

"那是!龇毛儿?打死他们也不敢了呀……"

五

崔老爷子住辘轳把儿胡同 19 号。整条胡同里,19 号是最惨的了。说它惨,说的是住房,住户们的日子过得倒未必惨到哪儿去。这年头儿,谁趁钱,谁是穷光蛋,谁也不敢说他就看得那么准。您看大街上穿得衣冠楚楚的,保不齐每月也就挣个三头五百,吃皇粮,顶多了,两袖清风,一肚子油水而已。您看那穿着油脂麻花的老棉袄,缩头缩脑啃烧饼的老农民呢,说不定腰缠万贯,拿出来吓您一跳。对 19 号院儿里的住户,也得这么看,不可貌相。譬如院儿里的刘家,最近就发了,刘家的大儿子当上了什么什么公司的董事长,院儿里的两间小房倒还在,董事长的爹妈住着,可董事长已经住到北京饭店的包房里去了。你能以貌取人?

当然,19 号也就出了一个董事长而已,更多的人呢,各有各来钱的路子,各有各的生活水平,也有住得虽惨,日子也不算殷实的,崔老爷子就是一个。

整条胡同的人都知道，19号的房子惨，可19号的院儿最大，因此辘轳把儿胡同的居民们一般不叫它"19号"，而是叫它"大院儿"。您就顺着一人多宽的小夹道儿走进去吧，七绕八绕的，您永远闹不明白这院儿里住着多少户人家。夹道两旁的屋子，很难分得清哪栋是标准的南房北房。大概初建时房子还是有一定规矩的，可现在，规矩的房子已经让见缝插针的自盖房给淹了，因此就形成了七拐八绕的小夹道。夹道两边，是各家各户堆放的大白菜、蜂窝煤，还有花盆、大缸、装冰箱彩电留下的废纸箱……总之，北京的老百姓们过日子用的、舍不得丢的，组成了这夹道两侧五彩缤纷的仪仗。

夹道的地底下，是这院子的渗沟，每走十几步，都能见着一个铁箅子，留意看一下，就能发现铁箅子底下的水槽里，有废水慢慢地流过。您就顺着这一个个铁箅子朝前走吧，过去大约三四十步，就是全院公用的水源了。水龙头像一根孤零零地插在地上的拐棍儿，拐棍儿的把手尾巴对着的地面上，是一个水泥抹成的两尺见方的下水槽。走过这下水槽，夹道分成了两岔，您奔东再走二十几步，就到了崔老爷子的家门口了。

两间小东屋，接出一个小饭棚子。什么彩电冰箱的，没有，只有一个老式双铃闹钟，还有一个红灯牌小半导体收音机，老爷子靠它听天气预报，好知道出门用不用备雨衣。

煤气罐，让给别人了，他不会使。使煤炉子挺好。再说，得交百十块钱呢。

是的，崔家的房子惨，崔家的日子也惨。

崔老爷子的儿子还在陕西，过去是插队，现在呢，不用脸朝黄土背朝天地干了，识文断字儿的，到供销社当了小干部。

儿子应该是可以回来的，不是国家不让回来，是儿子的媳妇不让。

怕他回来甩了她，当了陈世美。

她们那个村，嫁给知青的一共仨，回城了两个，被人家甩了两个，只剩她一个。她敢让娃儿他爸回城？回城也行，先交一万块在娘家保上险，真当了秦香莲，回来有饭吃。

崔老爷子在为儿子挣这一万块。

一万块够吗？供销社的领导、北京的地面儿……不得打点打点？

在停车场看车，每月能挣三百块，加上退休金里再省点儿，老爷子每月能存三百七十块。为这差使，他挺开心。这差使让他为儿子存的那笔钱涨到了五千，还不算中间给儿子寄了八百去。他对儿子说，该打点的，就先打点着，别临了临了现烧香，现拜佛。

……

现在完啦。深更半夜从停车场回来的时候，脑袋瓜子晕晕乎乎的，还没从一肚子的"二锅头"里钻出来哪。进了家门，连衣服都没脱，倒床上就呼呼大睡，一觉醒来，看着顶棚愣神儿。忽然明白，完啦，用现如今时髦的说法儿，你他娘的让人家炒了鱿鱼啦！

爱他妈炒不炒，我能服软？我知道小梁子你得替人家说话。我天天待在那宾馆的大门边儿上，我没长眼睛？你没少了吃人家喝人家，隔三差五的，红头涨脸一嘴油光从那宾馆里出来，你不替他们说话那才见了鬼啦！不敢得罪人家你就明说，还遮呀掩呀的干什么？"得啦，老崔头儿，反正您跟这街坊的仇儿也结下了，给您挪挪地方，到自由市场值夜去，仨瓜俩枣，葱啊蒜啊的，天天能弄点儿，比这儿还强呢……"我崔宝安跟他妈你似的，见个仨瓜俩枣儿就走不动道儿？甭说仨瓜俩枣儿了，就是天天请我进宏远宾馆去吃大餐，我也得先讲理，我也认得"人"字儿怎么写！怎么样？我老崔头儿答得怎么样？噎人不噎人？就你这号的，不噎你噎谁？……

159

想起夜半三更和小梁子在停车场上吵的那一架，崔老爷子越想越解气。咂摸来，咂摸去，觉得自己特汉子，特戳份儿。"告诉你，小梁子，不就是个治安警察吗？你也不是个好警察！要不然让你来跟我们老头儿老太太一块儿混？行啊，行！跟我们一块儿，显着您的本事大不是？攥着俩钱儿，拿捏这个拿捏那个，本事不小！告诉你，我还偏不尿你这一壶！你不讲理，我还不伺候了呢！"……哈，卷起小被卧卷儿，往小三轮上一摔，扯下红袖标，往小梁子手上一砸，气他个眼儿绿！

话又得说回来，不管崔老爷子望着那间小屋的顶棚，把夜里的壮举回忆多少遍，好像最终也没能赶走心里窝着的那一团恶气。有时候，想得得意，想得解气，似乎是已经把那团恶气吐出来了，可不知为什么，转眼工夫，心里又觉得堵了起来。

按下葫芦浮起瓢。今儿这是怎么了？净往痛快事儿上想了，可还是痛快不了。

最后还是想明白了，不管怎么说，你也不过是图了个嘴皮子痛快而已，说了归齐，你还是让人家把你给欺负了。

这一明白不要紧，气得老爷子足足在床上趴了一天。

傍黑儿的时候，他起来了。

每天这时候，他吃过晚饭，趁着天上还有点儿亮儿，早早就把小被卧卷儿放到了屋门外的小三轮儿上，摁摁车带是不是还有气，拿抹布掸一掸车上的土。九点钟一到，他就推上车，叮叮咚咚走过大院儿的夹道。可今儿，他出了屋门就坐到了小板凳上，地上搁着一壶新沏的茶。他闷闷地啃着一个烧饼。

"嗬，崔大爷，今儿够省的啊！"

"老爷子，吃哪！"

同院儿的邻居从门前走过去，有话没话来一句。说什么无关紧要，有一句就是个礼儿。

崔老爷子是个好开心的人，如果是平时，即便是来来往往中的客气话吧，他也好和人家逗两句——

"……省？看着我省，也不知道端点儿好吃的过来！"

"吃！……吃一顿少一顿，不吃对得起谁？"

可今儿，没话。顶多了，"唔"一声。

没有人留心老爷子和平时有什么不同，人人都在忙活自己的事：赶着回家吃饭的；到水管子那儿刷碗，惦着快回去看电视的……就连那些平时好吹好侃的，今儿也不出来了。

今儿又演什么好电视？

天黑了。北京的夏天天黑得晚，天擦黑儿的时候，就已经是八点以后了。熟悉北京大杂院儿的人，大概会有这样的体会：光天化日之下，大杂院儿是杂乱的，破旧的，甚至可以说一片衰败景象。局外人简直难以想象，栖身其中有什么生活乐趣可言。可是你等天黑以后再来看吧。天黑了，大杂院儿的凌乱和衰败已经被夜幕掩盖起来了，你印象最深的，却是一方方亮着橙黄色灯光的窗户，那里传出来谈笑声、乐曲声，当然，哪天也少不了的，是电视的伴音。你顺着大院儿的夹道走一遭儿，你会感到几乎每一方窗子里都有一个温馨的世界。

当然，也有例外。譬如说不定哪一扇窗子里会有家庭纠纷。又譬如身边既没有儿孙做伴儿，又没有电视解闷儿的崔老爷子。

所以崔老爷子倒爱去值夜。

那儿有一块儿喝酒、下棋、神吹海哨的老哥们儿。

那儿的夜晚属于他。

可今天开始，那夜晚不再属于他了。

他点了一颗烟，依旧坐在小板凳上，默默地抽。

他不光是失去了每月挣三百块钱的机会，还失去了夜里的一乐，敢情自己也不知什么时候传上了老外们的毛病，成了个"夜猫子"啦。这话是他跟大院儿里的老少爷们儿聊天的时候说过的："这些老外，全他妈夜里欢，整个儿一个夜猫子！不信您听听去，宏远宾馆那儿，舞厅一宿一宿地开着，哪儿他妈这么大的精气神儿！""这叫夜生活，懂吧，这老外们还不乐意哪，中国的旅游为什么没戏？就是缺这个！"大院儿的小青年们给他上过课。这回明白啦，习惯了，没有还真不行！就说看家护院的老哥儿几个夜里那一乐儿，惨点儿，也就抓花生仁儿就酒，嗑葵花子儿聊天儿呗，最了不得了，灶台上掂两勺。可冷不丁儿没了，也他妈能熬得人五脊六兽呢！光是没了夜里的一乐儿，倒也罢了。院儿里的街坊们问起，你怎么不去看停车场啦？你说什么？你骂那四个小崽子欺人太甚，你骂管治安的小梁子吃人嘴短？你骂了管什么用？人家可不信你一人的，反正用不了半天儿，全院都得知道，老崔头儿让人家街道管治安的给"炒"啦……

因为能给院儿里的老少爷们儿开眼界找话题的缘故，崔老爷子看停车场的事，还真是院儿里人人皆知的一件大事。这会儿，临九点了，老爷子每天该推着小三轮儿出院儿了，可他还坐在门口抽烟，偶尔从门前走来一位熟识的，你就不难想象，那问话都是什么了。

"大爷，今儿不去值夜啦？"

"您还没走？可九点了！"

不多，从门前走过这么两位，崔老爷子就不愿意再在门口待着了。

回了屋，八仙桌旁坐了一会儿，又觉得在这桌子边儿上待不住似的，到床上躺了一会儿，随后，又起来坐一会儿，最后，还是出门收拾那辆小三轮儿去了。

收拾完了，想起了什么，回屋拿了一瓶"二锅头"。过去值夜的时候，净喝人家老季头儿从连锁店拿的酒了，这回，自己拿一瓶去吧。

夜班是不去值了，不干了，可谁他妈拦得住老子去找老哥们儿喝酒？

六

连锁店里黑着灯，崔老爷子摇了几下门，喊了两嗓子，还是不见有什么动静。他估摸着老季头儿又找谁喝酒去了。他心里暗暗地骂这家伙不够意思，自己刚走了，就他娘的换了酒友。骂完了，又骂自己没劲，怎么跟他妈小孩儿过家家儿似的呀。他觉得自己更没劲的是，他还往马路对面的宏远宾馆和停车场那边瞄了几眼。看宾馆，是想看看那四个小子还在不在那儿，如果他们也不在了，他的心里多少还平衡一点儿。可那四个小子没事儿似的，还在那儿哪。跟从前有点不一样的是，站得笔管儿溜直了。如果是以前，到了这个点儿，早他娘的稀松了。往停车场那边瞄是什么心思？看看是谁替了他。小梁子这小子还没找着人呢，这不，一身白刷刷的警服在停车场的小屋边儿上晃着，他先替着哪，崔老爷子想，这会儿小梁子要是发现了他，过来跟他说好话，求他仍然在这儿干下去，他干不干？干？谁干谁是孙子！除非了——一个，你小梁子；一个，宾馆的领导，亲自道歉。哦，还有，那四个小子要是不处理了，这事也没门儿。想到这会儿，他忽然又开始骂起自己来了，因为人家小梁子压根儿就没往这边瞅。

还是找老季头儿去吧。

老季头儿当然没有走远。左近有几家店铺，崔老爷子还不跟明镜儿似的？他朝西隔过了五家，在蔬菜大棚的门外吆喝了一嗓子，守大棚的老辛出来了。

"嚼，在轱辘把儿胡同都闻见味儿啦！"老辛把崔老爷子迎进去。

老季头儿还真的在这儿哪。菜棚子中间的空地上，倒扣着三个大筐，一左一右是两个人坐的，中间的一个，戳着一瓶"二锅头"，还摆着几根黄瓜，几头大蒜。老辛让崔老爷子先在自己的位置上落了座，又搬来了一个大筐，倒扣在地上，也坐了下来。

"怎么茬儿，崔爷，让人家给欺负了？我们这儿正说着您哪。"

老辛岁数不大，也就是五十岁上下，因为受了工伤，瘸了脚，干不了什么活儿了，所以被派来守夜。老辛好逗，随遇而安，一天到晚乐乐呵呵，被派来值夜时，不少人为他抱不平，他却只是笑模笑样儿地去跟领导上说："您可得在菜棚子门外贴张告示，告诉本菜站只接待瘸偷儿，要不然我可追不上他！"这会儿跟崔老爷子提起"让人家欺负"的事儿，也是张口就来的，并不怎么当一回事儿。

"你是没赶上，赶上了，你也得气得上去玩儿命。"崔老爷子说。

"没错儿，欺负谁不成？欺负我们俩老头儿！"老季头儿说。

"不欺负你们欺负谁去？甭说他们了，要我，也得过过瘾，谁见了厌人拢得住火啊？要我是小梁子呢，我也得向着他们，谁不是哪头儿炕热奔哪头儿啊！"老辛还是乐不滋儿的。

"好嘛，整个儿一个当汉奸的料！"老季头儿对老崔头儿说。

"操，甭美，你这儿也挨那四个小崽子不远，哪天把粪汤子浇你脑袋上，你就乐不滋儿地接着吧！"骂归骂，崔老爷子觉得，还真有点儿怪了，有老辛拿着他那套歪理这一通儿瞎掺和，心里的气倒消了不少。

"接！我不接谁接？谁让咱又老又瘸，又没吃上洋饭呢？接点儿粪汤子，还不是该当的？"

三个人嘎嘎地乐。

"老哥明白了吧,这年头儿,'做人要做这样的人!'甭老想着当义和团,甭老以为自己刀枪不入。甭较劲儿,较劲儿毁身体……打个比方吧,您也是天桥混过的,您年轻那会儿,万人敌,您敢滚钉板儿,蘸汤锅,可老了老了,您得学'赛活驴',得学'耍骨头',咱认厌,咱自己都敢作践自己,你说,你还能把咱怎么样?……"

什么话让老辛一说,听起来就那么开心,解气。当然,许是"二锅头"也起了作用,崔老爷子一边笑,一边从眼睛里往外迸泪花。

……

从菜棚子出来的时候,大概都有凌晨三四点钟了吧。哥儿仨已经喝光了那两瓶"二锅头",说实在的,都有点儿过量。可哥儿仨都觉得特开心,特别是崔老爷子,脚底下腾云驾雾似的,脑子里什么也不想了,飘飘忽忽的只是觉得特松弛,特舒服。跟那哥儿俩道了"明儿见",骑上了他的小三轮车,没骑两步,前轱辘就撞到了马路牙子上,那哥儿俩又跑过来,帮他扳正了车。

"喝多了吧,真臭!……您……您可别半道儿躺那儿!"老辛说。

"不……不行,就天亮再……再说吧……"季老爷子嘴上也不利落了。

"天亮?……哦,我……我陪你们到……到天亮,你们每人都……都一月三……三百多,我……我……镚子儿没有。我……冤……冤不冤……"

老哥儿仨都有点儿上句不接下句,可心里都明白,就扶在一块儿乐。

乐够了,崔老爷子总算是骑上了车,晃晃悠悠地走了。

165

大马路上空无一人，就连天天在地铁口灯底下打牌的一伙子小青年，也都回家睡觉去了。街上静极了，路面湿漉漉的，远远的，洒水车甩下了"丁零丁零"的声音。崔老爷子觉得好听，真的，好听极了。过去北京的小胡同里，打冰盏卖酸梅汤的声音也是这样，远远儿地远远儿地传过来，又远远儿地远远儿地飘过去。那些剃头匠拨唤头的声音也是这样，脆脆的一声，又脆脆的一声，且在天上转悠哪……鬼使神差似的，这"丁零丁零"的声响也不知为什么一下子把老爷子的魂儿勾了去，引着他追在后面，骑呀骑，直到他发现，这声音没了，又远远儿地看见，那洒水车已经停了下来，在一个水源井旁加水，好像这才突然醒过味儿来：我干吗要跟着它走？这是到哪儿了？

　　不少北京人都有这样的经验：在晚上，在橘黄色的路灯下，认道儿是太难了。有时候，明明是在你很熟悉的地方，因为灯光的魔法，也免不了让你晕头转向。何况，我们这位崔老爷子在这之前，已经被"二锅头"灌得晕头转向了。等到连自己在哪儿都糊涂了，就更是彻头彻尾的晕头转向了。

　　东看看，西看看，忽然想起何不请教一下开洒水车的司机？没等他走过去，洒水车却又一次"丁零丁零"地响起来，像一个摇摇摆摆的胖老娘们儿，远去了。

　　你怎么不跟着听去啦？打冰盏儿、拨唤头，远远儿的、脆脆儿的。你他妈倒是去接着听呀！崔老爷子瞪着那洒水车的背影，跟自己运气。

　　洒水车在马路尽头消失了，马路上愈发显得空旷寂寥。老爷子这才又一次打量起自己待的这个地方来。

　　不行，不认得，一点儿也不认得。马路两旁是一水儿的高楼，高楼底下是一溜儿高高的大叶杨，"哗——哗——"大叶杨随风抖着，夹着马路，一起延伸到尽头。橘黄色的路灯也一直延伸过去，湿漉漉的马路映着路灯的光影，挺晃眼。可马路两边呢，越显得黑森森的了。老爷子把三轮儿撂到马路上，有心找找路边的店铺，看看招牌。他认不得几个字，但地名还是认得出的。可走出百十步了，也没找着店铺。他见着了几个机关的牌子，那牌子的边儿上倒是有豆腐大的一块门牌，可黑漆漆的，哪儿看得清啊！

崔老爷子正犯着愁，忽然发现一辆吉普车，车顶上的红灯闪着，却悄没声儿地开了过来，巧巧儿地停在了自己的小三轮儿边儿上。行啦，救星来啦！老爷子迎过去，没走几步，觉得不大对劲儿，吉普车上跳下来几个民警，有人手里提溜着警棍，也有人手里攥着对讲机，一伙人站在路边指指点点的时候，又一辆车顶闪着红灯的面包车悄没声儿地开了过来，从上面又跳下了十几个民警，同样面目严肃，手提警棍——明摆着，要抓什么人呀。老崔头儿在大树的阴影里停下脚步，酒也顿时醒了大半，别说过去问路了，连大气儿也不敢出了。"别他妈把我那三轮当了赃物，缴了去就好！"他心里暗暗叫苦，却又挺开心地想，"这回可让咱赶上啦，说不定还能看上点儿热闹呢！"

民警们的目标好像是百十步以外的一栋高层公寓。只见他们兵分几路，有几个人从两栋楼间穿过去，绕到了公寓的后身儿，有几位零散地站到那公寓门外的几棵树底下，明摆着是等着堵道儿。等他们都找好了位置，一位手攥对讲机的头头儿挥了挥手，四个民警跟着他，悄悄地走进了那公寓的门口。

崔老爷子仰着脖儿，朝楼上望着，没过一会儿，只听楼上传出一阵急促的敲门声。好像是五六层上，一个窗户的灯亮了一会儿，却又熄了。突然，"啪——""啪——"楼上传来两声脆响，把老爷子吓得一激灵，不好，打起来啦！

枪声没落,楼道里响起嗵嗵的脚步响,只听见有人在楼道里喊:"当心!他们有枪!"话音里,两个大汉已经从公寓的大门里冲了出来,光着脊梁,穿着三角裤衩,一人手里举着一把小撸子,从公寓门口的台阶上往下一跳,跟两只从天上冲下来扑食的鹰似的。

"站住!"……堵他们的民警从四面八方冲了出来,没跑几步,只见那两人手里的枪一甩,"啪——啪啪——"两个民警应声倒在了地上。说实在的,崔老爷子也看出来了,这边,没有心理准备,那边,不光有枪,枪法还特准。几枪过去,撂倒了两个,剩下的人就一愣。就在这一愣的工夫,持枪匪徒就把小哥儿几个甩在了后面。不过,让崔老爷子吃了一惊的是,那两人居然就朝他这边跑过来了。

老爷子对自己的拳脚功夫还真挺自信的,甚至还巴巴儿地想过,什么时候跟年轻时那样,有个机会露一手儿。不过,就说他年轻的时候吧,也没遇见过枪打得这么准的对手。顶多了,拿把大片儿刀,从青纱帐里冲出来,要你留下买路钱。那他可不憷。没两下子,敢吃看家护院的饭?敢领押车保镖的赏?可那都是几十年前的事啦,几十年没经过这阵势,那胆儿也丢个差不多了。再说,你真的挡了这俩王八蛋的道儿,他送过来的,可是你躲不及跑不过又长了眼的子弹呀!

这些,在当时可没容他抽工夫细想。反正见那俩浑蛋直奔自己这儿冲过来了,老爷子心里先是"轰"的一下子,只觉得嗓子眼儿一阵发干。您得承认,那几两"二锅头"这会儿起作用了:就在他们从老爷子身边冲过去的那一刹那,老爷子双手抱住了眼面前的树干,往地下一蹲,伸出一只脚去,给跑在头里的来了个扫堂腿。那小子哪儿想得到这儿还埋着伏兵呀,只"哎呀"一声,就"嗵"地栽到地上。这俩王八蛋一前一后还离得挺近,崔老爷子的扫堂腿便一下管了俩——后面跟过来的也"嗵"地和他那伙计栽到了一块儿。不过,后面的毕竟不过是被绊倒在那儿的,倒地的时候,手里的枪都没有丢。老爷子扑过去,把他死死压在身子底下,双手攥住了他拿枪的手腕。"啪!——"手腕拧来拧去时枪响了一声,把老爷子吓得一哆嗦。这时候警察们都赶过来了。跑在前面的一个嫩小伙儿慌里慌张地把电警棍伸了过来。"别……"没等老爷子喊出口,他只觉得浑身一麻,不由自主地向边上一滚,"笨蛋!你他妈电谁啊!"……

平心而论,这年头儿的民警,功夫差点儿,这世面见得也不多,黑灯瞎火的,电警棍杵错了地方,没什么新鲜的。所以,崔老爷子也就是情急之中骂骂而已,事后他还对那个嫩小伙儿说:"多亏了您把我给电开啦,不然等您那些伙计们上来,一通儿乱棒,要是把我也砸个脑浆子肆流,我可就玩儿完啦!"

这当然是玩笑。他真的还和那家伙抱在一块儿,倒不至于也挨一通儿乱棒。不过,小民警们的表现也的确慌了点儿,见老爷子闪开了,冲过来对着那小子就是一顿好打。崔老爷子只觉得"噗"的一下,从边上蹿过来一股黏糊糊热烘烘的东西,封住了他的眼,又往他的脸上身上流着。他扯了嗓子大骂起来:"操!别他妈打啦,不想抓活的啦?"

……

增援的警车来了,这回可不是悄没声儿地来的。"呜呜——呜呜——"一辆、两辆,车顶的红灯转着,警笛响遍了一条街。跳下车的民警们各个荷枪实弹,把公寓围个水泄不通。没多一会儿,大马路上又是一片"呜呜"声,来的是白色急救车,同样,一辆、两辆,车顶的蓝灯转着,嚎得一样瘆人,一辆急救车里推出一副担架,跳下几个白大褂,在一个手持对讲机的民警带领下,把罪犯抬走了。

崔老爷子愣愣地坐在马路牙子上,他的小三轮儿旁边。民警们忙着勘查现场。一个小年轻的走过来,客客气气地告诉他,请他别急,更不要走,说是等他们忙完了,还得找他有事。他点点头,斜着身子朝那边看热闹。他光着膀子,身边扔着那条沾满了鲜血的褂子。他把那褂子又抓了过来,翻着看。其实,他已经把脸上的血擦干净了,可他心里也不知道为什么这么硌硬,他总算找着了一块没沾血迹的地方,举起它,往脸上蹭着,擦着。擦完了,继续看他的热闹。他发现自己的身边渐渐聚集了一些人,男的,大多光着膀子,只穿个裤头,女的,也都穿得很随便,一看就知道都是些听见动静跑出来看热闹的居民。可他们围着他干什么?渐渐的,居然围成了一个圈儿。噢,明白了,他们是看到那件沾血的褂子。一件沾血的褂子有什么好看的!崔老爷子把它抓了起来,往人群的前面做了几下要扔的动作,人群立马闪开一条缝儿。他顺着那缝儿把手一扬,血褂子被扔到了十几步远的地方。你说气人不气人,这帮子看热闹的也不奔那血褂子去,而是把看热闹的圈儿更扩大了,成了长长的一圈儿,仍然把他和那血褂子围在里面。

"那不是我的血。那是那犯人的血。"他说。

可人们还是看他。

"我他妈和这事儿没关系!我是路过的!"他气夯夯地吼了一嗓子。

七

崔老爷子成了个人物。这一天。他连个觉也没睡成。先来了三拨儿报社的记者,又来了两拨儿电视台摄像的,随后又来了公安局的领导。再往后呢,就是这院儿里的老老少少了。

"嘿,老爷子,您可等了一辈子,这回算是把您那功夫露了一手儿啦！"

"没那么回事儿！……奔七十的人了，有什么功夫啊。实话跟您说，来了那么一下扫堂腿，还是扶着棵树来的呢，要没那棵树搂着，那小子都栽不了，栽的，可就是我啦……"

"说是您闻风儿赶去帮忙来着？您可够勇的！"

"哪儿有那事！我是喝多了，骑车转了向，都不知到哪儿了。糊里糊涂就赶上了……"

"您就这么跟报社的说的？明儿报上能这么登吗？"

"他能不能这么登我可管不着，反正我是这么说的！"

……

崔老爷子是个争强好胜的人。实话跟您说，北京人没有几个不争强好胜的，脸面就是这争强好胜的根由。因此，说崔老爷子对自己忽然成了个"人物"没有一点儿自得，那是瞎说。不过，北京人的争强好胜，也各有各的不同。有的人是贼大胆儿，给他个梯子，他敢顺着杆儿爬，就是给他个总理，他也敢接过来干。辘轳把儿胡同也不是没有这样的人，9号的韩德来就是一个，"文革"时当了个模范，中南海，敢住，国宴，敢吃，回来了，还敢吹，从餐桌上的小窝窝头，一直说到叶群的胸脯子。现在韩德来是栽了，不过不出9号院儿，有这胆儿的人还有。譬如那个二臭，太平洋在东边西边都未准知道，"太平洋商贸公司"的老板也愣当上了，甭管贷款还得上还不上，先吃香喝辣是真的。别看这贼大胆儿光9号院儿就占了俩，其实在北京人里，这人还是不多的。更多的北京人，争强好胜也就是在街里街坊中间拨拨脯儿而已，要不差事好点儿啦，要不奖金高点儿啦，再不济，见多识广，嘴皮子招人，门口儿乘凉时让大家伙儿乐乐，也就挺知足。别听他们说："官儿大？有什么呀！官儿越大越好当，认俩字儿就成！我？

171

让我当总理我也敢!"真让他去,别说当官儿了,见了官儿,这腿肚子都转筋。

崔老爷子也属于这一类争强好胜的主儿,也就是说说当年如何闪展腾挪,如何口外走镖,传传如今在宏远宾馆门外所见,老哥儿几个一块儿喝酒的神侃而已。真把他说成什么"见义勇为"的老英雄,又上报纸,又上电视,他可就没了这个胆儿。风光归风光,"出头椽子先烂"的老理儿可记着哪。再说,管什么用?管什么用?早几年闹个英雄模范的当当,兴许还算个事儿,这会儿,把他这么吹那么吹,还不如给他拎两瓶"二锅头"来喝喝哪。

其实,崔老爷子自己明白,他对当英雄之类的事之所以打不起精神,更主要的原因倒是,停车场上憋的那口气,还没地方撒呢。

公安分局的局长来家慰问他的时候,问过他:"退休了在哪儿干哪?"他险些把心里那口闷气给撒出来。当时,他沉着脸,说:"在宏远宾馆那儿干过,现在不干了!"分局长没听出他这话里有气。也幸好没听出来,因为往下说,崔老爷子才发现,宏远宾馆根本就不是人家这个分局的管片儿,难怪人家不再把话茬儿往下接。

等到公安局的局长来慰问他了,他倒是知道这位官儿大,岂止能管着小梁子,全北京的小梁子都归他管!可他却又好像没了告状的兴趣:有劲没劲?让这么大的官儿越过好几层,找一个治安民警替你出气,没劲没劲,多他妈小人啊!他老崔头儿觉得,那还不如自己去找小梁子,揍他一顿呢。

这口气到底也没出来。

就这,还他妈有什么心气儿充大个儿?

可就算他崔宝安没这份儿心气儿,他也缩不回去了。晚报上、日报上、电视新闻里,这儿说:"老翁七旬身手不凡,枪匪二人倒栽脚下,"那儿说:"艺高人胆大老汉临阵无惧色,胆大人艺高耄耋轻擒持枪匪。"电视里玩儿得更邪,把那俩持枪杀人犯的模样儿给端上屏幕了,播音员说:"出现在屏幕上的这两个持枪杀人犯,他们万万没有想到,自己会栽到一个七十岁老汉的手里。昨天晚上,公安人员在追捕这两个杀人犯时,退休老工人崔宝安正从附近经过……"

　　崔老爷子家没有电视,新闻里播这一段的时候,隔壁的小月子媳妇跑到门外高声大嗓地喊:"崔大爷,崔大爷,您还不快过来看看,您上了电视啦……"其实,老爷子在自己的屋里也听见隔壁电视的伴音了,他对上电视倒不那么上心,既然人家电视台来过了,上电视还不是明摆着的吗?可听那口气,那两个小子也被电视拍了上去,崔老爷子倒想看看。说实在的,到这会儿,老爷子也没看清那俩小子长得啥德性呢。可等崔老爷子过了小月子那边儿,那段新闻早就过去了,小月子媳妇一劲儿抱怨:"您瞧,您瞧,您麻利点儿啊!闹得我都没看上。您抓坏人那点儿利索劲儿都哪儿去啦……"小月子说:"让你跑啊,张罗啊,你这回可亏了吧。你没瞧见那俩小子呢,好嘛,大洋马似的!……崔大爷,我小月子算是服了您了。街里街坊的,跟你还住成了间壁儿,还真是我们的福分了。往后,咱儿要来个入室抢劫的,可就全拜托您啦!"小月子身子骨单薄得像根小毛葱,所以他说的这玩笑话就越显得好笑。崔老爷子忍不住咧了咧瓢:"入室抢劫的我不管,我专治那些在家里打老婆的。"说得小月子媳妇在边儿上直拍巴掌。

　　说完了,笑过了,回了自己的屋,崔老爷子接着喝那盅喝了一半的"二锅头"。喝着喝着,好像又喝出了那天夜里哥儿仨一块儿在蔬菜大棚里喝到的那股子苦味儿。老爷子苦笑了一声,在心里又闷闷地对自己说:"管什么用?管什么用?"

上电视吧，上晚报吧，还真是屁用不管。岂止是没人给送"二锅头"，闹腾得他连自己的"二锅头"也喝不好了——没喝两口，东家老哥哥、西家老姐姐的又过来了，跑不了又是夸他服他说他给全院儿老少爷们儿争了脸，他也跑不了一时提了气开了心和街里街坊的逗两句。可人一走，还是闷闷地看着酒盅怄气。

一个什么什么电视剧要开演的时候，来客才算没了，崔老爷子的屋里好不容易清静下来。老爷子知道，就是有要来的，也得明儿见了。这会儿，都待在了自己的家，看他们的电视哪。行，这会儿的电视剧就跟当年天桥说书的"净街王"似的，您老一出场，我这儿才消停了。他端起酒盅又掴了两下子，光着脊梁躺到床上，睡眼迷瞪地冲着房子的顶棚，手里拿着那把大蒲扇，有一下没一下地扇着。

老爷子没有想到，"净街王"还是没能让他这儿彻底消停。好不容易在"二锅头"的酒劲儿里晕晕乎乎地舒坦了一会儿，什么都不想了，什么都不怨了，心里头憋了两天的气，稍稍顺过来点儿了，忽听门外传来一个愣头愣脑的声音："……崔大爷！崔大爷！"

"明儿见吧啊，躺下啦！"不用看，也知道是9号院儿的二臭，贼胆包天的"太平洋商贸公司"总经理。说实在的，在这条胡同里，谁来了，他崔宝安都得乖乖儿地起来迎客，唯独这二臭，没事儿。崔老爷子认得二臭的时候，他小子还"放屁崩坑儿尿尿和泥儿"呢。眼见着一天天大了，人模狗样儿的了，崔老爷子每回见了，也没少了朝他后脑勺儿上来一巴掌，冲屁股上踹一脚。"总经理"又怎么样？见了他崔宝安，也还是二臭！

这人和人之间的事就是这样。您不拿他当外人，想给一巴掌就一巴掌，想踹一脚就一脚，人家也不把您当外人，想进门儿就进门儿，想上炕就上炕，管你是躺着还是趴着，是见还是不见。这不，二臭听见老爷子回客的话了,可他就跟没听见一样,门帘儿一掀就进来了,"嗬,没多会儿啊,您这英雄的谱儿就摆起来了啊!"

崔老爷子坐了起来,说:"你小子这是骂我。要想来我这儿待着,就别提那俩字儿!少给我添堵。"

"我敢骂您吗?您借我点儿胆子!"二臭呵呵地乐,"好嘛,这会儿,您成了人物啦,一宿,嘿,九城闻名!……我紧赶着巴结您还巴结不上呢!"

"又来这一套!又来这一套!……我说啦,想不让我轰你,少提什么'英雄'啦、'人物'啦的,说点儿别的!"

"行,那就说别的!……跟您说,我还真得巴结巴结您。今儿听说您这儿公安局的局长处长的来了好几个?"

"怎么样?"

"说句不好听的,明儿个咱要是犯了事儿,您可得给我到局子里说说去,至少,能让我少挨几警棍……"

"那你小子可就他妈赔本儿赚吆喝喽,我呀,告诉他们,往死里揍你!"

"别价别价,"二臭嘻嘻笑着,"好好好,老爷子,咱不提这段儿,行不?……说真格儿的吧,我呀,新近买了辆'大发',我们院门口儿停的那辆就是!不买不知道,一买,我才明白这麻烦大了……"

"怎么了?"

"您说,张得起这份心吗?车就停胡同里,怕人偷,怕人毁,一宿一宿让我惦记着……要不怎么想起巴结巴结您呢?把我那'大发'停您那停车场去得嘞,您呢,也照顾照顾您大侄子,优惠优惠,省两张儿,咱爷儿俩好去喝二两……"

二臭哪儿知道老爷子在停车场上演的那一出啊。进了门,见老爷

175

子烦说什么"英雄""人物"之类,就势换了个话茬儿。本来嘛,说什么"英雄"啦、"人物"啦,也是瞎掰,他就是冲着停车场来的,没承想一句话更戳到老爷子的肺管子上啦。说着说着,眼见着老爷子更黑下了脸,本来贫嘴鸹舌的二臭"哨"得挺欢,一看老爷子的脸色,立马打住,缩了回去。

老爷子不言不语,过了一会儿,斜楞着眼珠子瞟了二臭一眼,从床上下来,走到方桌前,端起把儿缸子,咕咚咕咚地喝了几大口茶,又坐回床上。他冷冷地坐了一会儿,突然问:"你……你到停车场找我去了?"

"没有啊。"

"你小子成心跟我斗心眼儿!明知我跟他们翻儿了,还他妈成心来挤对我,给我这心里添堵……你小子好不是东西了你!"崔老爷子突然吼了起来。

"您……您急什么啊,怎么了?我实心实意地求您,我跟您斗什么心眼儿啦?"二臭一双牛眼瞪得溜儿圆,委委屈屈地咧着嘴。

"你心里明白!你见着我这两天去了吗?……我他娘的不去了!我不去受那份儿洋气了……"

"我哪知道您跟那儿怄啥气啦!我还以为人家看您成了英雄,照顾照顾您,让您歇两天呢!……您那么大岁数,我能成心气您来吗?我疯了,没事儿跟您逗咳嗽?我那买卖事儿多着呢……"

崔老爷子又看了二臭一眼,那急赤白脸的模样,还真的不像是装的。难说,兴许是自己给气神经了。他咽了口唾沫,又吹出一口气,说:"行,算是你崔大爷说错了你啦,反正啊,你说的这事儿,我也帮不上忙。道理,你也知道了,我……我他娘的不跟那儿伺候兔崽子啦……"

"怎么啦怎么啦？那活茬儿不赖啊！"

"不赖，你小子干去！"崔老爷子不再说什么，低下头，闷闷地抽烟。

二臭知道，老爷子闷头儿烟这么一抽，这事情的究竟，是很难问得明白了。不过，越是这样，他还越是好奇。也是，来的时候，他还是兴冲冲的，打算着和老爷子好好逗逗闷子，趁着您高兴，开口求求，没想到这老爷子心里憋着事。二臭这小子也是鬼得很，他知道怎么把老爷子的话套出来。

"得嘞老爷子，您也甭说了，我算是明白了。敢情您是让人家给'炒'啦……啧，不至于啊，平常那玩笑归玩笑，横您不会真的冒充个当官儿的司机，上宏远宾馆的门口，领两张儿吧？……"

"扯淡！……"

二臭这家伙还真行，就这么三激两将的，惹得崔老爷子把几天前在停车场上受的那点儿委屈，全给他倒了出来。

等老爷子说够了，二臭呵呵地乐起来："嗨，我当是什么事儿呢，至于这么气不忿儿的吗？其实呀，依我看，就凭您昨儿那下子'扫堂腿'，您这口气就算是出定了！您别忘了，您现在可是英雄，连公安局的局长都登门儿看您来了，您还把什么小梁子小李子的当回事儿？……"

崔老爷子没言声。

"您要是把宏远宾馆的几个坏小子当人，更掉价儿啦。我要是您，我才犯不着跟他们生气哪，我他娘的第二天就打一辆'凯迪拉克'，至少，也得是'奔驰'，专去那个宏远宾馆。不就是几个看大门儿的吗？你们丫挺的乖乖儿来开门呗！……跟他们生气？我得气气他们！"

崔老爷子知道，如果那事摊到这小子头上，他一准儿得这么干。

可您这是给我支招儿哪,您这是过嘴瘾哪!过嘴瘾谁不会啊。真招呼?真招呼得点"替"。你小子倒趁,我哪儿弄这份儿钱去?!

二臭好像看透了他的心思似的,给他上了一颗烟,凑过身子点烟的工夫,低声问道:"不管怎么说,您这回得'发'了吧?多了不敢说,万儿八千的奖金得拿上了……您别瞪我,放心,我不惦记着,我是替您高兴!"

崔老爷子说:"你替我高兴,我更高兴。可我告诉你,你小子说的,你小子把我的高兴劲儿给勾起来的,要是没有这万儿八千的,我可找你要!"

"您急什么呀!横不能立马给您点票儿吧?不信,我把话给您搁这儿,您等着看,没个万儿八千的点给您,我顶着。现在什么不讲究点票儿?您别忘了,您那是干什么来着?玩儿命!"

崔老爷子没再说什么。其实刚才来串门儿的街坊也有人说起来了。说,前几天报上登了,一个出租司机和持刀劫车的在逃犯干了一场,单位还给了五百块奖金,提了一级工资呢,这回,非重奖您不可。当时他这心里就一动。二臭这么一说,又把他这心思勾起来啦。崔老爷子想,万儿八千的就不敢想啦,哪怕是能提一级工资呢,抱着树干伸那么一脚,值。想是这么想了,脸上还是有一搭没一搭地笑着,嘴里说:"二臭,我要是真得了万儿八千的,第一件事倒是要买下你这张嘴——甭看你叫二臭,这嘴可够香的。可我告诉你,甭管你花说柳说,我也不信……"

"您等着,您等着,快了快了,党的阳光就往您这儿照过来啦!"二臭自信地挤着眼睛,这小子小时候害眼落下了毛病,有事儿没事儿就眨巴眼儿,越是侃得欢,越眨巴得凶。

说想买下二臭的嘴,那是玩笑。二臭支的那一招儿,倒是让老爷

178

子上了心。

二臭走了,老爷子又躺到了床上。

"操,真他妈奖我万儿八千的,非到'宏远'造一回,让兔崽子给我开一回门不可!"

他想。

八

二臭这家伙,在那些安安分分的老北京人眼里,是个不着调的东西。可最近人们渐渐地有点儿明白,这年头儿,还恰恰就是这不着调的东西着了调。小事譬如穿牛仔服、骑摩托车,我在《辘轳把儿胡同9号》那篇里,已经记下了这小子的行状。那会儿,这小子穿着"利瓦伊双X型"牛仔裤,骑一辆铃木100招摇过市,全胡同的人谁不恨得努出了眼珠子?可到了今儿个,穿名牌牛仔裤成了时髦,摩托车呢,更是时髦到了"不准时髦"的份儿了——那些才明白过味儿来,想买一辆摩托车兜兜风儿的主儿,已经上不了城区的牌照了。要说大事,二臭更透着圣明。那会儿,谁看得起蹬辆平板三轮儿、夜市上练摊儿的他?可随着这日子一天一天地过,人们才明白,日子过得最滋润的是他二臭——一天百儿八十地挣,既不用踩着上班的钟点儿,也不用看当官儿的脸色。等到了今儿,练摊儿的臭了街,二臭呢,又不跟他们一块儿"臭"啦,早早就把那摊位转手,用高价租给了一个傻小子,自己筹贷款,办公司去了。可怜那傻小子在那人挤人的摊儿上练,挣个仨瓜俩枣,还得月月上贡,孝敬"二哥"。说起这些,胡同里的老少爷们儿没少了感叹:"不服不行,他娘的一步跟不上,步步跟不上!净跟在这兔崽子的屁股后头闻味儿啦!"

这一回，二臭断定崔老爷子交上了"万儿八千"的好运，听着像是神侃山哨，其实这一侃一哨，又一次显出了这小子对北京这地界儿的事透着门儿清。用二臭的话来说，在北京这地界儿混，"地面儿"好挡，"官面儿"难缠。"地面儿"上的事，称兄道弟，勾肩搭背，顶多了，找地方"撮"一顿，齐活。他那点儿聪明，足够用。可"官面儿"上那事，倒难说了。今儿说"治理整顿"，就得赶紧把小尾巴夹起来；明儿又说"步子大一点儿"，你要不赶紧搂一筢子，你就是傻小子。就为了这，他不能不看新闻、不读报纸。他给崔老爷子吃的那服开心药，就是从报纸上来的。这些日子，报上没少了骂那些"见死不救""袖手旁观"的人，得，这回正好有一位"见义勇为"的老爷子，要不把老爷子捧上去，那才怪了去了。二臭来找老爷子的时候，老爷子已经被报纸电视的吹出去了。不过，二臭断定，这戏还没演完哪，这年头儿，"官面儿"上也明白啦，要鼓吹点儿什么，不点"替"，那是瞎掰。所以，他坚定不移地相信，崔老爷子是抄上了。

是的，又让这小子说着了。自打二臭那次上门，崔老爷子的命，还真是一步一步奔这小子说的道儿上走着：先是没过几天，一家什么公司出面赞助，发起了评选"见义勇为英雄市民"活动。然后呢，老爷子当然榜上有名。又过了几天，"英雄市民"接到通知，到一家宾馆集中，开表彰大会。崔老爷子立刻觉乎着，二臭这小子，你不服还真不行，这回，那"万儿八千"的，说不定还真是有那么点儿影儿啦！

只可惜那宾馆不是宏远宾馆。

崔老爷子甚至在噼噼啪啪的闪光灯中，已经把那"万儿八千"拿到了手里。当然，说是"万儿八千"邪乎了点儿，捏着那个写着奖金的大红信封，他还不至于当场拿出来点——拍电视的、拍照片的，台下一双双眼睛全盯着你哪。不过，他还是通过手指肚儿，感觉到了信封里厚厚的一沓儿。那是十元的票子？还是百元的大钞？不管怎么说，不会是"万儿八千"。刚才讲话的领导不是都说啦，"微薄的奖金"，"不值一提"，微薄也不赖，总比没有强不是？不管多少，反正是抄上啦！……

二臭没有算计到的是，崔老爷子到手的奖金，还有"飞"了的可能。如果他算计到这一层，对崔老爷子随后面临的场面有那么一点预感，他也会给崔老爷子支上一招儿，不至于让他事后吃后悔药了。

事儿是那位排行老大的英雄给造出来的。欢乐的乐曲奏完了，热烈的掌声也落了，胸戴大红花、手拿缎子面证书和大红信封的十大英雄，在主席台左边站了一溜，轮流传着话筒讲几句话。得过五百块奖金，提升了一级工资的那位走在最前面，尾随在他身后走上主席台领奖的时候，崔老爷子想，这小子更赚，领了一份儿啦，今儿又来一份儿。他可万万没想到这位穿着挺挺儿西服的小子，整个儿一个饱汉不知饿汉饥，又整个儿的一个事儿妈，屎壳郎趴马槽，假充大料豆儿。兔崽子也不知道是早就想好的，还是临时抖机灵，抓过话筒子说："有了这英雄的称号，党和人民已经给了我太多太多……现在我决定，把我这一点点微薄的奖金，捐献给'希望工程'……""哗……"掌声响得跟炸了油锅似的。

这小子是成心，还是没心没肺？您趁钱，您好汉，您该找哪儿就找哪儿去，甭跟这儿练啊，这不是把我老头子搁油锅上烤吗？对自己排在这十个人的第二位，老爷子本来还挺满意：要是把他排在第一个，那不行——得对着那么多的镜头，得第一个发言，他憷；可要是排在后边，也不行——七老八十的人了，丢份儿不丢份儿？现在他可后悔了，要是排得靠后一点儿，也能先看看别人怎么说啊。只要有一个人不接这小子的话茬儿，他也就不接。可这会儿，紧跟小伙子后面发言的，得是他啊！接过话筒的时候，也不知道是因为紧张，还是心里没拿定主意，他嗽了好几下嗓子，也没说出话来。

突然间，血"呼"地涌到脑袋上来了。操，不就是俩钱儿吗，你还能在这小子面前栽了？……很难说，此刻催动着崔老爷子心里那股子血往上涌的，究竟是什么。他是不是也想到了宏远宾馆看门的那四个小伙儿？是不是还想到"胳膊肘向外拐"的小梁子？那四个小伙子，那位小梁子，他们和眼前这位让崔老爷子作难的小伙儿有什么关系？在别人眼里，或许没有任何关系，实际上，也是没什么关系的，可对于崔老爷子来说，他们却好像是一伙儿的，拉帮结伙儿，成心跳出来跟他作对。老爷子要不跟他们干，那才怪了。

崔老爷子后来终于对着话筒讲了什么，连他自己都是转脸儿就忘了。说实在的，没什么新鲜，都是报纸上、电视里天天说的套话。不过，有一件事倒是实打实的，他也和那位出租司机一样，把"微薄的奖金"给捐了。

当然，他也得到了炸了油锅一般的掌声。

可到了儿，他也没闹明白，那厚厚的一沓儿有多少。

使他最觉得窝火儿的是，愿意捐出那"微薄的奖金"的，到了他这儿也就打住了。在他后面发言的一位，竟不再接他的话茬儿。

从主席台上下来，他斜了那伙计一眼，心说您这脸皮可够厚的。心里又叹了一口气：要是今儿病了，不来呢？要是没紧挨着那兔崽子呢？那一沓子钱对出租司机算什么？他他妈见的钱海了去啦！可我老崔头儿呢？

闪光灯噼噼啪啪。崔老爷子觉得，从主席台下来以后，冲着自己闪的亮儿见多。他知道这是为什么。

"管什么用？管什么用？"心里又开始嘟嘟囔囔。连他自己也纳闷儿，刚才不是特冲特棒特豪迈吗？怎么一下子又蔫儿了？

……

开完表彰会，主办单位又请他们在宾馆的宴会厅里搋了一顿。领导、记者直到餐厅服务员，都过来轮番敬酒。十位英雄是当然的主角，一老一少自然又是主角中的主角，而按照中国的传统，七十多岁的老爷子比起三十多岁的小伙儿来，谁会更受尊重、崇敬，成为注目的中心？这是不消说的。崔老爷子就在一大伙人的包围下，喝了个昏天黑地。也不知道是不是是人都这样，到了这时候，什么也不想了，那点儿丧气劲儿也没影儿了，喝！

"佩服您，老爷子！干！"

"您的武艺甭说了，您的为人，我服了！干！"

……

"别说这个，别说这个，仨瓜俩枣儿的，不值一提！"崔老爷子说的，是那会儿的真情实感。

回了家，酒醒了，另说。

咬碎了牙往肚子里咽。褥子底下还搁着儿子前儿个的来信。

跑不了的老一套：孙子大了，快上学了，能早点儿回北京，在北京上上学才好。

端起大把儿茶缸，闷闷地喝着酽茶，心里又打蔫儿了。

二臭这小子又来了。他可不是得来嘛，"万儿八千"的有戏没有？有戏。甭管多少，反正是让我二臭说着了。钱到了您的手里没有？到了。服不服？服。您又给捐了，那我管不着……他猜得出这小子怎么吹，怎么侃，怎么把自己那点子圣明，那点子远见，翻过来掉过去地哂摸，又怎么拿他傻呵呵的捐献开心解闷儿。

183

谁想到，二臭却不骂他傻，不骂他笨，也不拿他开心。先见之明应验后的得意是难免的，人家也该得意，该吹牛。进了门，着着实实地问了好几句"怎么样"？那牛×劲儿谁见了都得气得牙根儿疼。可听说了老爷子捐钱的事，他非但不笑话他，反而把一双牛眼瞪得灯似的，"嘿，老爷子，够意思！您可不傻啊，您出师啦！……"

"滚蛋，别他妈气我！"老爷子说。

"谁气您啦？跟您说，冲您这一手儿，我服啦！"

"服什么服什么！"

"您知道您这叫什么？叫'公关形象'，您懂吗？不懂？刘少奇讲话，吃小亏占大便宜，这回懂了吧？这么着，您可越来越出名儿喽。老爷子，您就这么大胆地朝前走吧，放长线，钓大鱼，赶明儿啊，我那公司说不定什么时候还得借您的光呢！那您的赚头儿，万儿八千是它，十万八万的也是它啦……"

"扯臊！"崔老爷子说，"咱不奔那十万八万的，连万儿八千都不想了。我只想着，不能听你兔崽子给支招儿了。兴许，这事儿搁你身上，行，可搁我身上，没戏！再听你的，去开几回这样的会，肚子倒没亏吃，可临了儿临了儿，兴许我他娘的连裤子都得给人家捐那儿……"

二臭忍不住哈哈大笑。老爷子这一通儿话说得倒也实在。是，这事儿要摊到他二臭身上，他得美死。他倒不图当什么英雄，可要是能三天两头儿地上报纸、上电视，逮个机会就把"太平洋商贸公司"的牌子往外亮亮，那他妈可比花钱做广告强百倍。甭说别的，找贷款都省劲儿多了，再认识一大批公安局的头头儿，干什么不方便？可这也分人，老爷子，不是我挤对您，您也就是停车场上收费看摊儿的命。早知道您这么着，我就该提醒您，甭抖机灵，充大个儿，到了那关键时候，装聋作哑，会不会？装傻充愣，会不会？

二臭把这意思一说，老爷子瘪了瘪嘴，没再说什么。

不说，心里又有股子气儿没地方撒似的，憋了一会儿，瞥了二臭一眼，赌气似的说："你小子，事后诸葛亮就是了，就算你他妈料事如神，还能算到捐献那一步？甭蹬鼻子上脸，说你胖，就鼓腮帮子。"

"嘿嘿嘿，您以为我这话没用啦？我这是帮您总结总结！"二臭气不忿儿地喊起来，"不信把我话撂这儿：您哪，这回才是开始！您还得去开会哪，还得去作报告哪，好不容易逮着您这么一位，这回又捐了钱，党和人民能不把您给使足实了？……您放心，还有给您点'替'的时候哪！您就等着瞧，我今儿这话不能说没用。省得您到时候头脑发热，回来又后悔，拿我扎筏子……"

……

二臭这回说准了一半。

请老爷子去开会、作报告的，还真的不少。可像表彰大会那样，给"点'替'"的，却一个也没有了。

车接车送，威风还是挺足的。讲完了课，"便饭"一餐，一肚子油水儿。可钱，是绝对没有了。

是不是觉得这老头儿思想特纯特正，怕给他钱他也不会要，反倒糟践了人家？反正几乎每回作完了报告，热烈的掌声中送过来的，都是写着"英雄老人""无私无畏"之类的贝雕啦，镶在镜框里的奖状啦。

一个月下来，崔老爷子挤巴巴的小房里，大镜框已经堆了厚厚一大摞了。

不给这些倒好，给了，占地方不说，老爷子一进屋，看见它们就来气。

"嘿嘿，谁要，拿一块回家挂去！"对来串门儿的街坊的慷慨，已经不是第一次了。

"哟,您可真敢说。这跟拿您一棵葱一块煤可不一样,我们可不敢拿。再说,拿回去,谁敢挂?"

"没事儿,把它擦了,只当工艺品挂……不愿挂,您看谁家结婚,送人情儿……"

"这会儿结婚谁还送这个呀!再说了,崔大爷,您可别拿这不当回事儿,这是您拿命换来的,您好好留着吧!"

街坊走了,崔老爷子看着这东西,心里更觉得添堵。

"合着是送都送不出去啦?得,我也跟捐那钱似的,逮个地方把它们捐出去得嘞。"可他心里忍不住又是一通儿苦笑。

好几天也没想好,该上哪儿逮这么个地方。

星期六那天傍晚,崔老爷子吃过饭,站到街门外,和邻居们闲扯。从他们那儿知道,敢情过去的小市最近也兴起来了,这些日子还越办越火。当然啦,过去叫小市,现在可不这么叫了,叫什么"跳蚤市场"。崔老爷子对小市可太熟了,过去天坛根儿的"鬼市",红桥的"晓市",都是他常去的地方。言者无意,听者有心,邻居们那儿大侃"跳蚤市场"如何如何拥挤,东西如何如何便宜,崔老爷子却往别的地方走了心。他立马想起了床边儿上堆着的那堆"大镜框",心说,得嘞,正好,明儿啊,咱奔跳蚤市场啦!

一大早,十几个大镜框就被老爷子装到了他那辆小三轮儿上。当然,镜子上写的字,昨晚都被他给擦个一干二净。干归干,老爷子还是不愿意人家把这事四处张扬,所以他又从柜子里找了一点儿零七八碎儿,搁在那些大镜框上面。出门的时候,他遇见了出去遛早儿回来的韩德来。

"哟,您这是干吗去?大清早儿的,卖破烂儿?"韩德来说。

"嗨……哪儿啊……"崔老爷子都不知道说些什么好,支支吾吾。

"没错儿,是得把这破烂儿卖了。就您那个家,整个儿,破烂市!……有钱了,可不得收拾收拾!"这人一老,说出上一句,绝对要按自己的思路说下一句,根本不管人家的反应是什么。

"操,谁他妈有钱啦?"崔老爷子只差吼出来了。准是二臭这小子瞎咧咧,他和老韩头儿一个院儿。

"不瞒您,兄弟,您可算是抄上啦!我们当年当模范那会儿,哪儿给钱啊?大会堂撮一顿,回来得美仨月;握了一回毛主席的手,好几天舍不得洗。哪像今儿似的,还给您发奖金啊……"韩德来还是沿着自己的思路往下说。

看过那篇《辘轳把儿胡同9号》的,对韩德来也不会陌生了。您要是说,崔老爷子是现在的"风云人物",韩德来可就是过去的"风云人物"了。如果说,文化大革命刚刚结束那会儿,韩老爷子还劲儿劲儿的,三天两头儿找事儿,老怕人家忘了他,到了现在,他可没多大的劲儿喽。老啦,这精气神儿都不顶劲了。再说,这世道,除了把钱当回事儿,谁还把谁当回事儿?就连当年电影院前买票退票那点儿乐子,都没处去找啦——这年头儿谁他妈还看电影啊,全缩家里,看电视了。再说,韩德来当年闷在自家院儿里唱了好几天"我好比笼中鸟有翅难展",那种没人围着就凄凄惶惶的劲儿,慢慢地也就抹平了。不过,今儿遇上了崔老爷子,好像又把那点子不平的劲儿勾起来了,不然,也不会发出这一番感慨来。

崔老爷子两眼直勾勾地望着这位老哥哥,颧骨上的两块肉微微地动了动,那神态也说不上是想哭还是想笑。

他差点儿把小三轮儿上那些零七八碎儿的给胡噜到一边,把那十几个大镜框给亮出来。

187

蹬起小三轮儿往胡同外边走的时候，越想自己越冤得慌。饶了自己把那钱都捐了，只落下一堆大镜框不说，满世界的人还都以为自己发了财。早知道这样，我还他娘的捐什么呀！姓崔的，你傻不傻啊，连老韩头儿这样的都上道儿了，你还傻哪！

要不是算计着到了跳蚤市场上这十几个大镜框兴许还值俩钱儿，他砸了它们的心都有。

九

北京的跳蚤市场最早是在东城开办的，据说是东四十条那儿的一家中学先开了口子，请那些提溜着东西想当"业余小贩"却又没地方练摊儿的市民们到他们学校那篮球场上先来了一下子，这就开始"火"了起来。

也是，在这以前，北京的老百姓们真熬得五脊六兽的了。最难熬的，是那些吃"死钱儿"的，譬如崔宝安之类。您想啊，物价说是稳定，可它又蔫蔫儿地长，靠几年前定的退休金来过日子，又怎么受得了？更甭说崔老爷子这样的还有特殊的难处了。

同样难熬的，还有那些不景气的工厂的工人们。工厂不景气，厂长也有招儿：不是东西卖不出去吗？每人发点儿产品，算是抵了工资。您看那些天擦黑儿就上街卖袜子的、卖手套的"游击队员"们，不少就是拿着本厂发的产品在那儿卖哪。

北京人脸皮薄，站街吆喝，撂地儿摆摊儿，就够臊眉耷眼的了，还得贼眉鼠眼地乱踅摸，生怕被"工商"抓了去。跳蚤市场开了张，《北京晚报》再那么一通儿煽，名正言顺，成了改革的新事物。五脊六兽的北京人，非但不再臊眉耷眼，反而觉乎着是一件挺争脸的事了,能不疯了似的往那儿奔?

这一奔不要紧,第二次就把那篮球场差点儿没挤爆,推着小摊车的,蹬着三轮车的,自行车后货架上驮大包的……鼓鼓囊囊堵住了学校的大门,塞了一街筒子。被堵得进不去出不来的人用粗话在那儿骂,被挡着走不得退不得的汽车也在那儿用喇叭骂。为了防备不测,学校大门口的广播喇叭不断地劝:"市民同志们,学校里的摊位已满,请改日再来……"一遍一遍,唇焦舌敝。那哪儿劝得走啊?甭它了,民警怎么样?出动了好几十,管用了吗?

崔老爷子的小三轮儿,幸好来得晚了点儿,虽说也被堵在了街筒子里,却还不算深,说"劳驾",道"借光",没用多一会儿,好歹退了出来。赶巧,广播里又给大伙儿指了条道儿:"同志们,同志们,为了满足大家的要求,经研究决定,我们在红领巾公园再开一场,请大家把摊位设到那里,请大家把摊位设到那里……""呼啦"——大大小小的车,大包小包的人,就跟逃难似的,穿胡同,走大街,全冲东边的红领巾公园去了。

崔老爷子算是占了个便宜:广播这消息的时候,他正好退到了人群外面,闻声把小三轮儿的车把一扭,利利索索地骑了上去,没等"逃难"的大军拥过来,他已经笨鸟先飞,上了路了。进了公园,慌里慌张找了个空地,把那十几个大镜框摆在面前。紧挨着他左边摆上摊的,是一个中年人,从平板三轮上卸下了两个大纸箱,把一块苫布铺在地上,打开纸箱,"哗啦"一倒,花里胡哨的塑料玩具立马堆了一地。崔老爷子的右边,又来了一个小伙子。这小子倒简单:几张报纸一铺,上面摆的是各国的钱币,一边摆,一边就吆喝上了:"美元日元大头袁啊,卢布马克泰国铢啊……"

随着摆摊的进来,逛摊的也来了。左边那卖玩具的透着红火,十

189

好几个人蹲在地上,挑来拣去。崔老爷子和右边这位卖钱币的倒显得冷清。卖钱币的还好点儿,还有一个半个的问问价儿,崔老爷子这儿可真惨点儿了:过往的人顶多瞄一眼,连个价儿也不问。看看没多大的戏,小伙子也不像刚来时那么吆喝了。又过了一会儿,冷清的两位:老爷子和小伙儿相互瞄了一眼,搭上了话——

"您瞧,您瞧,丫挺的懂不懂啊,拿那块'袁大头'还吹呢,听呢,事儿事儿的!不就是从电影上学来的吗!这人我见多了,其实,全他妈外行!"小伙儿又送走了一位光看不买的主儿,气不忿儿地冲老爷子嘟囔。

卖主之间搭话,好多都是从褒贬买主开始的。

老爷子看了看他,同情地摇了摇头,没说什么。

"操,我能卖假银元吗?这全是我自己攒的。玩儿完了,没劲儿了,谁爱要谁要,换俩钱儿交'房改保证金'!"小伙儿看了老爷子一眼,"老爷子,您这些东西,也是自己家里存的吧?"

"没错儿。"

"嗬,您家存的这玩意儿可不少啊!怎么着,儿子结婚人家送的?……操,您说这人多没眼力见儿,还送这玩意儿呢,您是得给卖了,挂又没法儿挂,搁着又占地方。我瞅啊,您今儿,也悬,能开张吗?谁买这东西啊?除非了,也是奔结婚礼品来的……真有这号的,也忒损点儿了!"

崔老爷子没言声,心说今儿是怎么了,怎么赶上这么一位多嘴的东西。

老爷子没有想到,还有更气人的事情在后头。

"哟,老爷子,我怎么看着您这么面熟啊?"小伙子见老爷子不爱理他,还不知趣,转脸儿打量了几眼,忽然叫了起来。

"没见过您。"崔老爷子脸上虽然还板着，一副毫无表情的样子，心中却已经暗叫不好了。许是这小子从电视上见过我，认出来啦？

崔老爷子家没电视，所以没见过自己上电视是什么样。不过，上了不少次电视他是知道的。听说有一回有个电视台还放了他半个钟头的报告。原以为这报告是没人听的，所以他对有人能在跳蚤市场上认出自己，实在大感意外。

"您是没见过我，可我见过您呀！"卖钱币的小伙儿嘻嘻地笑了起来，"嘿，我听过您在电视上作报告。实话说，不是我愿意听的，我们单位非让我们听。说句不好听的，我一边听心里一边骂您：'这老头儿瞎侃什么？挣多少钱啊！'……要不把您记得这么清楚？"

"您骂得好，我镚子儿不挣！就他妈挣了这么多大镜框，全在这儿哪！"老爷子气夯夯地说。

"我佩服您！要不我能跟您把话说到这个份儿？冲您这么实在，我就更佩服您！……这么得了，今儿啊，您这十几个镜框，包我身上了，我帮您吆喝，我给您卖出去……"

崔老爷子没再说什么，拿起地上的东西，丁哐丁哐往小三轮车里一通儿乱扔。

"老爷子，别生气啊，我可是一片好心！"

"我知道。我饿了，回家吃饭去！"

崔老爷子真的不是在生这小伙子的气，他也知道小伙子是好心，可他也不知道自己是在生谁的气，或者是在生自己的气？没错儿，您是好心，可您这好心我受得了吗？他都猜出来小伙儿可能吆喝什么。那一吆喝，身边肯定能围上密密匝匝的人。可那一吆喝他也得找个地缝儿钻进去。得，甭废话，在您还没吆喝之前，趁早儿，走吧！

……

191

崔老爷子没有回家。

回家干什么？回家也是清锅冷灶。

进了一家爆肚店，要了一份爆肚、半斤酒。

猫在一个旮旯里，一个人闷闷地喝。

两口"二锅头"下肚，心里腾腾往上蹿的那股子火，好歹压下去了一些。

崔老爷子不知道自己这是怎么了，这日子过的，好像和自己的那点儿念想总是他娘的不对榫。按说这些日子过得挺热闹的呀，就那么晕晕乎乎地伸了一腿，你就成了个人物——登报纸，上电视，人五人六地作报告……没错儿，这对你的心思。你老崔头儿不是服软儿的人。你想挣巴挣巴，你想混出个人样儿争口气，要不，能让二臭那一通儿山侃就把你给煽呼动了？还甭说，你还真挣巴得不善。可怎么挣巴来挣巴去的，这日子还是越过越没劲！是，挣巴了半天你落下了什么？落下了一堆大镜框！我他娘的人穷志短，马瘦毛长。我不要那一堆大镜框，那跟我不沾边儿，对我不管用！我现在就想着找小梁子评评那个理，想找那四个兔崽子出出那口气！我还缺一个挣补差的差使，缺我过去每月挣的那三百块钱！……想着想着，崔老爷子心里已经平息下去的那股子火，又腾腾地蹿起来。就跟恨不得一下子把那股子火浇灭了似的，一口，把酒盅里的酒全捌了进去。

骑着小三轮儿，回到了辘轳把儿胡同，远远的，看见一个挺熟悉的身影儿戳在一家如意门前，跟门外跳皮筋的小孩儿打听道儿。

"甭打听啦，我在这儿哪。"崔老爷子伸手拉了车闸，小三轮儿稳稳地停在了季老爷子的身旁。

季老爷子来了辘轳把儿，除了找他老崔头儿，还能找谁？

按老哥儿俩的交情，季老爷子是应该知道崔老爷子家的，不过，他的确也只知道个大概。都是值夜的，天一亮，各回各自的家，有什么交情，晚上再叙。因此，临到这回真有点子什么事要找来了，是得到了胡同里现打听。不过，季老爷子知道，这肯定不是难事。知道他住辘轳把儿，这会儿又是出了名儿的人了，一打听一个准儿。

"您瞧，我就说，打听不着，碰也碰着了！"老季头儿看着有日子没见的伙计，呵呵地乐。

"走，家去！"崔老爷子下车，陪着季老爷子朝前走。

北京人的礼数，您就是明知人家找你一定有事，也不能张口就问，总得把人家让进门，沏上茶，客套虚礼的来一气。人家要是有张不得口的难事呢，您得给人家抹开面子的机会。

"喝茶还是喝酒？"老哥儿俩一进屋，崔老爷子把酒拎出来了，把茶壶也端上来了。

"您瞧您，您瞧您，还喝哪？"季老爷子用手指头点着崔老爷子的脸，"甭蒙我，您刚喝了！我再让您陪，太不仗义。回头您再出溜桌儿底下去，对不起您！"

"操，兴许我还靠您壮了胆儿，出去再逮俩持枪抢劫的回来，再他妈当一回英雄呢！"崔老爷子脖子一歪，从鼻子里喷出一声笑。

老哥儿俩一定是都想起了那天晚上一块儿喝酒的事，会心地笑了起来。

"明跟您说，小梁子叫我来的。"季老爷子说。

"干吗？"

"实说吧，小子找我去啦，问能不能找着您。他说啦：'崔老爷子这人不错，想想我怪对不住人家……'"

"扯淡！哪是他对不住我啊，我对不住他！我是他妈势利眼，我是狗，谁给根骨头就跟谁走……"崔老爷子一本正经地说。

"行啦，伙计，得饶人处且饶人。"季老爷子脸上的皱纹堆成了团儿，咧着豁了牙的嘴，嘿嘿地乐，"您没见小梁子那叫尿哪！那两天，没少了打听您，找我带话儿。您猜怎么着，这小子见报上说了，公安局的领导没少了去看您，心里犯嘀咕啦。"

"我不干那事！我不跟他似的，狗仗人势。"

"所以小子就挺感动的啦，就又找我，求我带话儿谢谢您啦……"

"甭谢。告诉他，多亏他这么提醒，我明儿就找他们头儿去，非告下这个状不可！"

"行啦行啦，老哥哥您就甭紧着上弦啦。您不是说啦，本也没打算跟他小子一般见识不是？您就也让我当一回好人！"

"要是那天晚上没过去找您喝酒，喝了酒没走岔了道儿，走岔了道儿没赶上民警逮坏人，逮了坏人局长不来看我……他他妈小梁子对自己的错儿还认头？我哪儿说理去！"说实在的，崔老爷子的委屈，说得出口的，是这些，说不出口的，多了。甚至可以说，当了英雄的这些日子，那说不出口的委屈比这说出了口的还多呢。这回，一股脑儿，也不管是不是人家小梁的事，把那点子气儿全攒一块儿，冲他撒了过去。

"老哥哥，您只当给我这个面子，给我这面子行不行？我可是大老远的来一趟……"

"行，不就是谢谢我没告他的状吗？看您的面子，我知道了。"崔老爷子端起酒盅，和老季头儿碰了一下杯，然后一仰脖儿，"咕噜"一声，把酒倒进了嗓子眼儿里。

老季头儿把酒也喝了，抹抹嘴，说："不光是谢谢您，小梁子还想请您回去，还是'宏远'那儿看车。小梁子说啦，他都跟'宏远'的总经理说好了，还得在那儿专门请您撮一顿，给您赔不是哪……"

崔老爷子没言声儿,心说:"操,这回嘛,才办了件人事。"

"怎么茬儿?小梁子问呢,什么时候去?找个车来接你!"

"甭接,我就骑我的小三轮儿去,看丫挺的宏远宾馆让不让停!"话一出口,崔老爷子自己先乐了。操,耍叉谁不会啊,瞧,我给你们耍一回。

"您可真逗,您可真逗。"季老爷子晃着脑袋。

"不骑小三轮儿也行,他得来凯……凯……凯什么来着?"别看崔老爷子是停车场上看车的,二臭说过的"凯迪拉克",还真没在他那停车场上停过,所以"凯"了半天,就卡在那儿了。顿了顿,嘿嘿一笑,说,"行啊,来什么车都行啊,玩笑归玩笑,我不计较,我计较的是那么个理儿!"

……

送走了季老爷子,崔老爷子又回到八仙桌边儿上,一个人喝了几盅。

"要是连他娘的这么一个结果都没有,这一回'英雄'当的,也他妈太冤啦!"

脑袋里晕晕乎乎,心里嘟嘟囔囔,躺到床上想睡一会儿,等醒过来时,天竟黑了,枕头上湿漉漉的一片,全是哈喇子。

十

当天晚上,崔老爷子已经有点儿后悔了。他觉得自己那念想挺没劲。说出来,真的让人家那么办,更没劲。生气归生气,窝火归窝火,人家服了软儿,递过了话儿,您就得见好就收,那才透着自己有"派"。这可好,跟小孩打架似的了,人家都趴地上叫爷爷了,您还非得晃着膀子转两圈儿。干吗哪这？这大概也叫"派"？年轻时候嘛，兴许要的是这种"派"，老了老了，老季头儿讲话，得饶人处且饶人……想是这么想了，又觉得自己全他妈胡想，话都说出来了，你还能再去找老季头儿，反悔不成？

坐到宏远宾馆派来的那辆红色的"桑塔纳"里，崔老爷子昨晚的那股子后悔劲儿，又翻腾上来了。

"桑塔纳"是临中午时由季老爷子领来的，一块儿来的，当然还有小梁子。小梁子穿着一身崭新的"官衣儿"，手里提着满满一大网兜的水果，进门先把水果放到了八仙桌上，然后"崔大爷""老爷子"一通儿乱叫，就跟没发生任何事似的，看住处、问身体，话里话外透着亲热。这会儿，他坐在司机旁边，时不时就回头和后座儿的老爷子们聊两句。

其实，也不用他小梁子挖空心思地找话茬儿，那位季老爷子今儿个就跟打了鸡血似的，聊得比他还欢哪。老季头儿今儿的扮相就够显眼的：一身簇新的蓝涤卡解放服，一看就知道，这伙计把逢年过节才穿的衣服都从箱底儿给翻出来了。在崔老爷子的印象中，季老爷子是个平和随和、与世无争之人，可今儿他也不知道是怎么了，话多得都有点儿反常。是因为这趟总算能跟着"老哥哥"去出了那口气了，开心？还是因为今儿也成了个角儿，不管是"老哥哥"还是小梁子，谁也少不了他，得意？反正这一路你就听吧，先是问司机"桑塔纳"的车价，然后是感叹自己这一辈子也挣不了这么多；又问这宏远宾馆得多少钱住一宿，接着又感慨这世界也真有有钱的真有花钱如流水的真有心甘情愿当"冤大头"的……"桑塔纳"从熙熙攘攘的前门大街穿过去，季老爷子更来劲儿啦，就跟坐的是交通民警的巡视车一样，全马路的人和车，他都看着不顺眼。

正是吃午饭的时候，按说这时候不是北京行车的高峰，可在前门大栅栏一带，大马路上的人流车队，就没有松快的时候。

"您说这人，放着好好的人行道不走，跟走他们家菜地似的，净他妈瞎窜，这车，有法儿开吗？"卧车排在壅塞的车队里，一点一点往前蹭，老季头儿骂了起来。

"没错，就他妈这些人，有时候恨得我，真他妈想轧狗日的！"司机眼睛望着前方，握着方向盘的手小心翼翼地动着。

"嘿，奔哪儿骑啊，边儿去！"季老爷子来了劲，索性摇下了窗，探出半张脸，对一位不管不顾、紧贴着卧车骑行的人骂道，"这儿是大马路，不是他娘的杂技场！"

"得嘞老爷子，您少说两句吧。您再说，他丫的敢上来把我的车给砸了！"这司机其实也是个"耗子扛枪窝里横"，他可知道，这年头儿，北京的老百姓，净是一脑门子官司的主儿，您老爷子这不是给我找事吗？轻的，人家截住了您，跟您逗会儿咳嗽；重的，推着自行车过来，往车身上来一下子。哪样您受得了？

司机到底还是说晚了。话音没落，"吱——"一声，踩了一脚刹车。

让老季头儿骂了的那主儿，把自行车横在了"桑塔纳"前面。

"谁骂人来着？你他妈出来！"骑车的那位，上身穿件皮夹克，下身穿条牛仔裤，别看瘦得跟小鸡子似的，走过来，低头趴车窗上看，一副拉开场子打架的架势。

车里的几位，哑巴了似的。

"咚！"车顶被擂了一拳。

司机推开车门，冲了出去。

"干什么干什么干什么！"

"干什么？砸了你丫挺的车！……"

"敢！……有事说事，这车可是国家的！"

"国家的？国家让你们他妈骂人来着？……我他妈不跟你说，我找骂人的说！""小鸡子"躲过了司机，又朝后车门冲了过来，"砰砰砰"，把车门拍得山响，"孙子！你他妈出来！有种的，你他妈出来！"

老季头儿哪有这胆儿啊，表面上没事，心里已经筛了糠了。

幸好车门锁着呢，更幸好这车上还坐了个警察。

小梁子大概也看出来了，非他出去，这局面是收拾不了了。他从手提包里拿出了大盖儿帽，戴上，打开了车门。

见车里出来了警察，"小鸡子"一愣。

"怎么茬儿？有话好好说，别挡道，妨碍交通。"小梁子爱搭不理地说着，低头只顾戴他的白线手套。

"您……"这回，轮到"小鸡子"筛糠了，"您……您车里那位，他……他骂人。"

"骂你？我骂的！为什么骂你？你不好好骑你的车，乱他妈拐什么？……把车搬开，甭挡道儿，这车有公务！"

"那……"

"快着，告诉你，误了我的事，你担待不起！"

没等"小鸡子"反应，看热闹的人里有胆小的，已经把那自行车给挪开了。

谁没事跟警察叫板？

"砰！"关上了车门，接着朝前走。

老季头儿也不欢了。

谁也不说话。

按说，刚才那阵势，最应该下车的，是崔老爷子。但凡占点儿理,他都下去了。别忘了他跟季老爷子的交情,何况,他还是有功夫的人。

可他觉得挺没意思,他没动窝儿。

后来小梁子给人家来的那一套,他觉得更没意思。

忽然想起,现在,坐车去干的那事,还不是一样?

这会儿您可得了势了,该着您拔拔份儿了,您坐了辆"桑塔纳",还是那四个小子的顶头上司的"桑塔纳"。您的车进了宏远宾馆的大门口,停在大堂前面,那四个小子乖乖儿地过来开门,看见您得吓一跳。你特美,特得意,屁颠儿屁颠儿的,人五人六的,牛×哄哄的。您他娘的不觉得自己狗仗人势?您别忘了您让人家挤对、让人家不当盘菜的那股子滋味儿。老话儿说,都是看家护院的命,谁跟谁啊?谁跟谁来狗仗人势都没劲!……

想到这儿,崔老爷子差点儿叫停车,让司机送自己打道回府。

晚了,宏远宾馆那山一样的身子,已经戳在眼面前了。

"桑塔纳"从崔老爷子看过的停车场门口开过去,到了宏远宾馆门口,向右一拐,开进了大敞的铁栅栏门,顺着右手的弧形道儿拐了一个圆圆溜溜的弯儿。崔老爷子觉得,这弯儿拐得带着那么一股子味儿,像是擦着宾馆和停车场之间的那个栅栏成心来那么一下,拉着他去和他曾经待过的那地界儿逗逗闷子。他觉得这闷子逗得也特没劲,可他又没工夫琢磨到底没劲在哪儿,因为说话间车子已经停在大堂门口了。透过车窗,他已经看见那哥儿四个的下半截身子,其中的一位已经朝车边上走过来,明摆着是给他开门来了。这时候崔老爷子更强烈的感觉是,他觉得自己没劲,真的,特没劲儿,这没劲儿闹得他都觉得臊眉耷眼的了。"咔",车门被拉开了,"欢迎您,欢迎来宏远宾馆。"那小子说。

崔老爷子从车里钻了出来，就跟心里有什么鬼似的，不敢正眼看给自己开车门的这位，低着头，只顾往大门里走。大门两边戳着的两位，他也不敢正眼瞧，只听很温柔的一声"叮咚"，自动门开了，门边儿的两位几乎同时说："欢迎您，欢迎来宏远宾馆！"崔老爷子点点头，走了进去。

大堂值班经理台前，站着一位穿黑西装套裙的中年女人，一个胖胖的男人也站在那儿，正和她说话。那男人穿着笔管儿溜直的西装，衣服的料子和女的一样。他们见崔老爷子们进来了，立即停止了交谈，乐呵呵地迎了上来。

"啊，是咱们的老英雄来啦！电视上见过，电视上见过！"人还没走到，手已经伸过来了，"梁子，介绍一下？"

小梁子指着那男的告诉说，这位是宏远的副总经理，又指着女的告诉说，这是公关部的经理。名字也都说了，可崔老爷子没听清。

副总经理那手，绵绵的软软的，眉眼间却透着热情。女经理那手，瘦瘦的，凉凉的，可说出话来也特客气。两位还递上了名片，说："崔师傅是我们的邻居，有什么事，您就来。"来干什么？告状？蹭吃？崔老爷子心里闪过了一丝疑惑，最后他认定，这话指的还是蹭吃。就像小梁子，就是这"有事就来"的主儿，而现在，他在人家的眼里，也成了这么一位。

两位陪着他们三位正要往宴会厅走，那位副总想起了什么似的，回过身来，乐呵呵地说："哦对了，我还忘了给您介绍一下几位看门的小伙子……崔师傅，别的我就不多说啦，您看看，这位是小陈，这位也是小陈，这位是小李，这位是小丁……"

老爷子这才发现，刚才自己一直没好意思正眼瞧的，根本就不是过去那四个坏小子。

"……这四个小伙儿,都不错。可往后,也得靠您多多监督着。您可是我们宾馆的义务监督员了,您老待在大门外边儿不是?看他们有什么不对,就跟我们直说,行不?"

"行,行,您太客气了!"如果过来跟他握手的,真是过去那四个坏小子,崔老爷子至少也得闹个大红脸。现在,他觉得算是松了口气。不过,转念一想,有句话到了嘴边儿上,又缩了回去。他还挺惦记着,先前那四位哪儿去啦?惦记归惦记,他还不至于那么缺成儿,打人不打脸,揭人不揭短儿,人家怕你脸上挂不住,都给你换了人了,你还上赶着去问?

小宴会间已经摆好了台,五副碗筷,每个人前面都摆着大中小三个酒杯,啤酒杯里,插放着餐巾,有的叠成个翘脑袋的仙鹤,有的叠成朵兰花。

刚刚在餐桌前坐定,副总经理就被人叫去接电话了,那位女经理呢,这会儿正在门外和服务员交代今天要上的菜。

宴会间里只剩下崔老爷子、季老爷子和小梁子。

"刚才,看见啦?"小梁子往崔老爷子面前凑了凑,悄声说,"四个看大门儿的,您还认识吗?"

"不认识啊,怎么了?"

"怎么了?您合着还没明白?'炒'啦——您说的那四个'小兔崽子'!……人家老总干吗特意要介绍您看看那几个生脸儿?您没听见他说。我也不多说什么了……"

"该!"季老爷子说。

崔老爷子没说话,憋了一会儿,冒了一句,"操,那我他妈成什么人了!"

"什么人?没错儿,您是什么人?他们敢他妈欺负您,不'炒'

他们'炒'谁?"小梁子得意地晃了晃脑袋,"再说,有我小梁子做主,我说'炒',他们经理也不敢不办。"

"吹吧。"崔老爷子冷冷一笑。

"哼,您又看不起我,您又看不起我!"小梁子点上一根烟,眯缝起眼睛,朝门外瞥了瞥,悄没声儿地说,"别的时候我不敢吹,这些日子,他们还真的不敢惹我。我逮着他们的短儿啦!"

"什么短儿?"

"那我就甭说啦,您猜都能猜出来了。明说了吧,那事啊,哪儿的宾馆都不少,让咱逮着了,看是谁。够朋友的,提个醒儿,加强管理,别再出这事了,完事。不够朋友的,报上去,停你两天的业,整顿,看你敢龇毛儿?……"

崔老爷子听了半天,也没听明白他说的到底是什么事。是看看有"花事儿",睁一只眼闭一只眼来着?还是有伴酒的伴舞的,违反了规定?也是,甭细问了,小梁子说的,你得信,不然,他小子能把人家的老总搬出来陪你吃饭?可你跟着来这儿干什么来了?讹诈?绑票?砸明火?……

如果没有小梁子在宴会开始前的这一段儿,兴许崔老爷子都忍了。他会和主人一块儿,客客气气地碰几杯,客客气气地吃完这顿饭,虽说从昨儿晚上到今儿来的这一路,他没少了骂自己没劲。后悔归后悔,既然说出了口,他总不会让主人、让小梁子脸上挂不住。可现在,他可管不着那么多了。他觉得自己往这事上掺和,岂止是没劲,简直没有人味儿!是,您没事儿了,您这儿吃上了,您的气出了,仇报了,可您不觉得您这一手儿忒恶吗?我崔宝安一辈子行得端走得正,不能让人欺负了,可也不能欺负人,更没想着砸人家的饭碗呀!……崔老爷子越想越不是滋味儿,看看老季头儿,又看了看小梁子，他站了起来。

"怎么？方便方便？……我领您去，我领您去！"小梁子说。

"不用，不用！……我认得。"他把小梁子拦下，一个人出去了。

房门外，他遇上了正要进门的老总和经理。

"找厕所？前面，西拐。"经理说。

"谢谢，谢谢。"

他按照经理说的，往西拐了过去。他没有上厕所，又往南一拐，到了大堂。他走到门口，对老总刚刚介绍过的四个小伙儿中的一个说："麻烦您，到……吃饭那地方说一声，就说我……我先走了。"

"哎，您不是刚进去吗？怎么就……"

"是，您甭管了，您就去说吧。一说，他们就明白了。"不等小伙子再问，他像干了什么亏心事似的，脚底下紧走着，朝宾馆外边去了。

离远了，回头看看宏远宾馆的大门，四个小伙儿笔管儿溜直地戳在那儿。

"想着，别狂，都一样，都是他娘的看家护院的命！"他突然高声大嗓地喊。这话是对这四位说的，还是对那四位说的，他也不知道。

前　科

一

"作家，试试吗？"

"当啷啷"，苏五一把手铐掏出来了。怪不得他的裤兜儿老那么鼓鼓囊囊，原来揣的是这玩意儿。他的手背弓着，把这玩意儿拢在手指中间。这手特白，还又瘦又长，就跟眼下酒桌上时髦的、被漂白过的凤爪一样。这又让我想起了一位当钢琴家的朋友，那一位的手也是这样，修长的，白皙的，没事的时候，很悠闲地很绵软地待在袖管里，一旦搁到了琴键上，那白白的、突起的骨节，会泛出一片冷冷的辉光来，透着那么儒雅，那么自信。而现在，苏五一这只手，非但不亚于那位钢琴家，反而因为手指间有亮晶晶的手铐相映，儒雅、自信之外，更平添了几分君临天下的高傲。对这只手欣赏得正入境，只见那上拱的手背慢慢地翻将过来，亮出了张开了嘴巴的铐子。他漫不经心地举起了小臂，手腕轻轻地向前一扣——这动作真他娘的潇洒透了，像什么？像河边柳下甜言蜜语哄着姑娘的小伙子，顺手捡起了一块石头子儿，朝水里那么一丢——"当！"一道白光朝横在我们座位前的铁栏杆飞去。"咔"，手铐的一端一下子咬住了栏杆，另一端还扯在他的手里。他直直的拽着那铁链，顺着汽车的颠簸，腰板儿挺挺儿地颤了两下，那神气，仿佛这奔驰的警车就是一匹狂荡的马，而他，正拽着马缰绳，闯入了无人之境似的。

笑一笑，点点头。

其实昨天我就跟他声明过了，您就可劲儿跟我这儿"牛"吧，我愿意满足一切人的自尊心。

"怎么样？"人家还不依不饶，非得让你把"服气"那两个字明明白白地吐出来。

"挺棒的。"又点了点头，瞄了他一眼，我又说，"我敢说不棒吗？我敢那么说，您就敢把这玩意儿冲我扔过来。"

他嘻嘻地笑了起来。

正是黄昏，白花花的阳光变成了金灿灿的一抹，斜斜地照过来。小马路两旁是一排一排平房，平房的上空弥漫着纱一样的轻烟。一间一间自盖小厨房的窗口里，不断传出菜下油锅的"欻啦"声。一个老头儿，一耸一耸地努着嘴里的牙签儿，蹒跚地走出来，在路旁支他的帆布躺椅。一个女人，在院门口卸着自行车后架上的菠菜。几个孩子正在前面的马路中央"跳房子"……警车"呜呜"地嚎着，卷起一股一股烟尘，从老头儿和女人身边冲过去，从画着"房子"的路面轧过去，把一张张惊愕的面孔甩到后面。

警车里唯一穿便服的，就是我了。从车窗外看热闹的人的眼神儿里不难看出，他们都把我当成了被抓的杀人犯，至少也是个流氓小偷儿。这挺让人开心。不过，更开心地，倒是我们这股子虚张声势的劲头儿——"快来人呀！快来人吧，出事儿啦！"报案的老太太在电话里说得上气不接下气,那架势就像她家铺底下发现了大卸八块的尸体一样。听了半天才算是听明白了,不过是逮住了那么一个在公共厕所门口耍流氓的家伙。那小子的全部罪行,也就是他不该管不住自己,向异性亮出了男性公民应该敝帚自珍的东西。再说,老太太们也已经把他扭住了,即使民警们溜溜达达到了那儿,也能稳稳当当把兔崽子擒回来。老太太们这一惊一乍的当然可以理解,在首善之区,这种听见闹猫都恨不能扭送派出所的老太太多了去了,可我们,似乎不必出动四个精壮汉子,又是警棍,又是手铐,一路警笛嘶嚎,闹得鸡飞狗跳的吧?

"您哪,至少,对敌人心慈手软!要不怎么您是作家呢!"苏五一不以为然地摆摆手。这当然是我意料中的。当我的心里升起这种滑稽感的时候,我已经意识到这心思瞒不过他了。当然,还把这当个事儿说,更是我的"修行"不到家的表现。只见他把目光从车窗外收了回来,头靠到靠背上,仰脸儿朝上望着。警笛仍旧在车顶上嘶叫。过了一会儿,苏五一又歪过脑袋,高声对我说:"我告诉您,逮着逮不着,那都另说,无所谓!这一趟,得让那些不安分的小子们,全他妈心惊肉跳三五天是真的!这叫什么?这叫无产阶级专政的威慑力!"

我大概又笑了笑。

"啧,你看,你又不信。"

"信,信。"我说。

他斜楞着看了我一眼。

"真的,挺棒。"我又找补了一句。

……

警车急急地拐过一个弯儿,他的身子挤到了我的身上。

"要不,人家都说你们这号知识分子难对付呢……"他把身子往外挪了挪。

"怎么难对付了?"

"我能跟您说透吗?说透了不就不含蓄了?"他乐呵呵地晃了一下脑袋,不再说下去,把脸扭向窗外。稍顷,又扭脸瞥了我一眼,笑了笑,说:"您这'挺棒'用得可够勤的啊。"

"真的挺棒。这两天净跟着您了,能不长进吗?"我说。

他不再理我,欠起身,撩开警服前襟儿,从拴在裤腰带上的一串钥匙里找出一把,拽着它弯下腿挺着肚子往铁栏杆上的手铐那儿凑。车子一颠一簸。他的钥匙老是对不上,这姿势颇不雅观。终于,他把手铐打开了,坐了下来,把手铐又一次拢在那弓起的五指间。他也不说话,那捏着手铐的手,冲我的身前递了过来,我张开手掌,"啪",他把它拍到了我手里。

这玩意儿沉甸甸的,攥在手里满满一把,我把它哗啦哗啦地揉搓了几下,忽然想起北京老头儿们喜欢揉搓的保定铁球。

我知道他这一拍是什么意思。

北京的老百姓们,对看热闹真是有无穷的兴致,新华里临街的公厕门前,居然围了密密匝匝的好几十号人,其中有那么几位手里,还端着饭碗,嘴里甚至还吧唧吧唧地嚼着。简陋的公厕对他们来说,有那么点儿"久居鲍鱼之肆,不闻其臭"的意思,而警察抓人,不敢说千载难逢百年不遇,到底透着新鲜。热闹送到了家门口,谁要不看那可就亏了,又有谁愿错过?警车就是在这众望所归中莅临的。当我们从警车里鱼贯而出的时候,周围突然变得鸦雀无声,我却觉出了四周每一个瞳仁儿里都透着的快意,透着被焕发起的期待。而那一个个瞳仁儿又告诉我,他们对我更是情有独钟:身穿便服的我现在已经不再让他们误认为是罪犯，相反，还就因为这身便服，再加上我的年龄，再再加上我微凸的肚皮，我被人们看成了三个小伙儿的上司。当然，我知道，最有说服力的，是我手里攥着的那副黄澄澄的铐子。

"这当官儿的够派啊！"有人悄悄地说。

"至少也是个分局长！"北京的老百姓，对自己的判断充满自信的人多如牛毛。

"让开嘿，警察来啦！"有人高声嚷嚷。

人群闪开了一条通道，放我们走进去，随即又封死了，把我们围在中间。

那个"敞吊"不够自珍的家伙可怜巴巴地站在那儿，他的身边，是三五个臂戴"联防"红箍儿的老头儿老太太们。那家伙的年龄和我相仿，是一位眉眼清秀、白白净净的中年汉子。说实在的，也就是这会儿我才仿佛突然明白，原来这耍流氓的人，并不见得全是满脸横肉。不过，不管怎么说，眉清目秀的流氓比起满脸横肉的流氓来，好像总是有那么点儿让人惺惺惜惺惺似的。比如眼前这位，一脸沮丧，下巴颏儿还有点儿微微发抖。这模样儿就让我这心里挺不落忍：这人就算不是有病，也可怜得可以，不然，得熬到什么份儿上，才色胆包天，敢冒天下之大不韪，干出这等事？……想归想，脸上还是正气凛然的——我们干什么来啦？何况，苏五一岂止正气凛然，这会儿应该说威风八面。

"是你吗？耍流氓的？"挑出一根修长白皙的中指，戳了戳那位的肩膀。

实话跟您说，事后我偷偷试了半天，一会儿伸出食指，一会儿伸出中指，试了无数回，我觉得，伸食指要比伸中指方便得多。令人百思不解的是，苏五一为什么要舍易就难，偏偏要挑出根中指来？

"是他，就是他！"不等那可怜的家伙说话，老太太们先七嘴八舌地告发起来。

"冲谁耍流氓啦？事主在不在？"苏五一抬起下巴，目光在周围的人群里搜寻。

老太太们闪开了身子，从身后推出了一个面红耳赤的姑娘。

"他冲你耍流氓了？"

"啊，是，我……我刚从厕所出来，他就……就……"姑娘的目光游移着，支支吾吾。

"行啦，你也甭说啦，跟着上派出所去一趟。"苏五一说完，回头看了看我，我知道，该我上了。

刚才把手铐拍过来，就是这意思。

在电影电视里，是看见过警察给犯人铐手铐的，譬如美国的警察，往往抡起手铐那么一钩，就跟肉店的伙计抡起大铁钩子，往整扇的猪肉上甩似的。中国的警察庄严一点儿，没那么随便，可也够利索的：郑重地走到犯人面前，"啪"，"啪"，左一下，右一下，拍两下巴掌，那手铐也铐上了。这回轮到自己来一回，美国警察那一手咱玩儿不了，咱就中国特色吧。板着脸，郑重其事地走过去，这会儿心里突然冒出了一股子什么滋味？还真有点儿说不清道不明的。是不是有那么点儿发虚，好像老大对不起人似的？甭管怎么说，您铐的可是一个大活人哪。咱从来都是"宁可天下人负我，不可我负天下人"不是？再说，咱也没干过这活茬儿，不知怎么下手啊。

那家伙倒挺自觉，看我拿着手铐过去，早早儿就把胳膊抬起来，把手并一块儿，伸过来了。我把半月形的一半托在他的一只手腕上，把另一半扣过去。也邪了，电影里看民警"啪啪"那两下，觉得那手铐挺松快的呀？轮到自己上去铐了，这才觉得这手铐的钢圈并不算

209

大，真的也"啪啪"，弄不好就得把人家白生生的手腕子给夹了。我用一只手托着手铐的一半，另一只手的手指把那手腕上的皮肉往边儿上推，趁着有了那么一点儿空隙，将那手铐的另一半一压，只听"咔"的一声，算是把一只手给铐上了。我拎起手铐的另一头，找犯人另一只手腕的时候，苏五一过来了。拍了拍我的肩膀，插到我和犯人中间。我知趣地让开了地方。只见他漫不经心地捉起了手铐，当它再被提起的时候，钢圈的两瓣已经张开了，像是说快板书的，立起了那两块竹板儿，马上就要击板开说一样。那"竹板儿"凑到犯人的手腕边，只见上边的那一瓣猛地向下一叩，"啪"，大功告成。一个黄澄澄的圆，把那白生生的手腕箍了进去……

警车依然呜呜地叫，拉着我们回派出所。

"戴手铐的旅客"蹲在一进车门的空地儿上。

我在外地坐长途车旅行的时候，见过那些走亲戚的农民们带上车的鸡，它们被缚住双足，也是被扔在那个地方。

我坐在前排，他就蹲在我的膝盖前面。

"首长，首长，我……我错了，我认罪，您打我，骂我吧，罚钱也行……可我……我求您，甭告诉我爱人，行不？我求您……"他突然趴到了我的脚下，先是结结巴巴地说，一会儿竟呜呜地哭起来了。

"别，别价！"我赶紧把被他攥住的脚缩了回来，那会儿好像已经忘了这是你抓来的违法分子了，竟手足无措地喊了起来。

要命的是，他居然也把我当成了"首长"。

"去！"苏五一伸过他的脚，把脚尖往远处点了点，示意这位离远点儿。

乖乖儿的，退了回去。

"这人哪，老是处理不好'老大'跟'老二'的关系，你说，这是怎么回事？……没辙，这'老二'，就是调皮，一不当心，就给'老大'找了麻烦了！"也不知道苏五一是在对我说，还是在自言自语。听下去，才明白他是在教育蹲着的那位，"早知今日，何必当初？'老大'管严点儿啊，净让'老二'乱跑，也不讲个交通秩序，违章了吧？后悔了吧？……"

那位不再吱声。

苏五一也不再说什么，头靠到坐席背上，闭目养神。

"我说'首长'，"苏五一的眼睛仍然在闭着，"您对这些家伙挺仁义的啊……"

"谁？我？"我冲蹲着的那位瞟去一眼，扭脸看着苏五一，他的眼睛现在算是睁开了。

"可不，您没瞧您刚才铐手铐那架势哪。那哪是铐手铐啊，那是萨马兰奇给奥运会的金牌得主颁奖哪！"

……

二

早在六年前就想写这篇小说了，不信您可以查一查1987年年初的《光明日报》。那时候我刚刚写完了《鬈毛》，反应挺"火"，于是就来了个《光明日报》的女记者韩小蕙，说是想写写"作家动态"，请问下一步的打算。按说一个写家是不应该早早就为自己尚未出世的作品做广告的，不过，韩小蕙可是老朋友了，甚至在我开始学着写小说的时候，和她就是"一条战壕里的战友"——我们一起被《北京文学》约稿，凑到一块儿写小说。后来各行其道，却也离不开舞文弄墨。这么久的交情，是很难不从实招来的。这么着，《前科》也就早早儿地被预报出去了。

然而,到了今天才写。

或者说,到了今天,才算是有了一点儿写下去的把握。

我不知道别的写家是不是也会遇到和我类似的困难,唯独我一个人低能也未可知。

之所以写不下去,是因为对这位苏五一最初的心思,总是琢磨不透。

这位苏五一现今已经成了我最好的朋友之一,时不时就过来看看我。有时候甚至他夜里巡逻的时候,没什么事了,偷偷上楼来陪我喝二两。有时候专门给我带来一位有趣的人物,为我提供很多趣闻。当然,更实际的帮助也有:冬贮大白菜的时候,他率领他们所里的几位小民警,把一抱一抱的大白菜给我送上了楼。更有趣的是,有一次他在现场值勤中不知怎么逮着了一部"大哥大",深更半夜给我打过来,对他们正在进行的任务来了一次"现场直播":"……我们在树丛里猫着哪,真他妈冷。您说,这叫人干的活儿吗?那家黑着灯,没动静……您说什么?……没事儿,我这用的不是执勤的电话,是一个小子借我的,大款的,没错儿,'大哥大'……闷得慌啊,跟您聊聊啊,您不就想打听这玩意儿,写出来骗钱吗?……没错儿,这滋味儿真他妈不好受,一宿哪!……得,不能跟您说了,那边过来一个人影儿,保不齐兔崽子回来了……哦,不是,咱接着聊……我们派人去看了!派街道居委会的老太太去的,嗨,假装收救灾的捐款呗……说朝里屋看啦,没动静。我们估计这小子得……得,甭说了,这回是真的回来了……"

交情到了这个份儿上,还是没好意思问他:您当初跟我这儿人模狗样儿的,是当真,还是装孙子哪?

中国这地面上的人物，有时候就是让人眼晕。往高了说，毛泽东见了斯大林，谈了一溜够，也没让伟大的斯大林明白他想的是什么，愣把伟大导师急得眼儿绿。这毛泽东还是湖南人氏呢，要是北京人，不得气得导师把盒子炮拍出来？

北京人的正话反说、反话正说，有时候连最地道的北京人听着都把不牢。

有一位上海来的编辑到我家，抱怨北京的某某作家不通情理。

"他怎么能说我是骂他？我怎么能骂他？我是诚心诚意地去约稿的呀！他可好，听我说了一大堆好话，最后倒跟我这儿板了脸，说：'您这可是骂我。'我……我……说的真的全是好话，也全是真心话，我可没有半点讽刺的意思。再说，我又何必偏挑跟您求稿的时候讽刺您？……"

我忍不住哈哈大笑，"他应该怎么说？在您说了一大堆好话以后，他说：'谢谢——THANK YOU'？那说不定是个老外。他说：'过奖过奖，不敢当，不敢当'？俗了。北京人哪儿能俗啊，他不给您来个正话反说，怎么能透着幽默？"

有一位记者到我家，嘲笑王朔"放狂话"。

"狂得可以，狂得可以！敢说他那《爱你没商量》一不留神就写成了《红楼梦》，顶不济也是一本《飘》。你们北京的侃爷，可真敢吹！"

您瞧，王朔该怎么说才好？说我这剧比《红楼梦》差一大截子哪，比《飘》也还有一段儿？傻不傻？耍耍小聪明，来个反话正说吧，还是有人没听明白，惹出一肚子气来。

北京人啊，难怪您老是让人摸不透，您又老是让人觉得挺有味儿。我自认为这双贼眼还是能分得清谁说的是真话谁说的是假话，什

213

么是正话什么是反话,哪样儿是玩笑哪样儿是认真的,毕竟在北京混了这么多年。

可想想和苏五一开初认识的那几天,我还是一阵阵儿犯嘀咕:那会儿,他是在正儿八经地"教育"我哪,还是跟我开心,打镲玩儿哪?

三

不要说在警察堆儿里了,搁哪儿,苏五一也够得上是个美男子。

小伙子身材挺拔,高鼻梁,低颧骨,下巴微翘,薄唇紧闭,满脸英武之气。他又属于那种注重仪容的人,坐定的时候,永远把大檐儿帽摘下来,露出一头柔软细密的黑发。起身的时候呢,几乎每一次都举起右手,叉开修长的五指,顺着发型,梳理一下,这才小心翼翼地戴上他的大檐儿帽。后来我才知道,我们相识那些天,他正搞着对象。有时候,我们正说着事儿,他忽然说:"哟,我有点儿事儿,您先待着!"一溜烟儿地走了。有时候,都到伙房买下各自的饭了,他却不吃了,不知干什么去了。

其实他去的地方不远,就在派出所旁边的一栋楼上。那是他女友的家。他结婚以后才告诉我:"那会儿我没少了盯着她家窗台儿上那盆花!她妈不在家,我就偷空儿去会会。中午要是家里有好吃的呢,也有暗号通知我——她妈老说:'哟,小苏子,你怎么那么有口福啊,老赶上我们家吃好的!'……"

苏五一的聪明,当然不是光用在搞对象上了。跟了他几天,我才知道"管片儿民警"有那么大的学问。他把管片儿里所有地痞流氓不良少年的外号背给我听——大龙小凤泥鳅狗蛋二刁四喜傻鹿愣青茄皮儿紫包儿酱瓜儿蛐蛐儿大肚儿小瘪儿……滚瓜烂熟,像是背绕口令。

他还知道大龙和二刁争风,小凤和四喜吃醋,蛐蛐儿和茄皮儿"叫横儿",大肚儿和小瘪儿"谁也不夹谁"……至于这帮小子谁专事偷鸡,谁专事摸狗,谁惯于溜门谁长于劫道,甚至谁撬锁爱用改锥,谁撬锁喜用铁棍,谁习惯自上往下掰,谁习惯从下向上扛,他全都了如指掌。因此,哪儿出了案子,只要他到现场看看,说不定就能圈出自己管片儿里嫌疑分子的名单来。管片儿民警的差使,也不光是破案。就说苏五一,没少了给管片儿的孤老户干活儿,甚至连服刑犯人的家属都得伺候。换煤气罐啦,买取暖的煤啦,虽然在那连连不绝的感激声中,他会骂骂咧咧地说:"得啦得啦,给您家那不争气的东西写封信,争取早点儿回来,让咱也少受这份累,比什么都强!"……

我们认识当天办的第一桩案子,是传唤东华里的"黑子"。

东华里、新华里和我家那栋楼眼皮底下的兴华里,都是苏五一的管片儿。苏五一说,铜厂丢了三百公斤铜锭,一卷电缆,他怀疑是黑子干的。

那天中午快吃饭的时候,黑子被传唤来了。

一看模样便知,这位是在地道的北京南城外平民百姓的排房里、大杂院里滚大的。看这类小青年有两条:第一你看他的脸上、脑袋上是不是有疤疤伤痕。穷人家的孩子,养得不那么金贵,小时候满屋里乱爬乱滚,不定哪儿就磕个口子,长个秃疮。大了呢,精力过剩,阳气充盈,一脸的"青春美丽痘",又没人告诉他怎么整;上房揭瓦,偷鸡摸狗,让事主打,让互不服气的半大小子们打,让喝多了酒的老爹打……几乎没有不留下痕迹的。第二你看他的眼睛。那是一双没有多少光泽的眼睛,是一双永远不会正视别人的眼睛。可你又觉得,这双眼睛的后面,好像还有另一双眼睛,在窥视你,揣摸你,特别是当他走进的不是别的地方,而是派出所的时候。

"苏叔……您……您找我？"挺热的天，穿着一件国防绿的军裤，敞着怀，里面露着个光板儿的胸脯子，那胸脯上，好像还沾了点儿黑黑的油泥。

如果不是这次来了这么个差使，我对派出所的了解，也就是大门口那个办户口的屋子而已，而这位黑子却显然是常来常往的了：到了派出所，直接就找到了宿舍，推开了门，张口就喊"苏叔"。其实，这位苏叔一点儿也不比他大，从面相看，说不定比他还小。有趣的是，苏叔对这称呼似乎习以为常。更有趣的是，苏叔并不像我们在无数电影电视里所看到的那样：把他领到一间空屋子里，让他坐到一把方凳上，自己呢，威严地坐到桌子后面，神色严峻地开始讯问。

想到这儿立刻觉得自己特可笑。因为我也准备好了，也坐到那张桌子后面，人模狗样儿地板起脸子，努力从眼珠子里挤出两道凶光来。

"来啦？吃饭了没有？过来，坐这儿！"苏叔就那么随随便便地迎过去，用手拢住了黑子的肩膀，拉他一起坐到铺板搭成的床上。

宿舍里一共住十个人，除了我们，有两位民警正在他们自己的铺上睡觉，我知道他们昨晚出了一夜现场。还有一位躺床上看《参考消息》，一边看，一边吹口哨。他们对这边的事毫无兴趣，只有我，坐在苏五一和黑子的对面，看他们真的像叔侄一样扯闲篇儿。

"黑子，回来以后怎么样，都干什么啦？"苏五一漫不经心地问他。

"回来"，指的是"劳教""劳改"之类结束，这我听出来了。

"没干什么呀，我就是跟我哥修车来着……哪儿也没去呀！"黑子翻着眼皮，那神态好像努力在想，语气却是嘟嘟囔囔的，像是受了多大的委屈。

"得嘞黑子，又跟我来这一套不是？……实话跟你说，就别打马虎眼啦，想不想回家呀？带衣裳来没有？不行咱们就奔分局？……我可告诉你,奔了分局我可帮不上你了,你说,咱哥们儿对你怎么样,咱哥们儿能害你吗?就这儿,说了,没事儿,该干吗干吗去,政府的政策也不是不知道,是不是?……"

"我……我真的没干什么!真的,苏叔,我哪儿也没去,您说,我妈刚把我给盼回来,我敢再'滋扭'吗?"还是一肚子委屈的样子。

苏五一没说话,斜着眼睛看了看他。那神情好像在运气,又垂下眼睑想了想,说:"你妈在家干吗哪?"

"烙饼哪。"

"你看,我就猜出来了,你们家老吃烙馅儿饼。上回路过你们家,你妈还非给我吃一个哪。是他妈好吃!……操,是你妈的馅儿饼好吃还是大牢的窝窝头好吃啊?说!上回还他妈没吃够啊?……告诉你,你把我的中午饭可耽误了,一会儿,你可得领我回去吃馅儿饼去……"

"操,不就俩馅儿饼吗!"黑子进屋的时候,嘴角那块肌肉是紧绷着的,说到这会儿,好像一下子放松了许多。

"这不结了?说吧,说完了咱哥儿俩一块儿,吃你妈烙的馅儿饼去!什么也不耽误!"

"……"黑子嘴角的肌肉又绷起来了。

"我操,你可真他妈'面'!我都他妈给你把话说到这份儿上了,你还这儿给我玩儿'深沉'!……黑子,说不说?不说,我他妈陪着你,咱不吃馅儿饼了,咱们呀,别渗着,一块儿,分局吧!"

"苏叔,您……您别火啊。我说,我说还不行?"黑子支支吾吾,眼珠子一劲儿地往苏五一脸上瞟。

"操,说啊!"苏五一吼起来。不过我看得出,他那嘴角一颤,闪过一丝得意,当然,黑子是不会发现的,因为随即苏五一急赤白脸,粗声大嗓地接着跟他吼,"你不能让我两头儿坐蜡不是?我他妈的在

217

所长那儿一劲儿保你,这才没捕你,你可好,这儿一个劲儿给我撒劲……有种儿你丫的别说,死扛,谁说你都是孙子!咱哥儿俩一块儿,你吃你的窝头去,我挨我的处分……"

……

再往下,结果就不消说了。黑子反倒磕磕巴巴地求起了他苏叔,劝他甭生气:我说还不行吗?我不说对得起您吗苏叔?我要是再跟您斗心眼儿,嘿,您就操我八辈儿祖宗……苏五一好像老大不情愿地这才"消了气",起身到桌边取来纸笔,记录黑子的供述。

我不知道,苏五一后来或是时时地用话"敲打"我几句,或是时不时地让我在关键时刻上去"萨马兰奇"一回,和这时候我"得罪"了他是不是有关系。不过天地良心,我绝没有一丝一毫小瞧他的意思,恰恰相反,他刚才传讯黑子的那一手儿,已经让我服了。可我非但没让他知道我的五体投地,反倒干了一桩让人误解的蠢事。

"我……我偷了铜厂的三十米电缆。"黑子开始交代了。

苏五一往记录纸上一笔一画地写着。他写得太慢了,我实在不明白,这么简单的几个字何以磨蹭这么半天。当然,对此道一无所知的我,只有耐心地在一边熬着的份儿。再说,别看我是个写家,小伙子绝对没有起用我的意思。

"老陈,"他忽然抬起头来,"电缆的'缆'字儿怎么写?"

我赶忙在一张废纸上把"缆"字给他写了出来。写完了,不由得瞥了那黑子一眼,好像倒是我干了什么见不得人的事情。

回想起来,全是他娘的多心。黑子这会儿哪有心思笑话别人?他自己的账还算不过来呢!再说,他也不会觉得这事有什么不正常的,可以肯定地说,他也不会写,最后看他往笔录上签名时费的那个劲,你就不难明白。

"我还偷过……偷过几块铜锭……"什么事也没发生似的,黑子接着供。

苏五一仍然沉住了气在写着。过了一会儿,他抬头看了看黑子,又转脸儿看了看我。

我知道他要干什么,没等他开口,赶忙把"锭"给他写了出来。

中午吃饭的时候,我开始干那桩蠢事。其实在干那蠢事前我还着着实实把小伙子夸了一顿,当然我不会那么肉麻。我笑着说小苏子你小子可够毒的,让人家黑子进了套儿,把该"吐"的全"吐"了,到了儿还是把人家送进了分局。苏五一得意地嘿嘿一笑,说,我心眼儿够好的啦,谁让他偷的超了五百块?我不是对他说啦,我倒想放他,可由不得我啦。再说,我算是对得起他,我不是还跑了他家一趟,给他妈报了信儿,还把他妈烙的馅儿饼给他捎来啦。我说,要不说你"毒"呢,到了儿还得让人家黑子感激你,下回还得上你的套儿……这时我才很随便地说了一句,往后凡有不会写的字,只管空下来,反正我也在一旁听着呢,事后补上就是了,我说,咱哥们儿不能在兔崽子面前丢份儿不是?

他歪过脸看了我一眼,没说什么。

午饭以后,我们一起去东华里居委会了解另一桩案子。太阳很猛,眼前白花花的一片,晃得眼睛都有些难睁。骑着车,沿着曲曲弯弯的胡同绕来绕去,不知怎,苏五一好像忽然变得高兴起来。

"人家都说,你们这'献身文艺'的是'卖身文艺',是吗?"

"怎么个意思?"

"比如想演个电影电视的吧,这当女明星的,非得先跟导演睡了才行,是吗?"

"这我可不知道。我不认识女明星,就是认识,恐怕人家也不把

219

这事儿告诉我。"

"噢，对了，您是写小说的。不是我说您啊，你们，闹不好更坏，写得那么花，不干那事儿写得出来吗？"

"别人花不花咱管不着，咱自己不花就成了。"

"您也一样，花了，恐怕也不把这事儿告诉我。"

我们一起大笑起来。

"我跟您说，我和那帮小流氓小痞子打交道多了，您知道现在这犯罪率为什么这么高？我看，报上说得没错儿，全是你们这号的搞精神污染搞的！"

"是吗？"我忽然觉得特开心，我说，"要那么着，倒简单啦，把作家全他娘的逮起来，世界就干净啦！"

"逮不逮的再说，让你们来见识见识，受受教育是真的！"苏五一撇着嘴，看了看我，"啧，您看，您笑什么？您又不信！"

"我哪儿敢不信啊，挺棒，真的，您说得挺棒。"我是不假思索地嘿嘿一笑，把"挺棒"两个字说出来的。再也没有任何一句话更适合表达我这时的心态了。随后我很快为这两个字而越发扬扬得意起来。难怪苏五一后来说我"用得够勤的"。

"我知道这会儿您心里想什么。"苏五一说。

"说说看。"

他一笑，没往下说。

我相信我瞒不过他，就跟黑子瞒不过他一样。

"您甭老觉得冤得慌。您想啊，又不是您一个，比您有名儿的作家多啦，谁不得来啊？……再者说了，我们是什么？我们是……算了，难听，不说了，我们就是工具，今儿让我们去保卫专列，我们就得到铁路边儿上戳着去；明儿让我们'严打'了，我们就得没白没夜地逮人……您呢,您比我们高,您有文化不是?会写字不是?可您也得想明白了,您也是工具。您不是工具,国家花钱养您干吗?让您写改革,您就得写改革;让您写整顿,您就得写整顿;让您下来跟我们转悠,您就得下来。甭老觉得冤,工具嘛,干他妈什么不是干?……"

"嘿,你这一套真他妈棒!就冲你这一套嘿,我没白来,我来得不冤!我今儿晚上就把铺盖卷儿搬过来,就跟你学着怎么当好这工具!……我明跟你说呗,你的话说到了这个份儿上,我算是彻头彻尾服了您嘞!"我喊起来。

打这儿开始没几个星期,我们就成了铁哥们儿。可说老实的,至今我也没闹明白,是他把我给"教育"好了,还是我把他给"污染"了,或者根本就说不上谁把谁怎么样。我们哥儿俩本来都是活得挺明白的人——不,不,还是他比我活得更明白,他棒,他把我给教育好了,我真的服了他,别看他不会写"缆",也不会写"锭"。

四

很久以后我才明白,这地界就是这种哲学的故乡。

也是苏五一的功劳。因为他的引见,后来使我更多地结识了左近一带的居民们,一个在新华里街边儿遛鸟儿的老头儿告诉我,人哪,总得有几招儿,才能活得那么踏实。

"您得听听,您得记下来,保不齐什么时候您就用得上。"他说。

他告诉我,什么时候家里出了事,譬如闹了耗子吧,可千万不能起急,也不用动气。您看看东家,再问问西家,看看他们是不是也闹耗子。没跑儿,一准儿也闹得欢着哪。那您生什么气啊?您哪,踏踏实实的,活吧。

221

还有呢?

还有,譬如物价涨了,您也别抱怨。您抱怨什么呀?又不只是您一家受着。别人能过,咱也能过,看谁熬得过谁。

还有呢?

还有,您老得想着,咱是草民。草民是什么意思?草!驴吃也行,马啃也行。受点子委屈,那叫委屈吗?咱有委屈吗?您有什么想不开的?活吧。

……

我信,因为那天我已经受过苏五一的启蒙了。

那天和苏五一分手后,满腔的郁闷一扫而光。

俗话说,退一步,天高地阔。诚哉斯言!

一边骑着自行车往家走,一边想,刘厚明在哪个派出所哪?刘心武又在哪儿?还有理由、赵大年……这一回,全北京的作家们大概是一网打尽啦。都跟我似的,提着警棍,捏着手铐,跟在苏五一们的身后,去搜查、逮捕、审讯、取证、出现场,坐在警车里满北京号哪。

我有什么气不忿儿的?

想起了那哥儿几个可能都是啥模样儿,甚至忍不住想乐。

厚明会是什么模样儿?梗着硬化了的颈椎,也上前"萨马兰奇"一回?就他那双手?怕是连手铐怎么个铐法儿都掰扯不清吧!厚明是全国青联副主席,虽说是虚职,这"官"还是不小的。没少了带着这个团那个团,这回非洲下回欧洲,替社会主义争脸。我和他一起参加过几次活动,在台底下看他主持全国青联的会,看他给人家发奖,看他给英雄纪念碑献花圈,就跟国家元首似的,还知道理理花圈上的挽带,人五人六儿的,像着呢。如果让他这样"萨马兰奇"一回,不知作何感想？

悲天悯人的刘心武呢？谦恭好礼的老北京赵大年呢？风度翩翩的报告文学家理由呢？

妻子不在家。我们的女儿还小，为了让我安心写作，她们都在姥姥家住。车子快骑到家的时候，想起来回去还没有饭辙，拐到一家干净点儿的小饭铺，胡乱吃了些东西，回了家，沏上一杯茶，躺到沙发上，继续胡思乱想。

最遗憾的，是让陈祖芬逃了。其实，最该"萨马兰奇"一回的，是陈祖芬。

"哎呀，我可去不了！真的，我就怕接触那些流氓小偷，我写的全是光明的东西，我接触不了阴暗面……"据说，当文联的领导把上级的指示告诉她的时候，她在电话里急赤白脸地嚷嚷起来。

据说，这情况又被反馈回了那位发指示的领导同志那儿，那位领导语重心长地说："越是这样，越要锻炼锻炼嘛！"

没错儿，越不敢"萨马兰奇"的，就越得要她"萨马兰奇"一下！

可惜到了儿还是让陈祖芬逃了。不知是不是因为祖芬不是党员，所以他们不好再逼她。

而刘厚明、刘心武和我，简直就跟被人押送去的差不多。

那几天我们正在友谊宾馆开全国青联委员会，一辆上海轿车拉来了我们文联的书记和作家协会的书记。

这次活动的意义，早已向我们宣布过一次了："这是一场不是'运动'的运动，这是一场比土改还要深刻的运动！"

下面的话同样在电话里给我们传达过了："所有的作家，写长篇的，放下长篇；写剧本的，放下剧本；开会的，请假。限你们三天内到公安局报到。除了老得走不动的、病得下不来床的，谁也不能例外！"

两位领导就是专程到这儿接我们来了。

真难为这两位。看得出,他们也想不通,可还得苦口婆心地来劝我们。

那时候的我,还是个"士可杀不可辱"的我。

其实,早从苏五一那儿,或是从新华里老者那儿学上一招儿,我又何必口干舌燥七窍冒烟滔滔不绝慷慨激昂了足足有三个小时?

那三个小时里我说,我当然欢呼这场不是运动的运动,当然欢呼这场比土改还要深刻的运动,就像我当然欢呼"反对资产阶级自由化",欢呼"清除精神污染",欢呼"五讲四美三热爱",欢呼解决北京的公厕问题,欢呼"门前三包",欢呼"禁止随地吐痰","禁止乱扔废弃物"一样。我说我对犯罪分子的仇恨一点儿也不比别人少。我刚买的一辆崭新的"凤凰28"就让他娘的这帮乌龟王八蛋给偷了;我老婆回家晚点儿,我就得为她提心吊胆;我家门口安了两把锁,出差三天右眼皮就开始跳……我也恨不得把那些兔崽子通通枪毙。可这事不是我能干的呀!我不会侦破不会擒拿不会审讯不会搜查,我不明白干吗偏偏要让我们去侦破去擒拿去审讯去搜查。受受教育?应该应该太应该了。可您不觉得这有点儿像以前说的,用枪杆子押着作家去深入生活的意思吗?再说您不担心我们都去写派出所拘留所,写逮捕、判刑、枪毙,可能有损社会主义的光辉,反倒造成"精神污染"吗?再再说我正在写历史小说,写共工写颛顼写刑天写蚩尤,虽说这帮东西也闹腾得可以,可和"刑事犯罪"沾边儿吗?再再再说能不能容我写完了再去"补课"?哪怕容我写完了这一章?不然拎上个把月的手铐警棍,我的情绪怕是找不回来啦……

同样"士可杀不可辱",同样口干舌燥七窍冒烟滔滔不绝慷慨激昂的,是刘厚明和刘心武。不过,我们的结局也都是同样的,谁也没能在那两位苦口婆心左右为难不动员成功无法复命的领导面前铁石心肠。最后，我们到底坐进了那辆"上海"，让它拉着我们到了公安局。我们微笑着，和局长副局长分局长副分局长握手寒暄，我们说我们很高兴能有这样一次锤炼锻炼磨炼大开眼界的机会……然后我们又分别被送到了各自住家附近的派出所，和所长副所长指导员副指导员握手寒暄，我们说我们很高兴能有这样一次锤炼锻炼磨炼大开眼界的机会……最后，我就到了苏五一的手下。

据说，一个多月以后，当我们圆满结束了这次活动的时候，领导同志根据下面的汇报，对我们几位写家的表现是有个"说法儿"的。很不好意思，据说表现最好的，是我。我这消息来源，是我早年写小说的入门恩师、《北京文学》副主编周雁茹，一个最正统的共产党员。她是带着和我分享喜悦的心情跑来告诉我的："听说只有你一个人是真正深入了！你的表现最让派出所的同志满意了！你抱着铺盖卷儿去和他们'三同'——同吃同住同办案了……"

雁茹已经去世了，现在我觉得她那喜形于色的样子还历历在目。

当时我只是一笑，我没有跟她细说，我之所以有如此良好的表现，主要是因为我有结识苏五一的荣幸，他使我忽然活个明白，思想豁然开朗。

五

是的，当天晚上，我就用自行车驮着一个简单铺盖，到派出所去了。

那天正好轮到苏五一在门口的值班室值班，我去跟他一块儿。

这个派出所是很简陋的，据我所知，这是当时北京最艰苦的派出所之一。其时,波及北京的1976年唐山大地震已经过去七年,遍布京城的地震棚也基本消灭了,而这个派出所可谓地震棚中硕果仅存的。

据说老派出所在地震时成了危房,只好到这块空地上盖了一圈"干打垒"来办公。现在,它的四围已经盖起一圈崭新的家属楼了,而派出所还没有找到合适的地皮,更没有充足的资金。

"干打垒"围起了一个不小的院子,坐北朝南的一溜,主要是办公室、会议室,东边的两间,是伙房,东南角的一大间,因为是在院子一进门的地方,所以成为了接待来访、受理报案、办理户籍的值班室,剩下的南房和西房,就都是民警们的宿舍了。

院子里立了几根水泥柱,拉着两行铁丝,上面老是挂满了民警们的衣物。西北角有一个砖砌的盥洗池,从早到晚,不断有民警在那儿刷牙洗脸,可见他们谁也说不好什么时候能睡觉,什么时候才起床。平常的日子,他们分成两班,每天都要有一班人在所里待命,以应付各种任务。可"严打"这些日子,已经没有待命这么一说了,警车没白没夜地出动,甚至都不够使的了,从附近单位又借来了一辆吉普车、一辆面包车。公安分局的预审处也不够用了,包下了一家很大的旅馆,各派出所逮来的罪犯,够条件的就"报捕",分局长一批,警车就呜呜地往那儿送。别说民警们一个个都熬成什么样儿了,就连围在"干打垒"四周楼房里的住户,也都给熬得五脊六兽的。

我到了派出所门外,从自行车后架上卸下驮来的铺盖的时候,一辆警车正好也停在了门口。从车里下来了一个姑娘,她的后面,跟着一个女民警。

那姑娘相貌平平,看那肤色有些像农村人。穿着一条深灰色的的确良裤子,上身是一件紫红色的的确良长袖衬衫,手里提着一个尼龙网兜,里面装着一些简单的生活用品:毛巾、漱口杯、卫生纸之类。

又逮来一个？卖淫还是偷盗？我愣愣地打量她。她往派出所门里走的时候，歪过脑袋瞥了我一眼。我至今认为，就是因为这一眼，才给我带来了那个让人哭笑不得的故事。

和苏五一一道在值班室里待一会儿我就明白了，我的铺盖带得实在是多余。值班室的一个角落里倒是立着两张钢丝折叠床，可什么时候能睡下且不必说了，什么时候这值班室里能消停一会儿，让我们有空闲打开这床，铺开那铺盖，都大成问题。

值班室简直是一个不断上演或交叉上演一幕幕小品的小舞台。

九点一刻的时候，送来了一个醉鬼，蹬三轮儿的"板儿爷"说，他说他到永定门，可永定门哪儿呀？到了永定门，这位呼呼睡个不醒，不管你怎么问，也问不出个屁来了。永定门大了去了，我横不能把他扔在永定门大街上吧？明儿您再在大街上见着个尸首，给我安个谋财害命的罪。得嘞，我不要车钱啦，把他给您搁派出所来吧！……

板儿爷还没出门，又进来两位，河南驻马店来的，住在了什么什么旅馆，上街溜达，天一黑，找不回去了，只好找到派出所。那醉鬼倒不碍事，倒在一米高的柜台底下打上呼噜了，苏五一说，先甭理丫挺的，丫挺的且睡呢，今儿晚上不用咱把被子匀给他就不错。他坐到桌面上，详细询问那俩"驻马店"，还没问出个所以然，拉拉扯扯进来了五个人，一下子把值班室的门口挡了个密不透风，后面还跟着一群看热闹的，黑咕隆咚的不知有多少位。

"民警同志，你给评评这个理！我的孩子，我让她回家，他凭什么拦着？凭什么？"那个五十岁上下的女人说。

"我不拦，我不想拦，可我得找派出所说明白，不然你把孩子领走了，出了什么事，我担待不起！"另一方是个六十开外的老爷子。

"我不回去，我不回去，我怕我妈打我，她肯定打我！"女孩儿倒

227

没有哭,可她铁青着脸,躲闪着她的母亲,往老爷子身后藏。

"瞧见啦瞧见啦,是我拦她吗?您说,这么着出门,她们娘儿俩不得打起来?"

"那你别管,我家的孩子,我们做家长的,有找她回家的权利。"女人身后,一直没说话的一个男人开了腔,"你们家私自扣留我们的孩子,这……这是违法的……"

"可孩子现在在我们家,我们家秋子又没在家,你们非拉她走,有个三长两短,我们怎么交代?"一个三十多岁的男人帮那老者,看那模样儿,是他的儿子。

"你别搭茬儿,我们孩子她舅还没说完呢,你们听听我们孩儿她舅的,她舅是科长……"原来说"权利""违法"之类的那位,是"孩子她舅",原来又是个科长,怪不得比起那几位来有那么点儿"端"。衣着也透着不同:不到五十岁,肚子有那么点儿鼓,绷着一身的确良做的短袖猎装,还真有点儿"派"。

没想到,那女人对"孩儿她舅"职位的宣布,好像没有多少威慑力,那老者和他儿子还是喋喋不休地声明,自己家绝无扣人之意,他们必须到派出所来,当着民警的面儿交人,而且,还得要求她当面下保证,保证女孩儿的安全。

"老说这个,老说这个,我让你们听我们孩儿她舅说完行不行?她舅是科长!"女人又一次搬出自己的弟弟。

……

苏五一也不着急,就跟看小品似的看看这位,看看那位。有时候也不看,想起了什么,翻翻电话本,又打个电话,替"驻马店"问旅馆的事,问完了接着看。看一会儿,又找出一张小纸片,往上唰唰地写什么,看来是给那"驻马店"写的地址。写完了,又接着看,然后把纸片儿给了"驻马店",让他们出门,打"的",走人。

"行了!完了没有?""驻马店"走了,苏五一好像也腾出精神来了,从桌面上跳下来,冲女人老者孩儿她舅喊了起来,"一个一个说,瞎吵,想不想让我听明白?"

女人说:"对,一个一个说。民警同志,您先听我们孩儿她舅的,她舅是科长!"

"是吗?"苏五一歪过脑袋瞥了"她舅"一眼。

"对,机械厂总务科的。""她舅"递过来一张名片,嗽了一下嗓子。

苏五一捏着名片,懒洋洋地说:"我跟您说,您,先别说哪,别说哪……您先办这么一件事,就这会儿,也别远了,就到永定门火车站,拿块砖头,朝那人多的地界儿来一下子。砸着的那位,您问问他,一准儿,是个处长!……您是科长不是?那就先甭说了,再过两年,继续进步,进步了再说吧……"

除了女人和"她舅",大伙儿都笑了。

"你多大啦?"苏五一也不笑,开始调脸儿问那女孩儿。

"十五。"女孩儿的回答让我一愣,看她身段,说二十你也得信。

"十五?十五你不跟家待着,到人家家里干什么?"

"我妈老打我,骂我,我……我就到秋子家去了……"

"秋子是我那儿子,他俩搞对象哪。"老者说。

"行了行了,别说了,别说了,我全明白了。"苏五一伸出右手,张开个巴掌,在脸上一通胡噜,胡噜痛快了,看了看老者,说,"你可真敢干,想抱孙子也没有这么急的,鼓动着儿子搞十五岁的,你还替你们家儿子看着,调唆人家的闺女,不让她回家,你就不怕犯法?"

"……"

229

"你，更够呛！当妈的，别以为自己没事儿！这么大的闺女，看都看不住，拉也拉不回，这妈，还当个什么劲！我告诉你，当妈当不好，也犯法！有胆儿你把她接回去接着打，再打跑了，我跟你要人！"

"……"

都不说话了。

"说呀，怎么办？"苏五一高声问。

还是没人说话。

"不说，可就听我的了！……去，都到边儿上去，一人给我写篇保证书来……你，保证不打她，让她好好回家！你，保证不留她，不许她再到你家过夜。听明白啦？"

都说明白了，都到一边写去了。

……

就这样，一幕幕小品热热闹闹地在值班室里上演，直到凌晨三点，上演的频率才渐渐地放慢了。

那醉鬼还在柜台下瘫着，呼噜声越发惊天地泣鬼神。这呼噜打得人实在受不了的时候，苏五一就蹲到柜台下面去，捏捏他的鼻子，给他一个小耳光，让他调整一下高音低音轻重缓急。有一次刚刚让他给调教好，从柜台下直起腰来，所长老边就进值班室来了。

所长有事吗？苏五一问。

有事。你们兴华里那位，还没拿下来呢。

"拿下来了"，就是招供了。"没拿下来"，就是没招供。

哟，都他妈三点了。苏五一看了看表，想了想，说："别他妈抓错了吧？"

就是，我也怕是抓错了，要不，快一宿了，怎么也得招啦！我说，你清理清理这儿，让事主在这儿辨认一下吧，我看这屋还亮堂点儿。

所长说。

所长出去了，一会儿又想起什么似的，回来把苏五一叫了出去。没多会儿，苏五一回来了，领来了两个同事，让他们把那醉鬼拉了出去。他招呼我帮他把墙根儿那儿的一把长条椅子搬到日光灯底下。

"这干吗？"

"不是说啦，准备让她辨认嘛。"

苏五一告诉我，"兴华里那位"，不是他抓的。那是天津公安局转来的案子。事主在天津跳了海河，被救了上来，一问，原来那姑娘从河北农村到东北找她哥，在北京转车时，被一个小伙子骗到家里强奸，又被抢了钱。她回了火车站，又被另一个老流氓骗到了天津，玩儿够了甩掉，走投无路，才跳了河。事主已经被接来了，因为她说她记得在北京被骗强奸的那一片屋子，叫"兴华里"。刚才所里派民警领事主到兴华里转去了，还把那间屋找着了。那家还真住着一个年龄长相和事主说的一样的人，所以就"传"来啦。按说，不管是什么案子，只要是边所长亲自出马来问，如果真是罪犯的话，用不了那么长的时间，就一准儿"拿下来了"。问到这会儿还没招，是不是抓错了还真是有点儿悬了。保不齐，那可保不齐，黑咕隆咚的，你敢说那姑娘记那房子就能记得那么准？事到如今，也只有让那姑娘出来认一认啦。

"您知道所长刚才把我叫去商量什么？辨认的人不够，没几个穿便衣的，所长问，您能不能算一个。我说啦，老陈没的说，别看是个作家，没有一点儿架子，就算一个吧！……怎么样，我说得没错儿吧？"

"没错儿没错儿，我算一个！"我主动坐到了刚刚摆好的那张长椅上。

我这才明白，原来这辨认，也不是那么简单的事。不是说把事主带来，指着嫌疑犯问："是不是他？"事主说是或不是了事。辨认时得同时找上四五个人，让嫌疑犯夹在中间。然后让那事主躲在一个不被人发现的地方，认认真真看个遍，从中挑出罪犯来。是啊，这么晚了，让苏五一哪儿去找四五个穿便服的人？再说，这回咱也成了"嫌疑犯"了，让一个被强奸的姑娘上上下下认一认，这不是比当"萨马兰奇"发奖牌更够味儿的差使吗？

随后走进屋，和我一块儿坐到长椅上的，是三个三十岁上下的男人。两个我认得，是附近单位为了支援"严打"，派来的两辆汽车的司机，另一个我想肯定就是那真正的嫌疑犯了。这嫌疑犯留着寸头，长着一张胖胖的大脸，腮帮子被刮得铁青。看得出，是让这一夜的审讯给熬的，一副蔫头耷脑的丧气样儿。不过说实话，我想我的尊容也好不到哪儿去，因为我看那俩司机，让日光灯从头顶上一照，说他们是罪犯，也一样有人信。

"你们都听着，我还得给你们交代交代政府的政策，啊。坦白从宽，抗拒从严，你们比我可清楚……别低头，把头抬起来，好好听着！……"苏五一板着脸，站在我们左侧。这我明白得很，他不能站在中间，中间正对着值班室的后窗户，他不能挡着黑糊糊的窗外投过来的视线。

听他一声呵斥，我也下意识地抬起了头，一时间，我觉得自己还真的体会到了一点儿当犯人的滋味儿。

我不能不服气哥儿几个干这一行实在是天衣无缝，我瞪圆了双眼，使劲往黑糊糊的窗外看，愣是什么也没看见。可没过一会儿，边所长领着几个民警进来了。他拍拍苏五一的肩膀，苏五一很快结束了演讲，说："……都去，再想想吧！"那三位在民警的陪同下，分别出去了。我知道，辨认已经结束。

"认出来没有？"苏五一问所长。

"认出来啦！你猜认出了谁了？"

"谁？"

所长用手指着我，呵呵地笑，说："在这儿哪！"

后来我才知道，那姑娘，就是傍晚时和我在派出所门口照过一面的那位。没错儿，正因为照了那一面儿，我就成了她认出的"强奸犯"！

三个人拿这事说笑了一会儿，忽然，所长不笑了，好像有什么心事。

"我就估摸着有点儿问题，不然怎么会那么难审！"所长一只手按在办公桌上，中指和食指交替弹着。

"怎么着，我去跟那边儿说说，放人？"苏五一问。

"跟司机说，开车送他回去，一宿了……瞧这事儿干的！"

"没事儿，所长，丫挺的有前科，不敢龇毛！"

"好啊，这位秦友亮，反正是你们管片儿的，交你办了。"所长边说着边往外走。

"我不管，又不是我传来的！"苏五一说。

"敢！"

所长走了，苏五一冲我嘻嘻乐。我知道到了没别人的时候，他是得拿我被认出的事开开心的。

"甭乐。请神容易送神难，还是先想想所长说的，怎么送人家回家吧。"我说。

"瞧您说的，这有什么难的？您以为我说不管，是怕丫挺的秦友亮啊？跟所长那儿尥尥蹶子，开开玩笑罢了！"

212吉普车的声音在门外响起来。

苏五一从值班室走出去，站在汽车门边，一个黑黝黝的身影从北边的排房那边走过来。借着屋里的灯光，看得出，那就是他们说的秦友亮，腮帮子青青的那位。

"小秦子，今儿怎么样？"苏五一递给了他一颗烟。

"哟，谢谢……谢谢……"小秦子挺意外的样子，忙着从口袋里往外找打火机，替苏五一点上烟。

"听我说，小秦子。"

"哎，哎。"一口烟好像还没来得及往下咽，顺着口鼻，冉冉地往外冒。

"今天呢，叫你来，是为了帮助你，没别的意思。"

"是，是。"

"你呢，就得正确对待政府的帮助，不应该有什么想法。"

"哎哟，我能有什么想法啊？我感谢您还来不及呢。这一晚上了，先是所长，陪我熬着，现在又是您……我能有什么想法呀，您这么辛苦，还不是为了我吗？……"

"砰"，212的车门关上了，发动机又轰轰地响起来。

苏五一回到值班室里。

"怎么样？"问我。

我笑着说很受教育，很受启发，我真是得向这位小秦子学，他是"理解万岁"的典范，"娘打了儿子不恨娘"的标兵。这一晚上，我可没白跟着耗，我又大大地长进了。

苏五一像个哥们儿似的往我的后肩膀一拍，哈哈大笑，他说是那么回事儿，人民群众的确就是那么好，别说有前科的了，就是浑身没有一点儿"砟儿"的，也没脾气。他又拍了我的膀子一下说，您说的还真是那么回事儿,您真的长进了。

没过一个月,当我"下来"的日子快到期的时候,我更得到了一次向全社会宣布自己"长进了"的机会:上级派来了几位摄影记者,为我拍了几张"参加严打"的照片,参观过军事博物馆"严打展览"的朋友告诉我,在那儿看见了我一张好大好大的照片,说明文字是:"作家陈建功在派出所和所长研究案情"。天哪,我哪儿有这水平和这资格?我只是遵了摄影家之命坐在了那儿,和所长凑着脑袋看了几秒钟的报纸,"咔嚓",拍下一张。

不管怎么说,这的确是给了我一次机会,让我表示了对领导组织我们参加这场"不是运动的运动",这场"比土改还深刻的运动"的"理解万岁"。

不过,这机会给我带来的麻烦大概就无人知晓了:又一个月以后,文联一位管保卫的同志找我谈话,问我"在生活作风方面是不是有足够的检点和自持",问话是很客气很委婉的,却让我出了一身冷汗。

有人给公安局去了匿名的"检举信",字字血声声泪地控诉说陈某人野蛮地强奸了她。

那信,据说不仅匿名,而且还是从报纸上剪下一个一个印刷体的字拼贴成的。公安局连笔迹都无从查找。

当然是为了对我负责,他们把信转到了文联。

幸好我经过了几个月前的锻炼磨炼锤炼,似乎有一种"曾经沧海"的镇静。当时我好像又想起了那位小秦子,那楷模使我的回答愈发冷静。我说没什么,没什么,我衷心地感谢组织,感谢公安局,我理解理解非常理解,不能说没有想法,这想法只是两个字:理解……我没有把这事告诉苏五一。我想,如果他知道这件事,一定会认为我是彻头彻尾地出师了。

好像是说远了,我应该把话题拉回来,说说此后不久发生的,我和那位小秦子之间的故事。

六

第二天我们就逮住了那个真正的强奸犯。那个姑娘尽管指错了地方,让派出所抓错了人,但她的记忆应该说已经是很不错的了。她说她被强奸后立刻就被轰了出去,走出那条小胡同,她看见了一个公厕,不远又看见了钉有邮政编码的红牌牌,还有写着"兴华里"的白牌牌。她说的这些,后来都得到了证实。第一次的错误主要是因为天黑,也因为没有找管片儿民警苏五一跟着。她领着民警找到了一个公厕,又找到了它对着的胡同,她看一栋小破房子似曾相识,说就是这儿,结果害得小秦子在派出所里过了大半夜。第二天我们领着她再去时,才发现还有另一个公厕,顺着胡同走几步,那姑娘指着一栋房子确认无疑。苏五一领我们走了进去,开门的那小子一见是民警,立马儿筛糠,没费几句话,就对自己的罪行供认不讳。

我们把兔崽子和有关案卷一起送到了公安分局,坐警车往回走的时候,我忽然又想起了昨晚那位小秦子,忍不住好奇,问苏五一,那位小秦子犯的是什么"前科"。

小秦子?秦友亮?苏五一沉吟片刻,说,他哥叫秦友光,跟他们兴华里的一个小妞儿好得要死要活,都快结婚了,那妞儿接她爸的班儿,进了合资饭店。要不怎么说人穷志短、马瘦毛长呢?本来在兴华里这儿活着,踏踏实实的,秦哥秦哥地叫,甜着呢,一进了"合资",就他妈不是她了。也难怪,成天瞅着别人过好日子,不说也过那日子吧,至少,这辈子是不是跟秦友光过兴华里的日子,她得掂量掂量啦。没仨月，要吹。秦友光倒有点儿爷们儿劲儿，不找她算账，找她爸玩儿命。他说他知道，都是那老东西挑唆的，还专挑了个日子，趁那妞儿不在家，哥儿俩一块儿，把妞儿她爸她哥打个满脸花。就这么着，"折"进去了，现在，他哥还在天堂河劳改哪。

真不值当的。我说。

要我说，势利眼，欠揍！要换上我，也得揍丫挺的。

您可是执法的，您说的可是"法盲"语言。许他拿我开涮，也兴我抄抄他苏五一的"拐子"。

是。可您不知道，小秦子那一家子，全他娘的指着那妞儿给他们作脸哪，那哪儿是秦友光搞对象啊，全家都围着那妞儿转！……这么跟您说吧，哥儿俩，老早死了爹，妈又扔下他们走了，不知哪儿去了。由他们那奶奶拉扯大，容易吗？他们那奶奶干什么的？过去天桥唱小曲儿的。是，天桥是出了侯宝林新凤霞，可侯宝林新凤霞有几个？更多的是谁？小秦子奶奶这号的。解放了，翻身做主了，可天桥没了，平地抠饼的地方找不着了，靠什么过日子？再说，就是有天桥，那么大岁数也没法儿唱了呀！靠什么？靠卖破烂儿。就这么个人家，住那么窄巴的一间破房，兴华里谁不知道？这孙子竟然还能搞个妞儿，容易吗？到了儿到了儿还让人给甩了，他一家子不找人玩儿命？

我没说话。

话又说回来，玩儿命有你个好？您是没赶上，秦友光被判的第二天，我给老太太送判决书去，老太太都有点儿神经了，不说，也不哭。接过了判决书，愣呆呆的像根木头。我心说，我甭这儿陪着啦，省得老勾人家的伤心事儿。可出了门，又不放心，回头万一这屋里真的出点事儿，算谁的？在门外转了一会儿，听见屋里竟然哼哼唧唧地唱起来了，给我吓得。

唱什么？

我回去啦。老太太您唱什么哪？她说了，小苏子，你来，正好，我给你唱唱《十二郎》，听完了你就明白了。别给你妈惹事儿，你妈养活你不容易。我心说，这哪儿和哪儿呀？可说实话，听着听着，觉得这老太太呀，这会儿可不就得唱这个？我记不住，真的记不住，大概意思是说，一个老太太，养了十二个儿子，老大在州里当捕快——老太太还给我解释说，捕快是什么？捕快就是警察呀！——老二在县里当衙役——老太太又说，衙役是什么？也是警察呀！——老三开的煎饼铺，老四卖的是烤白薯。老五办的绸布庄，春夏秋冬给送衣服。老六撑船走通州，走亲串友我不愁……反正啊，五行八作，全让她儿子给占全了。十一郎开的是棺材铺。老太太连棺材都甭操心了，那十二郎更绝，出家当了和尚——老太太连念经放焰口的人都有了……您瞧，您得乐不是？我乍一听，也乐了，我差点儿说，甭说您家没有当捕快的当衙役的，就是有，这年头儿，该判也得判。转念一想，我这儿较个什么真儿啊？你是给这老太太送她孙子的判决书来啦，人家神经兮兮地唱，你有什么可笑的？

我也不笑了。

现在秦友亮靠什么养活他奶奶？

这么跟您说吧，您从您家的后窗户里看兴华里，没少看见鸽子吧？

是。我住五层，从后窗户看，整个儿兴华里都在我的眼皮子底下。我又是在北屋写作，常常有一群一群的鸽子，带着嗡嗡的鸽哨声，从我的窗外掠过。有时候，鸽子还落在我的窗台上，咕咕地叫。如果到了天黑，它们还乐不思蜀的话，我这儿还会招来几只噼啪作响的"二踢脚",明摆着是它们的主人们在轰它们回家呢。

保不齐那"二踢脚"里,就有秦友亮的。苏五一说。

那干吗?

他可养了不少鸽子,他就靠倒腾鸽子卖卖鱼虫儿什么的养活他奶奶呢。苏五一说。

这天傍晚,我回到了和兴华里仅一条小马路之隔的家。一场雷阵雨刚刚下过,天空澄澈如洗。如果说,这天傍晚和其他傍晚有什么不同的话,那就是我对窗外飞过的鸽子有了更多的注意,忽然觉得天上的鸽子变得格外多了起来。它们嗡嗡的,仿佛从很远的天外飘过来,嗖地呼啸着从窗外掠过,俯冲下去,到了远远的地方,又轻盈地扬上高空。一会儿,掠过了灰色的一群,一会儿,又掠过了白色的一群。鸽哨声时而缥缈辽远,让人遐思悠悠,时而却轰然而至,给人一种钻心透骨的震撼。

那首《十二郎》究竟是什么调子的小曲?是"莲花落",还是"单弦儿"?

站在窗前俯视兴华里,兴华里像一片刚刚被机耕过的黑土地。

一排一排灰色的屋顶,就像一道一道被卷起的土垄。这屋顶上间或有一两间自家加盖的阁楼突兀而起,我三岁的女儿偶尔来这儿住几天的时候,曾经指着那阁楼喊道:"拖拉机!拖拉机!拖拉机在耕地哪!"

我追踪着飞翔的鸽子,看看它们往哪一间房上落。

我想,那儿,应该就是那位唱《十二郎》的老人的家。当然,那也就是秦友亮的家。

从这天开始,伏案之余,想休息一下的时候,我常常不由自主地把目光投向窗外,投向鸽子,投向那一排一排简陋的房屋。最初几天，我甚至总把进入眼帘的画面编进我从苏五一那儿听到的那个故事里去——一个身材高挑衣着入时的姑娘，推着深红色的自行车，沿着几乎被自盖的饭棚子堵死的小路，走进了兴华里。一个老太太，提着一个灰色的铁桶，蹒跚地走到公用自来水龙头前，"哗——"自来水把铁桶砸得山响。她提起了它，一寸一寸地往自家屋里挪。两户人家吵得天翻地覆，男人们在互相拉扯，女人们在互相訇骂，街道的老太太在中间拦着。凌晨的薄雾中，传过来屋门的开启声、自行车的丁零声、水桶的叮咚声，这是居民们又开始一天的生活了……然而，这里，却一次也没有真正出现那个秦友亮的身影。

一点儿也不讳言我的期待里带有某种功利目的。我们站到一起，接受了一次"辨认"，这作为一篇故事的开头，已有足够的味道，没有想到，我们的家竟又咫尺之遥，倘若能看到他的家，他的老奶奶，他的街坊邻居，当然，最重要的是看见他，那么，这故事该有一个多么有趣的发展！

可惜，没有。他一次也没有出现。

然而，几个月以后，时值深秋的一个傍晚，他却突然出现在我家门口。

他当然不是找我来了。他对我一无所知。而我，虽不敢说对他了解多深，毕竟有过期待，也有过想象，对他的到来，可以说是喜出望外。

他是找他的鸽子来了。他敲开了门，喏喏地说："……师傅，麻烦您一下，我……我的鸽子在您家窗台儿上，它……它老不下来，您……让我进去抓一下，行不？……"

我一看那张圆圆的、刮得铁青的脸，笑了。甚至他这喏喏的神态都和那天晚上毫无二致。我让开身子，请他进来。他径直走进我的书房,打开了纱窗。我还真没留意,一只鸽子不知什么时候落在了我的窗台上。他伸出一只手,把鸽子搂了回来,又用另一只手替它捋了捋毛。它乖巧地待在他的手里,只是滴溜溜地闪着一对莹莹的眼珠子。

他一边谢我,一边往门外走。

我问他,是不是叫秦友亮。

他吃惊地停下来,瞪着我,您……您怎么知道我的名字?

我说,你不知道我的名字,你也应该认出我来呀,你忘啦?

哎哟,真对不住您,真……真想不起来了。

我说,夏天的时候,你是不是让派出所传过一回?

是啊。眼神儿里还是一片惊疑。

后来让你进了派出所的值班室,和几个人一块儿,坐一张条椅上挨训。想起来没有?

有这回事儿。那您是……您是那民警?可那不是您,那是小苏子呀。

我没办法了。看来,这位当时就没敢放开眼神儿四面看看。我告诉他,我就坐在他的身边,和他一块儿听着小苏子的训话。

哥们儿,您……您那会儿也……也进去了?

我笑了,告诉他,没错儿。

那……那您,您犯的是什么事儿?

精神污染啊……我哈哈地笑起来。

笑够了,我当然把实情告诉了他。

怪不得您这儿有这么多书,原来您是干这个的。嘿,听说您干这行儿,可来钱啦!他递给我一颗烟,我挡了回去。我不会抽烟。

听他娘的瞎扯,明跟你说吧,幸亏我还不抽烟呢,有的写东西的,抽烟,一晚上写的,还不够烟钱呢。

241

他看着我嘿嘿地笑。

笑？真的，我没蒙你。

我是笑您，您也说"他娘的"？您可是……是作家——可以说您是作家吧？

作家？作家可不如你！不信你问问小苏子去，好嘛，那天夜里我跟你那儿可学了不少！……坐下，喝点儿什么？

不喝不喝，我这就走，省得打搅您……您净跟我逗，我有什么可学的？

好，学问大了！要是我，白白让人扣了一晚上，操，我冤不冤啊，我不玩儿命，也得骂两句出出气呀……你可好，态度好着哪，好说，没事儿，理解万岁，还没忘了给人家民警道辛苦呢。

什么时候来着？

小苏子出车送你的时候啊。

噢……那会儿。怎么，您是不是以为我那是装孙子哪？嘿，您可真逗！我可没装，真的，咱天生就是孙子，咱装干吗？认尿最好啦，好死不如赖活着不是！……再说，我有气，该找谁找谁，干吗跟人家小苏子过不去？都是混饭吃的，谁跟谁啊！人家小苏子也没跟我过不去不是？我在农场劳教的时候，人家没少了去帮我奶奶。再再说，我横？我找不自在呀！那会儿，我敢横吗？那是什么时候？我没事儿往枪口上撞！

要不说得拜你为师呢……得，咱哥儿俩认识，可是有缘。我说，我还没吃饭哪，要不，你陪陪我，咱找地方喝二两去？

哟，对不起，对不起。不敢当，不敢当，我这就走，这就走。

我说，我是实心实意地请你！跟你小哥们儿聊得开心，我老婆孩子都不在，也闷得慌。再说，你不觉得咱哥儿俩特有缘？

没错儿，甭管真的假的，一块儿受了小苏子一通儿训嘛。再说，您可没架子，真的，没架子，我跟您，是有缘。

临出门的时候，秦友亮说，咱也别远了去，就兴华里把角儿的小酒馆，喝二两，怎么样？那地方……您可别嫌弃，那地方就是惨点儿。

别给我说这个，再惨的地界儿我也见过。我挖过十年煤呢。我在小酒馆喝过，我说。

陈哥，您可真痛快。咱奔派出所拐个弯儿，把小苏子也叫上吧，——就是不知道他今儿是不是在那儿备班儿。秦友亮说。

是，是得叫上他，让兔崽子再教育教育咱们。我说。

七

一下楼，我们就碰上了一群衣冠楚楚香气四溢的男女，他们好像在谈着一个什么开心的话题，嬉笑着从小轿车上下来。一辆是红色的"夏利"，一辆是灰色的"切诺基"，还有一辆是米黄色的"拉达"。他们潇洒地甩着轿车的车门，楼门口响起了一片优越的"砰砰"声。从"切诺基"上下来的那位，我知道他住我的楼上，602室的主人，他优雅地朝我点了点头，环顾了一下他的客人们，领着他们涌入了楼门。楼门外飘拂着他们留下的衣香。

嘀，你们楼真住着人物啊！秦友亮扭脸朝门里看了一眼。

我说，不是"人物"，是"人物"的儿子。

他告诉我，得先跟他回家一趟，跟老太太打声招呼。

我们一起顺着一条岔道，走进了兴华里。

我好像见过他们，特别是开"切诺基"的那位，秦友亮说，夏天的时候，他们在你们楼前面滑旱冰来着。

243

我当然知道这件事。我相信,不光我,我们附近几栋楼的居民,只要他们那天在家,大概没有不留下深刻印象的,秦友亮说起来,当然也毫不奇怪。我们这栋楼的前面,是一片开阔的水泥地,我想大概是这场地又勾起了602小伙儿的玩儿兴?夏天的一个傍晚,小伙子把他的哥们儿姐们儿招来了,不知道是不是刚才那几位,不过,有一点是肯定的,来的姑娘一个个如花似玉,小伙儿一个个风度翩翩。他们每人蹬着一双旱冰鞋,拉扯着,笑闹着,把宁静的黄昏闹得沸沸扬扬。没多会儿,四周就围上了不少看热闹的人。甚至连楼上不少住户,都被欢笑声招出了阳台,探着脑袋往下看,就像农村的场院来了一伙儿耍把戏的。天色渐黑时,开心的男女们一个个甩下了脚上的旱冰鞋,把它们扔进了小车的后备厢,然后又一个个钻进了车里,把一片空荡荡的水泥地留给了眼巴巴的看客们。

那会儿我也站在阳台上朝下看着,面对那空荡荡的水泥地,说不上心里是一种什么感觉。

也整个儿一个空荡荡?

操,全他娘的白活了!不知是谁喊了这么一嗓子。不少人都笑了起来,近观的,远看的。

不知道是在骂人家,还是在说自己。

我也听见这一嗓子了。人家活人家的,你活你的,甭比!人比人得气死,比个什么劲儿?再说,人家那么活,该着,天下都是人家老爷子打下来的,甭生这份儿气。秦友亮的脸色冷冷的,声音也是冷冷的。

我不由得又瞥了他一眼,这感觉怎么跟当初认识苏五一时一样?他说的,是真心,还是反话?天知道。

走过了两排房子,他领我从第三排房前面的小路走进去。

我只见过他们一次,刚才是第二次。秦友亮说。

他们没在这边儿住。他们在城里有房。时不时的,过来玩玩儿。我说。

噢,我想起来了,有时候,你们楼上好像有人开舞会,特吵,是他们吧?

没错儿,一两个礼拜一次吧。

哦。

其实,关于他们,我或许还可以告诉他更多的一点什么,可我却打消了这念头。

说了,他会不会又冷冷地来一句:人家活人家的,咱活咱的,比个什么劲儿?

不过,如果我想写一部新的《日下旧闻考》的话,是一定要把我和这位芳邻的故事写进去的。

我们这个楼至今还实行着轮流收房租水电费的制度。这制度当然不是什么人给我们规定的。不过,不管是电业公司还是自来水公司,他们每个月都是只管查整个单元的总电表或总水表而已,那么,只好由住户们自己组织起来,挨家挨户地查分表,收钱,再到银行把该交的钱交上。这真是一桩苦不堪言的工作,且不说收来的钱每每和那总表对不上,你得挖空心思,把国家规定的水价电价一分一分地抬高,好把那差额凑齐,这就得劳多大的神了。一次一次地爬楼梯,一次一次地敲门——查表,一次;收钱,一次;收钱对不上数,又一次。遇上出差的,家里没人的,更得无数次。我们这栋楼里,"雷锋"是有的,一楼的小脚老太太,就是一个活"雷锋",可是这位"雷锋"不识数,而识数的呢,又都忙得没工夫当"雷锋"。惟一的办法,就是轮流。各家各户,谁收水电费,谁怕602。

他家没人，老是没人。什么时候来，不知道。哪儿去找他们？也不知道。

有一次又轮到我收水电费，我把602的房门擂得山响，出乎意料的是，当我正要失望地走开的时候，忽然听到屋里传出了响动。

我又一次敲门。敲了好半天，里面那人就是不出来。我只好作罢。

那一次，602的房租水电费是我给垫付的。没有多少钱，垫付一下，并没有什么。可是我觉得，明明有人，敲门不开，至少主人缺少起码的礼貌。即便你有所不便，等你方便时，下楼找我一趟，交上应该交的费用，也是可以的吧？我当时毕竟还留了一张字条，从门底下塞了进去。

我是在几周以后才找到那家主人的。和以往一样，他们男男女女的来开"派对"，我敲门，这回开了，我觉得自己不像是来讨债的，却像是来要饭的。是的，那么高雅的"派对"，音乐柔美悦耳，男士风流倜傥，小姐暗香袭人，我却说，请给我二十八块三毛六！……二十八块三毛六掏给了我，我像干了什么亏心事，跟主人说有扰有扰，匆匆忙忙地退了出来。忽然想起了什么，又在门外鼓起勇气对主人说，以后若是听见没完没了的敲门，喊收水电费，请务必开一下门，省得老在您来客人的时候打扰，不好意思。

没有人啊，我们都不在这儿住，平常没有人啊！602诧异地瞧着我。

是吗？可几周前，我来敲门，可听见您屋里有动静——并不是成心和人家论是非，听他这么一说，倒为这家的安全担上了心。

602想了想，一拍额头，笑了起来。他努起嘴，吹了一声口哨，一条北京种的狮子狗摇摇晃晃地跑了过来。

就是它，莎莎。哦，还有贝贝，今儿没来。它们在这儿住哪，好多哥们儿想让它们给生儿子，我们让它们一块儿住几天，培养培养感情……它可没法儿给您开门。开了门，也没法儿给您钱……笑得更欢了，蹲下身，按住小狗的脑袋胡噜了两下，一拍它的屁股，它又摇摇晃晃地跑了。

我明白了，那几天，这儿成了狗的婚姻介绍所。

……

有必要把这些当个事儿说吗？是的，秦友亮说得没错儿，人家怎么活，咱都管他不着，人家的狗怎么活，咱更不用操心啦。

何况，已经到了秦友亮的家了。

站在他家门前，算是知道了他家在这鳞次栉比的一片中的位置。如果说，我住的那栋楼像戳在兴华里面前的一幅大屏幕的话，这一排排的平房就是观众席了。秦友亮的家，就在观众席第三排最靠西边的地方。它太偏了，站在我家的楼上，必须从后窗户里探出头来，才有可能看到这间房子，难怪我没有发现它。

这实在是一个简陋的家，不过并不感到意外，和苏五一逮那个真的强奸犯的时候，我已经来过了兴华里，见识过这儿的住房了。而秦友亮的家，不仅房子简陋，家具也比其他人家简单、破旧得多。就一间房，面积不算小，里面却摆了一张双人床，一张单人床。这就把屋里挤得没多少地方了。秦友亮说，他哥在家的时候，哥儿俩睡双人床，奶奶睡单人床。这不奶奶瘫在床上了嘛，他哥一时又回不来，就让奶奶睡在大床上了，这样翻个身不是方便嘛。除了床，还有一张八仙桌，一个五斗橱，橱上放着一台黑白电视机，还有一部录音机。我们进门的时候，老人家正仰靠在床上看电视。

秦友亮没有把老人家介绍给我，也没有把我介绍给老人家的意思。我主动和老人家打了一声招呼，她好像听也没听见。我想这一家人大概从来就没有这样的习惯，或者说，秦友亮的朋友们，从来也没有谁会把这躺着的老太太当回事儿，而老太太呢，也不认为孙子的朋友和自己有什么相干。

瘦得像一具骷髅的她，正专心致志地看电视，京剧《四进士》。

秦友亮让我坐下等他一会儿，说着就出了屋门，进了对面的饭棚子里。没过多一会儿，端过来一碗糊糊状的东西，像是杏仁霜，又像是炒面。他先把碗搁在八仙桌上，又从桌下拉出一个小小的炕桌，把炕桌架在老人身前。老人伸出一只枯干的手，捉住碗里的铁勺儿，哆哆嗦嗦地把勺儿里的东西往嘴里送。一切都是那么默契，双方同一步骤，且显然都早已烂熟，因此，谁也不说话，也无须说话。孙子看着奶奶，看她默默地吃，时而过去，帮她用炕桌上的毛巾擦一擦嘴，然后又回到自己的座位上，默默地看她吃。

如果没有那咿咿呀呀的《四进士》，这里还有什么可以显示一点儿生气？

你家干吗要弄这么高的一个门坎儿？我问。

哪光我家啊，兴华里家家都是高门坎儿。秦友亮说。

是吗？我还真没留意。

不把门坎儿弄高了，夏天就得发大水。

怎么会？

您可不知道，您没看见兴华里四周的高楼吗？连您住的那栋也算上，一块儿把我们围起来啦，严严实实。不透风就甭说了，地势也全高上去啦，夏天一下雨，整个儿一个水淹七军！

我愣了一下，好像不知道该说什么好了。我觉得挺惭愧，好像兴华里水淹七军，也有我不可推卸的责任。

我们这个世界真逗，就我这号的，不知为什么，沾边不沾边，时不时就惭愧一下子。几天前作家协会开会,大伙儿还一起反省了"贵族化"的倾向呢。专业作家的专业,是不是就是专业的"反省"和专业的"惭愧"?

沉默了一会儿。

你的鸽子养在哪儿?我觉得我应该找一个不至于再惭愧的话题。

房上,有几个鸽子窝,还有几个哥们儿家,也替我搭了几个。一般的,弄来就到鸽子市卖啦,好的,才多养几天,等卖个好价儿。

鱼虫呢,不是也捞鱼虫儿吗?

捞,天天早上骑车到南边儿,二十里地吧,那儿有野坑子,到那儿捞鱼虫儿。

怎么样,来钱儿吗?

来钱!大街上卖鱼虫儿的您没见过?两毛钱一勺儿。哪天也得闹个两张三张儿的。说实在的,我不缺钱,我攒了好几万啦。您帮我出出主意,咱是买辆"大发",干出租呢,咱还是奔广州,倒衣服去?

这话题倒不错。可是躺床上的老太太,却咿咿呀呀地嚷嚷起来了。

我哪儿也不去,挨家陪您!不学开车,也不出远门儿!秦友亮冲他奶奶喊。

老人不再嚷嚷,继续看她的《四进士》。

我哥要是不回来,我什么事儿也干不成。秦友亮的眼睛里闪着幽幽的光。

我们离开了他的家,一起往派出所去,去找苏五一。

月光挺好,整个儿天空清亮清亮的。

老太太不是怕你出门,是怕你惹祸。我说。

没错儿。开车,闹不好就撞死一口子;跑买卖,闹不好就打一

249

架。她就不知道,捞鱼虫儿也悬,哪天掉水塘里淹死了呢?秦友亮呵呵地笑起来。我看您是明白人,您给出个主意,是干出租,还是跑买卖?……我奶奶的话,甭听。

我哪儿懂得拿这个主意!

主意你自己拿。我说。不过,你要是想买车,我倒有个路子。你要是想下广州呢,那边我也有亲戚。帮忙,我还行。

嘿,有您这句话,我心里可踏实多啦……陈哥,我……我叫您陈哥行不行?您说,我……我得怎么谢您?

你要是能像刚才那哥儿几个似的,混出个人样儿来,就算是谢了我了。

哪哥儿几个?

刚才,我们楼门口见过的。

操,那我可比不了!他爹一批条儿,钢材就跑他们家去了。什么不是他们家的?国家都是他们家的!玩儿似的就把钱赚啦!

那你就甭跟他们比,跟自己比,把日子过好点儿。

那还用说嘛,谁不想过好日子啊!我早想了,我要是发了财,先他娘的把我们家房给换了,就他妈这狗地方,是人待的吗?

还想干吗?

我娶仨媳妇!……您别笑,我是给气的,我知道,那犯法了不是?谁让那些妞儿净跟我眼面前添堵呢?晃,晃,天天眼面前儿晃,就没一个是给我备的,我冤不冤啊,我都他妈二十七啦……

……

那天晚上我们三个人在那家小酒馆里都喝得晕晕乎乎。出门的时候,互相拉着手,就跟三个英雄共赴刑场似的。

这个画面,也是小酒馆的那位姑娘事后告诉我的,而我,一点儿也记不得了。

据说，站在他们酒馆的门口，我们哥仨为了排座次，争竞了好半天。

开始的时候，我是站到了他们俩人中间，像个老大哥，牵着俩小老弟。

"不行……不行……我……我的位置不……不对……五一，你，你站中间儿，你……你是我的老师，你带领我……带领我反精神污染，前……前进……"

我真想象不出，那时的我，是个什么样子。

据说苏五一更逗，咧着嘴，嘻嘻笑着，当仁不让地往中间站，抓着我们两位的手说："对，对，这……这就……对了！我……我说刚才怎么觉得……觉得有……有那么点儿……不对劲儿！……"

秦友亮却跟他急了："扯臊！……你……你靠边儿，让……让我陈哥站中间儿，论……论学问，论……论年龄，没……没你的事儿……"

苏五一说："我……我知道，知道你，你丫的不……不就想……想自己……自己当……当老大……吗？我让……让你，谁……谁让你丫……你丫就……就要发财……发财了呢……你……你来，行，他……他不行……连……连手铐都……都不会铐……能……能当……当大……大哥？……"

我们就这么拉着，扯着，推着，让着，说着，笑着离开了那家小酒馆。

第二天醒过来的时候，我发现不知怎么已经回到了自己的家，而那两位，躺在我家地毯上，还在呼呼地睡着。

251

八

  不能说从此我就成了那小酒馆的常客。不过,一个月去那么一两回,总是免不了的。

  与其说是为了"喝",不如说是为了"品"。

  这小酒馆挺有味儿。在此之前老是从这儿经过,可不知为什么从没有注意到它的存在。门脸儿不大,一丈来宽、两丈来深的铺面,摆了两溜方桌。不管白天黑夜,老是开着门,还老是满满当当的人。也不管什么时辰,总有奔饭来的,也总有奔酒来的。就说早上那会儿吧,你一准儿能从这里揪出俩"酒腻子"来;到了半夜十一点呢,兴许就闯进来个没吃晚饭的。当初被秦友亮和苏五一领着一走进来我就明白,我这是真的到了"引车卖浆者流"中间了。

  特别是晚上,进来的大多是熟脸儿,这哥那哥的,谁都得打几个招呼。喝着喝着,隔着桌子就扔开了烟,远远的就拼上了酒。我第一回进来那次,秦友亮就和隔桌的划上了拳,两人相隔足有半间屋,吆三喝四,唾沫星子乱飞,观战的人一边喊着"掌柜的,拿伞来吧!"一边又添油加醋,唯恐没人出溜桌子。有时候不拼酒,幽幽地唱歌,一个人唱,全酒馆的人听。没人说话,只有顺着手指头,顺着鼻孔悠悠飘升的轻烟。

  有时候又不唱,三五一伙儿地侃,侃的净是哲学:"……这地球,这地球我盼着丫挺的爆炸!没劲,忒劳神!爆炸了,都清净!……什么什么?问我干吗还造儿子?没劲才造儿子呢,造儿子不劳神啊……造出来?造出来就后悔啊,造出来就明白啦,不是省油的灯!所以更觉得没劲啦!连他妈造儿子都是个麻烦,这地球上还有什么劲?你说,有什么劲?"

"……好人，坏人？扯淡吧。他下台，你上台，一个比一个操性。我？我也一样，兴许比别人还恶呢！有权不使，过期作废，有便宜不占，王八蛋。有什么招儿？有招儿啊，甭下台了，也甭上台了，上台一拨儿，喂肥了不是？您就踏踏实实待着吧，您肥了，就不那么咬了不是？可您想吧，这拨儿刚肥了，咱又换一拨儿，好嘛，这新来的饿得正瘪呢，上来了，咬吧！你能踏实了？……所以，依我，给中央提建议：甭什么二梯队三梯队的，一梯队，足够！……"

你不能不来，听听他们的哲学，当然，也听听他们那幽幽的歌。第一次来的时候我就发现，秦友亮是这儿的歌王。

我知道旧北京的饭馆里有那么一家，可能是致美楼，那老板爱听，也爱唱，所以他准备了胡琴，供有同好者用餐之余一展清音。

我没有想到，这么一个衰颓拥挤的小酒馆，居然也可以边喝边唱。

这里准备的，是吉他。

那次和秦友亮、苏五一喝至微醺，秦友亮回头朝柜台那儿看了一眼，那小姑娘就心领神会，立刻递出一把吉他来。

秦友亮低下头，旁若无人地唱《橄榄树》。曲子和歌词都是再熟悉不过的了，可是我从来也没听过有哪位歌手这么唱《橄榄树》。

那是一头狼在悲凉地嚎。

我盯住了他那铁青色的两腮，我想他如果能到舞台上去唱，一定能风靡京城。当然，他未必会作曲，会作词，他只能唱人们耳熟能详的歌，可是，他能把所有的耳熟能详唱得陌生。

唱完了《橄榄树》，苏五一说，唱《十二郎》。

我知道，这首歌，是为我点的。

秦友亮唱这首小调的时候，我开始丢掉戒备，忘情地喝酒，一直喝到晃晃悠悠。

我发现，每次从这小酒馆回去，坐到自己的写字台前，我的心就像鼓满了风的帆。

秦友亮不光在小酒馆里唱，有时又在酒馆外边的小树丛里唱。那时候，小树丛里坐着很多和他一样的年轻人，黑糊糊的看不清他们的眉眼，你只能听到从他们中间传出来一把吉他的弹拨声，继而听到一头狼在嚎，或者是一群狼一块儿嚎。我知道他们都来自兴华里，那个又窄又闷的屋子把他们逼出来，这是他们唯一可以大口喘气的地方。

这使我激动不已的路边吉他队，后来被我写进了和赵大年一块儿合搞的室内剧《皇城根》，可惜拍摄时这一段被删了。

来的时候多了，我发现，秦友亮来到小酒馆，不仅仅是为了唱，更为了那个老给他递琴的姑娘。

那姑娘不能说有多么漂亮，不过，一双善解人意的眼睛，饱满成熟的身材，就已经足以使小伙子心驰神往了。在我的印象中，和秦友亮一起喝酒的时候，除了要吉他，他从来没有看过她一眼。然而我凭着直觉，一眼就认定，在他们之间，存在着一个"场"。

"……'场'？什么意思？"

"想娶人家当媳妇的意思。"我冲秦友亮笑着。

"没错儿，我想娶仨媳妇哪，这算一个！"他故意装出一副漫不经心的样子，"等着，等我发了财……"

我只好作罢。

此后不久发生的事，至今使我怀着深深的歉疚，尽管秦友亮不知道我竟在这中间扮演了这样一个角色。

我是无意的。不过我知道，这哥们儿后来受的伤害，皆因我的冒失。

不知道秦友亮有没有机会看到这部作品，虽然我写的时候，已经把他的真名隐去，但我相信，个中奥妙，他一看便知。

一个很偶然的机会，使我把兴华里的这家小酒馆介绍给了我的芳邻，602的那个小伙子。后来我知道了，他也姓陈，和我同姓。

一天晚上，大概又是从城里开车过来开"派对"？那位"小陈"很突然地敲开了寒舍门，说有一些朋友来他家玩，很偶然地说起您住在这里，其中有两位小姐读过您的作品，很想结识，不知是否能否给个面子，到楼上来坐坐。

人的弱点是不必讳言的。如果我听说对我感兴趣的是两位男士，或许也没有这么高的热情。虽然并不抱任何非分之想，但承蒙让两位小姐有请，是很愉快的事。随后自然是随他上楼，到那套装修华美的屋子里去会那两位小姐。

屋子是来过的，来这里收过房租水电费。这屋子的别致之处是：除了缘墙而设的一圈没有扶手的沙发外，几乎没有更多的家具。看得出，这是他们为了开舞会、办"派对"的方便。我在进来时，几个男士和几个小姐正坐在沙发上聊，一对舞伴儿在屋里转来转去，一会儿在这个屋，一会儿转到了那个屋。寒暄过后，我客气地请说得正上劲的男士继续聊，原来他在讲一个"荤故事"。

"……通讯员过来了，'连长，首长命令，出击吧！'连长说：'好！全连注意，越军上来了，全是女的，出击吧！'……"

小姐们在哧哧地笑。

为了表示自己不是傻蛋，只好也笑笑。

小姐们开始把话题扯到了文学，问这个作家那个作家，问这桩离婚那桩离婚，敷衍来敷衍去，说到了流行音乐。

谁说的，"女人的肤浅会大大削弱她们的美貌"？哪儿啊，恰恰相反，女人的美貌会大大掩盖她们的肤浅。这就是为什么在明知她们肤浅以后，我还要和她们滔滔不绝的原因。女人的美貌岂止能遮掩自己的肤浅，她还会勾出男人的肤浅呢，我，便是这理论的最好注脚。我在鬓影衣香的包围下灵魂出窍，惹祸的根苗便在这滔滔不绝中种下。我告诉她们真正的好歌手或许在民间，不信你们不用走多远，就在兴华里的小酒馆，就能听到从别的歌手嘴里听不到的声音……回想起来，这纯粹是一种自以为高明的炫耀，或者说，是为了在小姐们肤浅的男友们面前，显示自己的深刻。

小姐们被说得意兴遄飞，她们说要去听，要去唱，甚至要去一起喝。我心里暗暗地一笑。我知道她们不过是想换换口味。我说我很忙恕不奉陪。其实我在那一刹那觉得，她们如果真的由我陪同踏进那酒馆，我会在所有熟悉的目光中读出惊诧。

我没去，却有人陪她们去。

这也罢了，去了不说，竟又把柜台后递琴的那姑娘勾了走。

我的罪过大了去啦。

消息是苏五一告诉我的。这已经是第二年夏天的事了。那天夜里，他巡逻完了，没什么事，从兴华里过，看见了我屋里的灯光，上楼来和我聊天。

"您不知道吧，你们楼上，602那小子，把兴华里小酒馆那个妞儿，勾上啦！"

"什么？"

"您犯什么愣啊，净来您这楼上带一帮子一块儿跳舞，您就没见过？"

我说："没有没有，我这儿写着东西呢，天天不出家门儿，哪儿就碰上了。"

"好嘛，挺热乎的，我还见着她和他们一块儿坐车走呢。"

我一时说不出话来。

"您楼上那哥们儿，带了男男女女的几个，去酒馆喝过一次。那次小秦子也在，一块儿唱歌儿来着。后来，他们又来了几次。再后来，就看见那妞儿和他们一块儿啦……"

我的话都到了嘴边儿了，最后还是没勇气告诉他，这事的罪魁祸首是谁。

"那……那小秦子怎么着了？"

"什么'怎么着'？"

"嘿，小秦子没找他们玩儿命？"

"找谁玩儿命？"

我指了指楼上。

"嘿，瞧您说的，那妞儿和小秦子有什么关系？"

我说，你是装傻还是真傻？小秦子跟我这儿都承认了，那是人家想娶的媳妇。

"您可真逗！他想娶，他想娶的妞儿多了，娶来了吗？他连说也没跟人家说呀！天天儿去那儿唱，就算你有那心，你倒说呀！再说，那妞儿跟602那位玩儿玩儿，谁管得着啊，咱知道人家怎么个玩儿法？民不举，官不究，我他娘的就是想帮他小秦子一把，都不知从哪儿下嘴！"

……

第二天晚上，鬼使神差一般，我放下手头工作，到了那个小酒馆。

那姑娘还在柜台后面忙碌着。

酒馆里没有秦友亮。我退了出去。

我到他家找到了他。

我说我请他去喝酒。

他说不去。

我说我知道你为什么不去。你他妈的就那么厌？就没本事把自己喜欢的妞儿弄过来？

他说我压根儿就他妈的没喜欢过她。

我说那更好办啦，那就更不耽误到小酒馆喝酒啦。

他说可我不想喝，我反胃。

我没办法。我回家了。

回到家，想趴到桌上接着写我的小说，却无论如何也进不去。站到窗前，望着灯光熠熠的兴华里愣神儿。忽听楼下传来汽车的刹车声，男男女女的喧哗声，随后又是带有几分优越的、砰砰的甩车门的声音。

又跳舞来了？

我走到自己屋门口，差点儿开门出去。我想看看那小酒馆的小妞儿是不是也跟了来。

想到自己全是多管闲事，我又回到了北屋窗前。

"砰砰"的舞曲响了起来，天花板上，还传下来沙沙的脚步声。

忽然，隐隐的，听见楼下传来了一阵凄清沉重的《哀乐》。那声音先是远远地飘过来，渐渐的，越来越响，响得人心里凄凄惶惶，没着没落。

楼上的舞曲也戛然而止。

我忙走到客厅，打开电视机。四个频道，没有任何一个频道在播《哀乐》。

我又回到北屋窗前，《哀乐》仍在继续。

楼上的舞曲也继续。

我把笔掷到桌上，睡觉。

忽然间，我想到了这《哀乐》响起的因由。我下了楼，到了秦友亮家门外。

《哀乐》确确实实是从他家里传出来的。《哀乐》声里，还听得见他奶奶在咿咿呀呀地骂。

第二天中午，苏五一到我家来了。

"找小秦子来了……这小子，喜欢音乐，你喜欢什么不好，买了一盘《哀乐》，昨儿放了一宿。你这儿听见没有？嘿，今儿一大早，好几家找我去啦，说让这《哀乐》闹得，心里没着没落的！……我劝他，他小子还跟我贫，说他就喜欢《哀乐》。是黄色歌曲不是？不是。国家禁止不禁止？不禁止。完了，他倒有理了！"

九

电视台预报：今天晚上，有雷雨大风。

倘若我和秦友亮之间没交情，对兴华里又毫无了解的话，对夏季里一次雷雨大风的预报，是不会动什么心思的。鲁迅夫子说，煤油大王哪儿知道北京捡煤渣儿老婆子的辛酸。有人说不定得给我上这个纲。可我不是煤油大王，不过"煤气罐"阶级而已。有了"罐儿"，对"捡煤渣儿"阶级的辛酸，的确是知之甚少了。不过，"捡煤渣儿的老婆子"，好像也不知道我这一天天爬格子的辛酸。邓小平讲话，都是劳动人民。说得对。那就谁也甭说谁了。老太太，您捡您的煤渣儿，我爬我的格子，都不容易，谁也甭说谁了。

谁也甭说谁了，咱们再一块儿说说"理解万岁"。

我还真的对那条预报挺上心，上午写作的时候，往兴华里瞄了

259

两眼,我想应该在下楼散步的时候到秦友亮家说一声,好让他有个准备。后来因为写得顺,就一直没动窝儿,等到要起身下楼时,看见兴华里不少人家都在苫屋顶哪。行,没跑儿,秦友亮也知道了。我也就不用去了。

大风是夜里十一点左右起来的。乌云却早早地从西天压了过来。朝窗外看去,居民区的灯光好像都被一层迷迷蒙蒙的水汽罩着。远处的天空打过几道闪,却听不见一点儿雷声。窗外的一株大叶杨也一动不动,阴沉着脸,等待着什么。渐渐地,它们像是有了灵性似的,各个深藏阴森,时不时哼唧几声。忽然,一阵狂风漫无边际地卷过,砰砰的窗响、哗哗的树声过后,又万籁俱寂了。"哗——"又一阵狂风骤然而起,把大叶杨的树冠重重地往左晃往右晃。"哗——哗——"紧接着,狂风一阵紧似一阵,山呼海啸般扫过,大粒大粒的雨珠,被抛打到狂风所及的地方,夜幕中回荡着乒乒乓乓、叮叮咚咚的击打声。一道闪电"唰"地闪过,大叶杨湿漉漉的叶片反射出一片小镜子般细碎的光。一声炸雷轰然当空爆响,仿佛要把天空崩塌。"哗——"雨水无遮无拦地倾泻下来了……

借着兴华里昏黄的灯光,可以看得见雨水砸在房顶上腾起的片片水雾,那水雾不断腾起,又不断被风吹散。就在这雷鸣电闪、风声雨声交织中,兴华里默默地忍受着。突然,好像不堪忍受似的,雨声中传来一声喊叫,却立刻被风雨之声压了下去。然而,喊叫声越来越大了,循声望去,只见兴华里家家户户的屋门一扇一扇洞开了,原本灯光星星点点的一片,一下变得灯火通明。人们在喊着,叫着,喊叫声中又夹杂着铁锨、铁簸箕蹭到水泥地面的金属声。大敞的屋门里,明亮的灯光照耀下,是一个个弯腰弓背,端着簸箕,挥舞铁锨,往门外撮水的身影……

我想起了秦友亮家那高高的水泥门坎儿。看来，比屋顶漏雨更尴尬的事，终于发生了。可以想见，兴华里四周高地的泥水，是怎样千沟万壑般往这凹地流淌。到了家家户户原本都有的高门坎儿已经抵不住雨水倾灌的时候，那里的水至少不会低于二十公分了。嘈杂的喊声愈演愈烈，再往下看，家家户户的门口，已经没有了往外撮水的身影，倒是看得出他们在搬动家里的家具。想必，他们已经放弃阻止水漫金山的妄想了。他们在把贵重值钱的东西往床上搬。

我抓起雨衣，跑下了楼。

谁也拦不住仍旧肆虐的风雨，不过，或许我可以帮助秦友亮照顾一下那位瘫痪的老人。

风，毫无减弱的迹象；雨，也没有休止的可能。雨点打得人睁不开眼睛。脚下，黄浊的水流早已淹没了楼前小路，横着向兴华里涌动。我将手掌遮在眉头上，我才有可能睁开眼寻找道路。走下通往兴华里的土路时，只觉"嚯"的一声，水已经没到了我的膝盖，当即灌满了我的雨靴，不知从哪里漂出的茄子、西红柿，在我的脚边碰来碰去。我一步一步往第三排挪，又一步一步往西走，好不容易到了秦友亮家。

"小秦子！……小秦子！……"

没人应声，推门一看，秦友亮不在。

屋里已经灌进十公分的水了。幸好老人已经被安置好了，半躺在床上，身上盖着棉被。她的身边，堆放着面袋米袋之类。这架势，有点儿像被供品环绕的佛祖。

问她孙子哪儿去了，咿咿呀呀的说不清，还咿咿呀呀的老想说。

算了算了，您甭说了，甭说了，我自己找去吧。

出了门，忽然听见这排房子的西口外有人声喧闹。

怎么？竟然还有笑声、掌声！噢，更多的是嗷嗷声，听那意思，好像有一伙子人在起哄。

谁家，居然还有这种雅兴？

西口直通一条大马路。马路上也已经是一片汪洋了。一辆灰色的"切诺基"窝在水里，显然因为水太深而熄了火。五六个小伙子围着"切诺基"嗷嗷着，有人端着脸盆，舀起水来往那车身上淋；有人索性弓下身子，蹲在水里，将手掌一推一推，把水击向驾驶室；也有的用脚踢，"哗——哗——"水被掀出一个扇面，一下一下地冲到发动机舱里……与其说他们是破坏，不如说他们在找乐。

"让你兔崽子美美地喝上一壶吧！""哗"，满盛的一盆水，连水带盆扣过去，撞到车身上，发出清脆的金属声。

"给丫挺的再来一下子！"

……

这中间，为首的，当然就是秦友亮。

车里坐的是谁？602那小伙子？不像，别看也是灰色的"切诺基"。

秦友亮是不是把这车当成那小子的啦？

我呆呆地看了一会儿。我不知道自己是应该过去制止，还是应该袖手旁观。

正犹豫着，只听"咔"的一声，"切诺基"的前车门被打开了，司机从驾驶室里钻了出来。与此同时，从后车门也钻出来一位。

"打丫挺的！"

"给丫挺的脖子里灌两壶！"

……

秦友亮们虚张声势地喊着，从车里钻出的两位不知就里，落荒而逃。

秦友亮们哈哈大笑，又故意追了两步，有一位还走了两下太空步。没等他发现我，我回家去了。

这事，叫我说什么好？兔崽子过去那点儿明白劲儿呢？都他娘的哪儿去啦！

我想秦友亮这晚上一定睡了美美一觉——虽然这瓢泼大雨下了一夜，他家里让水泡得跟花园口似的。

他不会想到自己惹下了什么祸。

当然，他惹下的祸，半个小时后他就知道了。

苏五一来了，他是被所长派人从东华里提溜回所里的。那会儿他也没闲着，正在东华里提醒一家危房户，当心大雨淋塌了房子。

所长办公室里，坐着分局两位处长，一位姓廖，一位姓张，就是刚刚让秦友亮们折腾个够的那两位。

"去兴华里给我查查，这事儿是谁干的！"所长差点儿冲苏五一吼起来。

这些，是苏五一到我家后告诉我的。

第二天一早，他就到了我家。他的身后，跟着秦友亮。

"您说，我该怎么处置他？！"苏五一是真急了，那修长的中指又挑了出来，指着秦友亮的脑袋，就像是指着一个什么东西。

"……"秦友亮倒老实了，铁青着脸，随你怎么说，也不张口。

我说："他肯定不知道这是分局的警车，再说，廖处长他们也没穿警服。真知道是警察，打死他也没这胆儿啊！"

"甭说是警察了，不是警察，你也不能这么干！……大雨天的，人家廖处长干什么来了？人家是怕这儿的房子出事儿，专门儿提醒我们来啦！你倒好，倒知道孝敬，给人洗上车了……"

也是，这世界上净是误会。

"那怎么着，你们到我这儿来，什么意思？"我问。

"实话跟您说，直到现在，我也没敢跟我们所长说查着这个人了哪……"苏五一瞟了秦友亮一眼，"……不说，我犯错误；说了，有他好儿吗？他可是有前科的主儿，干这么一档子，不逮进去才他妈怪了！"

我说，逮不逮的我可替你拿不了主意，你说，我能干什么吧？

"我寻思着，还是算了，饶他一回吧，谁让他他妈还得养他奶奶呢！……不瞒您说，有点儿私心。他要是进去了，他奶奶不又得撂我身上？人民警察爱人民不是？……可我要是说，在我的管片儿里查不出这帮子人来，也他娘的太栽啦……"

"黑灯瞎火的，查不着也没辙。"我说。

"至少，我也得递份儿检讨……"苏五一说。

"写呗，有什么难的。"

"对您说，不难；对我说，不易。您看，我写了一早上了，就写成了这模样儿。今儿，就是请您帮助看看来啦。别……别让人看出破绽不是？"

原来这位的检讨都写好了，还跟我这儿兜圈子。

不过，他这检讨写的，也实在不敢恭维。

"怎么改改，您跟我说说。"

"算啦，有那工夫，我都替你写出来了……你们先一边儿待会儿去。"

十分钟后，我把那检讨写完了，"啪"，拍给他。

"怎么样？"

"挺棒。"苏五一说。